赴死之人的祈禱

死にゆく者の祈り

中山七里（なかやましちり）

王華懋——譯

目次

一、
教誨師的祈禱

1

教誨室內環堵蕭然。

四面以白色為基調的牆壁沒有任何裝飾，天花板上的照明散發著無機質的冷光。稱得上家具的，僅有置於中央的桌子和一對椅子，冷冷清清，但其中一面牆壁的棚架上，擺著長寬約一公尺的佛壇，加上房內瀰漫的線香味，勉強營造出類似佛堂的氣息。

「我建超世願，必至無上道，斯願不滿足，誓不成正覺，我於無量劫，不為大施主，普濟諸貧苦，誓不成等覺……」

高輪顯真面對與佛壇同樣小巧的佛像，繼續誦經。他誦讀的是簡潔地揭示淨土真宗教義的《重誓偈》，但它原本就適用於各種場合，因此即使為即將赴死的人誦讀，也完全不妨。

儘管很想說自己是專心一意，但內心仍有起伏。即便是僧侶，也不可能一天二十四小時心如止水，尤其是行刑前的誦經，聲音幾乎忍不住要顫抖。他必須竭盡全力，才能維持表情的平靜。

「離欲深正念，淨慧修梵行，志求無上道，為諸天人師，神力演大光，普照無際土，消除三垢冥，廣濟眾厄難……」

不久，教誨室的門打開來，刑務官們現身了。刑務官共有十名，其中兩名架著身穿囚衣的男子雙臂。

男子名叫堀田明憲，五年前為了搶劫而殺害兩名女子，被判處死刑。約一年前，他接受顯真的個人教誨，也許是萌生了信仰，最近整個人變得相當平靜。

然而即將被帶往刑場的堀田卻看不到先前的冷靜，一臉慘白，全身抖個不停，就彷彿瘧疾發作一般。

「顯真師父……」

堀田似乎總算注意到站在眼前的顯真，焦點渙散的眼睛望向了他。即使勉強，他似乎也想報以笑容，卻只擠出了扭曲的笑。

「好、好像，輪、輪到我了。」

行刑當天的上午九點左右，會通知死囚本人即將行刑。這時不管本人正在做什麼，都會被強制中斷，從獨房帶到刑場。一個小時以後就要行刑，因此根本無暇平定情緒，堀田會驚慌失措也是當然的。兩名刑務官抓住他的雙臂，一方面是為了避免囚犯逃亡，但更重要的是，如果沒有人從兩側攙扶，堀田根本站不住。

死刑並非依照判決定讞的順序執行。二〇〇〇年以前，是依定讞順序執行，但由於頻繁遇上後來聲請再審、共犯仍然在逃等，與死刑執行起草書的核定項目相牴觸的情況，因此最近傾向於從容易執行的囚犯開始行刑。換句話說，就是從堀田這種不可能聲請再審、身心健康、也沒什麼訪客的囚犯開始魂斷死刑台。

「我、我沒事了。沒事了，請放手吧。」

堀田甩開刑務官的手，正面迎視顯真。看到那雙眼睛，顯真心痛起來。即使從正面迎視，堀田的視線仍不安地游移著。

「堀田先生……」

「不，師父，我真的沒事了。因為我早就做好心理準備，什麼時候輪到我都能接受。」

顯真想說點勸慰的話，腦袋卻是一片空白。拙劣的安慰反而殘酷。

顯真一行人經過走廊，來到行刑室前室，高階所長在那裡等著。

「堀田明憲，對嗎？」

高階所長來到堀田面前，將一頁文件舉至眼睛的高度。

「昨天本看守所收到了你的死刑執行命令書。行刑時間為上午十點。行刑之前，你有什麼願望，視情況可以同意。你有時間可以寫遺書，也可以吃到看守所內吃不到的水果或甜點。」

語氣溫和，但多次被請到教誨室的顯真知道，這些都只是制式套語。堀田似乎考慮了一下，但微弱地搖了搖頭，彷彿委決不下。

「對不起，可以給我一點時間想一想嗎？」

「當然可以。還有換衣服的時間。不過行刑時間不會變更，別留下後悔。」

顯真不著痕跡地偷瞄了壁鐘一眼。現在是上午九點十五分。距離行刑只剩下短暫的四十五分鐘，到底能獲得什麼滿足？

不，這樣的抗議，即使無辜之人有資格提出，死刑犯也沒有資格說出口吧。堀田再次被刑務官帶離前室。接下來他將會在別的房間換衣服，以表面上人道的方式，過完他剩下的時間。

顯真短促地嘆了一口氣，高階所長不知道誤會了什麼，關心地走上前來。

「辛苦了，師父。」

「哪裡。」

「聽說帶來這裡之前，他好像也反抗得很厲害，但請不用擔心。行刑之前應該就會安分下來了。」

高階這話是經驗之談。事實上，被帶到教誨室前都抵死不從的死刑犯，大部分也都會在抵達行刑室後乖乖伏法。不過與其說是伏首認命，更正確地說，是嚇得動彈不得了，但站在看守所的角度，都一樣是省了麻煩。

顯真回到教誨室，對著佛壇深深行禮後坐下來。他準備倘若堀田要求，便為他誦經，或是祈禱。

然而不管再怎麼等，都沒有人來叫他。

行刑十分鐘前，顯真前往行刑室前室，醫師已經到了，兩人交換目光致意。醫師在這裡的工作，是確定死刑犯確實在行刑中死亡。顯真想像，醫師是以救人為職志，他們對此肯定感到相當情非得已，但他從來沒有直接問過，往後也不打算提問。

行刑室前室設有比教誨室更大一些的佛壇，也許是用來安撫即將踏上黃泉的囚犯心靈，但右側牆面的對開藍色簾幕糟蹋了這番用心。因為任誰都能輕易想像得到，簾幕後方就是行刑室。

行刑室深處是整面的玻璃牆，對面是觀刑室。在那裡，除了高階所長以外，還會有檢察官和檢察事務官從頭到尾觀刑。他們一定和醫師一樣，已經等在那裡了。

顯真沒有和醫師交談，等待著，一會兒後，換上白衣的堀田由幾名刑務官帶進來了。如此一來，執行死刑必要的成員都到齊了。

看到堀田的模樣，顯真體悟到自己的願望是多麼地空虛。堀田更加面無人色，雙腿依舊發軟。

「時間到了，堀田。有什麼話要跟師父說，就趁現在交代吧。」

刑務官話聲未落，堀田突然想要撲上去抓住顯真。

「不要！我還不想死！」

雙臂被制住的堀田以哭腔傾訴著。

「我好怕、我好怕、我怕、我怕……」

「堀田！不要亂動！」

堀田扭動身體瘋狂反抗，那模樣簡直不堪入目，但一眨眼他的雙手就被綁起來了。

站在後方的刑務官用白布罩住堀田的臉。視野完全被遮蔽了，但此舉似乎激起了更強烈的恐懼，堀田反抗得更厲害了。

其他刑務官拉開了藍色簾幕。

鋪滿地毯的行刑室裡，中央四四方方的紅框內，是雙層的踏板，正上方的天花板凹處垂下繩索。

「我不要！」

「叫你安靜，聽不懂嗎！」

「我不要！對不起、救救我、放過我，求求你們！」

顯真在無意識中雙手合掌，在內心念佛。

這不是顯真第一次看見自己負責教誨的死囚暴露出醜態，但他不可能習慣。每當目睹他們拋開平日的冷靜，不顧一切地大吼掙扎的模樣，顯真就對宗教感到絕望。不管再怎麼訴說佛祖的慈愛、傳達再多真宗的奧妙，對於面臨死亡的囚人，都毫無意義、毫無價值。

被蒙住臉的堀田被不容分說地拖到行刑室中央。他被推到紅色方框中間，銬上手銬，腳也用橡皮帶束起來。四肢被奪去自由的同時，脖子也被套上繩索。

「師父！救我、救我！」

堀田扯破了喉嚨尖叫，但顯真無法向他伸手。他能夠做的，只有為他誦經而已。

「開彼智慧眼，滅此昏盲闇，閉塞諸惡道，通達善趣門，功祚成滿足，威耀朗十方，日月戢重暉，天光隱不現……」

「行刑。」

瞬間，堀田腳下的地板張開大口。

堀田的身體倏地被吸入深淵，繩索伸長至極限，同時傳來一道可怕的聲響。繩索拉緊的聲音，和頸骨折斷的聲音重疊在一起。

行刑室隔壁是按鈕室，牆上有三顆按鈕。三名刑務官會同時按下各自負責的鈕，但實際上開啟地板的鈕只有一顆，其餘兩個是假的。這樣的做法，是藉由不知道究竟是誰扣下行刑的板機，來減輕刑務官的心理負擔。畢竟，縱然死刑是法律規定的行政程序，行刑者仍然無法擺脫它同樣是一種殺人行為的認知吧。

在顯真等人面前，繩索將齒輪拉扯得嘰嘎作響，左右擺盪，幅度逐漸轉小。先前一直抱著雙臂觀看過程的醫師瞥了手錶一眼，走出房間。他要去行刑室的正下方確認堀田的死亡。堀田將會吊在那裡三十分鐘左右，時間到了，才會被放下地板。然後被脫光衣物，由醫師和檢察官確認死亡，才算行刑完畢。

由於在斷氣的過程中，括約肌會鬆弛開來，屍體理所當然會大小便失禁。沾上屎尿的屍體會當場清理乾淨，以專用電梯運送至遺體安置室。

一開始顯真也會一路陪同到遺體安置室。但送別遺體這件事，留下了超乎預期的心理後遺症，因此後來他都只留在行刑室，全心全意地誦經。因為他認為身為僧侶，能夠為死者做的，本來也就僅止於此了。

刑務官和醫師都離開了，只剩下顯真一人的房間裡，他埋首念佛，就彷彿要驅散方才目睹的光景。

「為眾開法藏，廣施功德寶，常於大眾中，說法獅子吼，供養一切佛，具足眾德本，願慧悉成滿，得為三界雄，如佛無礙智，通達靡不照，願我功慧力，等此最勝尊，斯願若剋果，大千應感動，虛空諸天人，當雨珍妙華，南無阿彌陀佛，南無阿彌陀佛，南無阿彌陀佛……」

宗教教誨顧名思義，是教導、曉諭囚犯宗教教義。憲法保障每個國民的宗教自由，但監獄和看守所這類矯正機構做為國家機關，由於憲法上的限制，無法滿足受刑人的宗教需求，故而轉為尋求民間宗教家的協助。

宗教教誨的始祖，是一八七二年七月，真宗大谷派的城西寺僧侶啟潭獲准於名古屋監獄進行教誨。接著是同年八月，僧侶蓑輪對岳獲准於石川島徒場（現府中監獄）、隔年四月淨土真宗本願寺派的僧侶舟橋了要獲准於岐阜監獄進行教誨，開啟了日本的監獄教誨篇章。後來，各教各宗派皆支付薪水及差旅費，派遣教誨師常駐於監獄，但漸漸地由於財政等理由而變得消極，結果變成由財政基礎穩固的本願寺派及大谷派獨攬監獄教誨事務。這樣的傾向現今依舊持續，全國共一八六四名教誨師當中，淨土系便占去超過總數三分之一，為六六四名。同時理所當然，這個比重也和信教的囚犯人數幾乎同比例。

隸屬於淨土真宗導願寺的顯真，從出家第一天便立志成為教誨師。接受真宗規定的研習課程，得到推薦後，便會在佛教會會長同意下，獲得各刑事機關的委任狀。名目上這是志工活動，沒有薪水。由於顯真比別人更熱心鑽研，佛教會會長對他印象極佳，因此很快就拿到了推薦。可能是因為教誨師數量不足，東京看守所的委任狀也順利頒發下來。

然而實際被派遣到看守所後，想像與現實的乖離讓顯真極度無所適從。見證死囚伏法也是其中之一。

堀田伏法兩天後，同樣是教誨師的常法來向顯真求助：

「顯真師父，這麼臨時真是不好意思，不過可以請你替我主持明天六號的團體教誨嗎？」

常法比顯真更早被派到東京看守所，算是他的前輩。常法為人謙和，很照顧人，因此幾乎沒有人會批評他。

「我有位熟人突然過世，我無論如何都想親自為他誦經超度。」

教誨的工作內容不光是個人教誨，還包括忌日教誨、春秋彼岸會[註一]等宗教活動，以及入獄時的指導和出獄準備指導等，形形色色。受刑人齊聚一堂的團體教誨也是工作之一，但顯真還沒有經驗過。

註一：春秋彼岸會為春分及秋分前後各三日，共七天之間所舉辦的法會活動。

「六號我剛好有空，但我不曉得能否勝任……」

「辦法事的時候，不是都會上台簡單致個詞嗎？就當成只是有更多聽眾就行了。顯真師父的話，絕對沒問題的。」

拜託的不是別人，而是常法，加上顯真覺得總比見證死刑更要輕鬆，便答應代班了。

八月六日，顯真依約上台擔任講師。場地比餐廳更大一些，除了集合訓話以外，還有慰問表演。平時關在獨房裡的死囚，也只有這時候可以和其他囚犯共處一室，因此意外地似乎有不少人申請參加。

從台上望去，約有四十名左右的聽眾。聽刑務官說，其中約有四分之一是死囚，但光是看臉，當然區分不出死囚和一般受刑人。坐在前排的約十人彼此拉出間隔，由刑務官監視著，所以他們應該就是死囚吧？唯一清楚的是，這裡每一個人都曾在高牆外犯下滔天惡行。

一思及此，眼前的諸多臉孔頓時變得凶神惡煞起來。譬如坐在最前排的白髮男子，儘管一副慈眉善目老爺爺模樣，但搞不好身上揹了好幾條人命。後排右端正在和旁邊的囚犯談笑的年輕受刑人，或許是個強姦魔。

上台之前，顯真原本打算從日常的平凡瑣事切入六道輪迴的教義，但看著他們的臉，他改變了心意。他們毫無疑問是惡人，而他們自己也都有此自覺吧。或許老生常談，但真宗有特別針對惡人的說法。

「各位裡面，好像也有些人是第一次看到的面孔呢。我是淨土真宗的僧侶，高輪顯真。今天原本是常法師父要來為各位演講，但因為一些緣故，改由貧僧來代班。還請各位奉陪。」

自我介紹完畢後，受刑人的眼神也不見任何熱意。這也是無可奈何。這段時光，受刑人可以從平時的作業、而死刑犯可以從孤獨中暫時解脫，因此演講的內容對他們根本無關緊要吧。

但其中應該也有人皈依真宗。也不能保證不會有人聽了顯真的演講，萌生皈依之心。既然如此，自己就必須真心誠意地講道說法。

「各位，你們認為自己是個好人嗎？還是壞人？感覺會有人說，好人才不會進來這種地方。但是不管再怎麼好的人，也都有鬼迷心竅的時候。因此即使各位當中有好人，也一點都不奇怪。當然，應該也有人自認為是不折不扣、如假包換的大壞蛋。」

顯真刻意戲謔地說，受刑人有了一點反應。

「親鸞的弟子有部作品叫《歎異抄》，其中最有名的一句話，或許也有人聽過：『善人尚得往生，何況惡人。然世人常言：惡人尚往生，何況善人。』簡單地說，就是善人都能得救了，惡人更可以得救。然而世人卻總是解釋為，連惡人都能得救的話，善人更有資格得救。乍聽之下似乎言之成理，卻違背了阿彌陀佛的本願。」

若是隨便搬出難以理解的佛教詞彙，光是這樣，就會讓受刑人失去聆聽的意願。顯真觀察著每一名聽眾的表情，確定自己的話是否被聽進去了，繼續說下去。

這時，前排中央的男子映入眼簾，顯真差點驚叫出來。

怎麼可能？

他怎麼會坐在這種地方？

「……認為自己是善人，這是一種自大。自大的人會想要憑自力去解決後生一大事[註二]，如此一來就無法依靠他力，因此無法成為阿彌陀佛約定救贖的對象。」

正因為是惡人，所以才能得救，這樣的教義，起碼對於自覺到自己的罪惡的人應該是有益的。然而不知道是不是顯真的話缺少說服力，又或是聽的人沒有這樣的自覺，受刑人不是面露冷笑，就是板著一張臉。

不，老實說，顯真沒有餘裕去在乎他們的反應。無論再怎麼努力避免去看，視線仍不由自主地飄向那個人。

只是長得像而已嗎？不，那個人看顯真的眼神總顯得懷念，那不是看到初會的人的眼神。

最重要的是那個特色十足的鼻子。男子生了一顆有點討喜的蒜頭鼻，但整個鼻子都被一片淡紫色的疤痕所覆蓋。顯真以前聽他說過，是國中做理化實驗時不小心潑到強烈藥劑，後來就變成這樣了。世上似乎會有幾個長得一模一樣的人，但如此特色十足的鼻子，應該難得一見。

「這裡所說的『他力本願』，不是丟給別人的意思，所謂的他力，是指阿彌陀佛的力量。而這裡說的本願，則是讓所有的人都成佛的願望。換句話說，只要拋棄自己是善人的自大，求助於阿彌陀佛的力量，通往極樂淨土的道路自然就會開啟。」

原本應該只是簡單的演講，卻在不知不覺間快變成了講經說法。顯真覺得這樣不行，卻已經無心專注在談話上了。說的人都不專心了，聽的人更不可能專心，受刑人當中開始傳出竊竊私語和嘲笑聲。

「喂，專心聽講！」

看不下去的刑務官厲聲大喝，喧鬧聲暫時平息了，但不一會兒又故態復萌。

只是看到和老朋友一樣的臉孔，就心潮起伏，顯真為自己感到可恥。然而另一方面，這也讓顯真痛感到那個人對自己的影響就是如此深刻。

「拋棄自大、拋棄自以為是。將身上的這些矯飾全部拋棄，就能得到阿彌陀佛的救贖。」

註二：後生一大事為佛教用語，指的是重視來生的安樂，不忘信仰。

雖然內容還算首尾呼應，但無奈他說得心不在焉。心不在焉的演講，就像照本宣科的說教。但事到如今，顯真也無法重振情緒，只有嘴巴半機械式地開合著。

演講結束後，大多數的受刑人不是苦笑，就是臭著臉鼓掌。

真教人如坐針氈。

「回去各自崗位！」

刑務官一聲令下，所有的人都站起來，整隊之後，散往各自該去的地方。顯真對那個人好奇得不得了，卻無法主動靠近。在他的目送下，那個人的身影朝獨房的方向消失了。

「師父，謝謝你的演講。」

熟識的刑務官田所慰勞他說。對演講淒慘的表現隻字不提，這番好意反而讓人難堪。

「請問那個人是誰？」

顯真問田所。

「前排中央不是有個鼻子有疤的受刑人嗎？」

「喔。」田所意會地點點頭。果然是靠鼻子的疤痕想到的樣子。

「他叫關根要一。」

果然。

顯真認識的人，也是這個名字。既然如此，就是同一個人，錯不了。不過，他到底犯了什麼罪？

但不待顯真開口，田所就接下去說了：

「他是死刑犯。五年前殺死了一對情侶，被判了死刑。」

顯真懷疑自己聽錯了。

2

「師父認識關根嗎？」

田所問，眉心因猜疑而蹙起。教誨師雖是民間志工，但經常進出看守所，因此所內傾向於將他們視同刑務官，提防他們與囚犯發展出私人情誼。

瞬間顯真有些防備，但即使無謂地隱瞞，也不會有好結果。還是據實以告比較好。

「他是我大學同學。」

「只是這樣嗎？」

「對，只是同一個社團而已。」

「那是五年前發生在川崎的命案。當時媒體也大肆報導，應該滿轟動的。」

說到五年前，顯真才剛出家，那段時期整個人投入修行。他過著與報紙、電視等外界資訊絕緣的生活，因此才沒有聽說那起命案吧。

「出家人對俗事總是很生疏。您說相當轟動，表示是個大案子嗎？」

「師父好像真的不知道呢。」

田所的語氣緩和了一些，似乎暫時放下了戒心。

「死者情侶檔和關根素不相識，卻被路過的他衝動之下殘忍殺害。我記得原因好像是情侶嘲笑了他的鼻子……是這樣一起案子。」

也就是類似路煞殺人的情節，但顯真愈聽愈混亂了。

學生時代，關根不僅不認為自己特色十足的鼻子丟臉，甚至反過來引以為傲，說「多虧了這鼻子，第一次見面的人也能立刻記住我」。當然，其中或許也有逞強的成分，但關根是個剛毅的人，能夠對自己的一點小缺陷笑笑帶過。顯真無法想像這樣的關根會只因為鼻子被嘲笑，就動刀傷人，遑論殺人。

「案子馬上就破了嗎？」

「本人向警方投案了。警方當場緊急逮捕關根，雖然是一起重大刑案，卻兩三下就落幕了。印象中，關根毫無悔意地坦承殺死兩人，案子很快就破了，社會的關注也沒有持續多久。」

絕不逃避，敢做敢當。顯真覺得只有這部分很像關根。

「我可以見關根嗎？」

「師父也清楚，就算是你，也不能說見就見吧？」

基本上，能夠會見死囚的就只有家屬，若是聲請再審，也可以見律師，但實務上很多時候甚至連要見律師都困難重重。據說就連國內外的非政府組織或國會議員申請探監，也無法通過。死刑定讞犯名副其實，就是已經確定要被處死的人，因此法務部為了讓他們容易接受自己的死亡，以「為求其心情平靜」為名目，不願讓他們接觸外界人士。

「不過如果是教誨師，每個月可以見上一次呢。但也必須要本人申請……」

「可以請您轉達他嗎？說我——大學同學高輪顯良想要見他。」

顯真的表情肯定極為迫切。他如此懇求，田所儘管老大不願意，但還是答應了。

「還有，我想瞭解關根的案子詳情。」

「檢方那裡應該有紀錄。筆錄那些辦案資料應該沒辦法，但只要看看審判紀錄和判決書，應該就可以知道大概了吧。」

「那些東西要怎麼樣才能看到呢？」

「東西都保管在案子第一審的承辦檢察官那邊，向那位檢察官申請閱覽就行了。」

「您知道關根的案子的承辦檢察官姓名嗎？」

問出口之後顯真後悔了。田所只是個刑務官，不可能對每一名死囚都知之甚詳。但意外的是，原先一臉不願意的田所露出苦笑：

「看來關根不光是師父的社團朋友而已呢。」

眼神帶著捉弄的笑容。

「負責一審的檢察官是嗎？我能查到的頂多也只有這些，不過好吧，反正死刑都定讞了，能做的事也沒有多少。」

「太感謝了。」

「哪裡，這點小事就被師父道謝，我反而覺得不好意思。我想，向檢察官申請閱覽資料，更要困難重重多嘍。」

離開東京看守所後，顯真一面操縱方向盤，一面想起昔日的關根。

他告訴田所的他和關根的關係是真的。

只不過也並非全然的實話。他和關根不僅止是社團朋友而已，更有著忘不了的羈絆。

不意間，那天的景象重回腦海。

大雪天的劍岳。他們事前做過功課，劍岳算是中級的登山難度，但天候驟變，難度也一下子飆高了。原本寧靜的綠色山脈，一眨眼便化成了白色的地獄。

面臨生命遭受威脅的時刻，人就會脫掉面具，顯露出本性。但縱然處在那樣的局面當中，關根仍然是一如往常的他。儘管性命交關，他仍舊溫和地微笑，絕不忘記他的灑脫和不張揚的勇氣。如果不是與他搭檔，顯真毫無疑問早已成為大雪中的凍屍了。

愈是想起和關根的回憶，剛才關根穿著囚衣的身影就愈像一場玩笑。他甚至覺得世上再也沒有比關根更不適合監牢的人了。

大學畢業後，因為彼此住得遠，隨著各自熟悉新生活，雙方也漸漸疏遠了。某一年他寄出去的賀年卡因搬遷住址不明被退回來後，就此斷了音訊。

即使如此，那天的事已深深地刻畫在記憶當中。即使會在忙碌的日常中忘記，每當想起關根的臉，那段記憶又會復甦。

所以他非確定不可，否則無法接受。

他怎麼可能犯下被判死刑的重罪？

抵達導願寺後，顯真首先前往職員室。迎接他的是身兼商店販賣員的涼波夕實。

「啊，顯真師父，您回來了。」

「夕實小姐，我可以借用一下那裡的電腦嗎？」

職員室裡的電腦，除了管理寺院商店的銷售資料外，也用來管理住持及八名僧侶的行程及導願寺的官網更新。寺院的收支和信徒家的個人資料，只有住持和會計部才知道，但此外的資料管理，只要有這台電腦就足夠了。和尚與電腦的組合看起來或許奇妙，但這年頭的寺院，每一處都是半斤八兩。

顯真坐到電腦前，立刻搜尋關根的案子。他並非全盤信賴網路資訊，但報紙和電視報導的內容，網路應該都網羅了。

果不其然，輸入「關根要一」一搜尋，相關結果便洋洋灑灑列了出來。

自己認識的人，而且是那個關根，居然在網路上成為公開人物，這件事讓他感覺古怪。如今才見聞到在他與世隔絕的期間發生的事，也讓他有點浦島太郎之感。

瀏覽了幾則文章，排除不負責任的留言和誹謗中傷，他整理出如下的案件梗概：

案發時間是平成二十四（二〇一二）年八月二十三日。深夜巡邏川崎市內公園的巡查發現了一對男女的屍體。轄區接到連絡，立即成立專案小組，然而很快地，隔天二十四日早晨，關根就向警方投案了。他聲稱殺人動機是與男女擦身而過時，對方嘲笑了他的鼻子。由於關根自承殺害二人，警方當場將他緊急逮捕，在發現屍體短短一天內就迅速破案。

而且進入審判程序後，對於一審做出的死刑判決，被告未提出上訴，結果就此定讞。儘管是殺害情侶的重大命案，媒體的報導熱度卻未持續，應該也是因為落幕得太簡單俐落了。

但顯真沒辦法只是驚訝就算了。動機固然奇怪，只是一時氣憤，居然一口氣刺殺兩人，這種狀況他實在無法接受。他只覺得這一定是與關根要一同名同姓的不同人所犯下的惡行。

關於自白的可信度、警方的偵辦過程，以及審判內容等等，相關報導並不多。網路上的資訊量似乎與媒體的炒作度呈正比，開庭的時候，報紙和電視報導都已經興趣缺缺了。

這種情形，就叫做隔靴搔癢吧。想看卻看不到，想知道的事被隱藏起來，卻連伸手去揭開都沒辦法。

不管怎麼樣，資訊都太少了。還是得閱覽檢察廳保管的審判紀錄，並向關根本人問個究竟，否則他實在無法信服。

正當顯真這麼想，不知不覺間來到背後的夕實出聲了：

「您看得好認真喔，顯真師父。」

「會嗎？」

「簡直就像沉迷在電玩裡的小朋友。」

這話宛如當頭棒喝。既然看在旁人眼中如此，表示自己有可能在無自覺的情況下樂在其中。

顯真自問：

你是受到教誨師的職業倫理驅使而行動嗎？或是出於個人的感情在行動？

你的感情裡面，是否包含了看到過去的朋友落魄淒慘，覺得開心的成分？

顯真尋思了好半晌，總算做出並非如此的結論。他覺得窩囊極了。入佛門五年，即使回答得出信徒的問題，對於自己的問題，卻竟然無法當下回答。

「不是電玩。」

顯真自言自語地喃喃道。

「說它是電玩，實在太殘忍、也太空虛了。」

「怎麼說？」

「因為這件事已經結束了。」

隔天，顯真打電話連絡田所，田所告訴他承辦檢察官的名字。檢察官姓牟田，當時和現在似乎都在橫濱地檢任職。

但還有比這更重要的消息。

『關根說他願意見顯真師父。』

顯真遲了一拍才回話，明明是他提出想會面的，然而真的可以見到人了，他卻反而情怯起來。

『可以會面的話，最快是這個月九號，怎麼樣？』

九號是後天。幸好顯真沒有法事等預定。

「當然好。」

掛斷電話後，心跳聲劇烈得近乎刺耳。是出於期待嗎？還是恐懼？不管怎麼樣，都一樣窩囊。

如果能在會面日之前讀到審判紀錄，自然再好不過，但輕率地直接打電話過去詢問，或是直闖橫濱地檢，也只會造成反效果吧。也不曉得有沒有特定的申請書，因此他寫了希望閱覽關根的審判紀錄的信件，用快捷寄給牟田檢察官。他期望能夠在關根的會面日前收到回音，但遺憾的是，信件宛如石沉大海。

八月九日，顯真一早就坐立難安。比起遠足前一天興奮的孩子，更接近大考當天的考生吧。

顯真把車停在看守所停車場。月曆上已是殘暑，但這天預報東京都的最高氣溫可能達到三十九度。還不到中午，柏油路面已升起了蒸騰熱氣。夏季的袈裟是真絲料，也十分透氣，但處於這樣的燠熱之中，仍不堪一擊。還沒走進建築物，就已經流了滿身汗。

看守所裡也有冷氣，但只有職員辦公室和走廊才有。顯真會在獨房和關根會面，因此當然必須處在熱氣籠罩之中。

刑務官陪同顯真前往關根等待的獨房。即使目的是教化，和死囚會面時，規定都一定要有刑務官陪同。

「這裡。」

刑務官指著一間牢房說。厚重的鐵門上，上下鑲著兩道壓克力板小窗。窗上貼著單向透視膜，從室內看得到走廊，但從走廊看不到室內。對於站在門前的顯真，關根正用什麼樣的眼神觀察著？

「二四一二號，訪客來了。」

門打開後，只見一張小矮几，身穿囚衣的男子跪坐在矮几前。

「嗨。」

關根以極平靜的神情迎接顯真。比起顯真記憶中的他，臉頰消瘦了許多，但柔和的笑容依舊。

「謝謝您過來。」

客套生疏的口氣，道盡了二十多年的疏遠。在深談之前，首要之務是除掉這堵障礙。

「我可以坐嗎？」

「請。」

關根從背後抓來坐墊，放到對面。這間三張榻榻米大的獨房裡，依規定只能有一枚坐墊。顯真不好只有自己坐，道謝之後，將墊子挪到旁邊。

獨房裡不出所料，燠熱無比。天花板上有照明燈具和成套的換氣裝置，因此會帶進一絲走廊上的涼氣，但在今天這樣的酷暑之中，可謂是杯水車薪。窗外被百葉遮住，看不見任何風景，卻只有蟬聲熱鬧合唱，更添悶熱之感。

「好久不見了。」

旁邊就站著刑務官，但兩人相識的事，遲早會被知曉。既然如此，從一開始就打開天窗說亮話，表示自己並不打算隱瞞兩人的關係才是上策。

關根似乎悟出他的用意，輕輕點了點頭：

「稱呼您為師父比較好嗎？」

「得度的時候，我得到了顯真這個法名。顯微鏡的顯，真實的真。叫我師父實在不太好意思，請叫我顯真就好。」

「顯真……從本名取一字，顯露真實的意思嗎？很適合您。不過您居然會出家，我真是意外。明明以前您對宗教一點興趣都沒有。」

「那當然了，我自己也完全沒想到我會出家。」

「我一直很想請教僧人，僧名會變成正式的名字嗎？」

「有很多情況。我自己的話，是去法院辦理了姓名變更手續。聽說有許多師兄弟也是這麼做。」

「也就是拋棄本名呢。」

「我的話，還保留了本名的一個字，所以也不算徹底拋棄塵緣。」

捨棄本名，意味著捨棄俗世的自己。從這個意義來說，顯真並未徹底捨棄俗世的自己。

「大學畢業以後就一直沒有連絡，所以已經二十五年沒見了呢。真的是久違了。」關根說。

「都是你害的吧？我寄出的賀年卡因為住址不明被退回，我也沒有方法可以連絡你了。」

「啊……」

關根發出想起來似的聲音。看來他並非積極地斷絕音訊。

「真是對不起。那時候發生了很多事，我沒有餘裕通知朋友搬家的事。」

「既然覺得抱歉，就別再用那假惺惺的敬語跟我說話了。從剛才我就聽得全身怪不舒服的。」

關根聞言，也忍不住瞥了刑務官一眼，像在看刑務官的臉色。刑務官眉頭不皺一下，似在表示這點程度的放肆可以默認。

「以前也就罷了，現在的我們是囚犯和僧人啊。一邊是罪大惡極的凶徒，一邊是聖職者。用平輩的語氣說話，總教人心虛。」

「這我得反駁，在真宗的教義裡，僧侶和罪人之間沒有貴賤之分。粗暴一點說，你和我都一樣平等，是受佛祖拯救的人。」

關根聞言，露出有些調皮的笑容，反駁道：

「那，我就不客氣地請教，你怎麼會想去當什麼和尚呢？到底是什麼讓你拋棄了俗世？」

「請等一下。」

顯真伸出一手，制住關根的話。關根單方面地問個不停，這樣根本就本末倒置了。今天他會來訪，是為了挖掘關根的真心。再說，他有不想被刑務官聽見的個人隱情。

「你也回答一下我的問題吧。和我失聯的二十五年之間，你都在哪裡做些什麼？」

「就普通地過日子啊。」

關根淡淡地說道。但他死囚的身分，讓顯真對他說的「普通地過日子」深感懷疑。

「大學畢業後，我進了一家家電廠商當業務。一路當到部長，算是滿能幹的員工吧。直到鬧出那件事以前，唔，都算得上一帆風順。」

「你的家人呢？有幾個孩子？」

「喔，雖然我的上司跟同事都不錯，但就是沒有女人緣。到了這把年紀，都還是單身。那顯真師父呢？」

顯真反射性地要回答，但話卡在喉嚨哽住了。這也是不願被刑務官聽到的私事之一。

「別再說我了。」

「也是，都出家了，也不能吃肉娶妻了嘛。」

幸好關根不知道。淨土真宗與其他宗派最大的不同，就是真宗允許僧侶吃肉娶妻。不過現在還是先別解開誤會，帶過比較好。

那麼，接下來就要進入正題了。

「我查遍網路上還找得到的報導，得知你到底犯了什麼罪。」

「現在才在查嗎？」

「案發當時，我正在修行，形同與世隔絕，無法即時看到新聞報導。」

「與世隔絕嗎？真是諷刺呢。現在比起顯真師父，我更是與世隔絕。因為我完全從外界被隔離起來了嘛。」

關根形容得很妙。顯真想起，能夠像這樣自我解嘲，也是關根的優點。

「別打哈哈了，回答我。你為什麼殺了那兩人？」

「你也知道案情概要吧？」

「他們跟你素不相識。」

「沒錯。」

「擦身而過的時候，你覺得他們笑了你的鼻子。」

「這也沒錯。」

「不可能。」

顯真正面注視著關根說。

「你不是會為了這種無聊的理由衝動殺人的人。這一點我最清楚。」

「殺人的理由，沒有無聊或偉大之分吧。你這話完全不像出自一個出家人之口。」

關根有些促狹地說。這也是他從以前一貫的說話方式。

「再怎樣的聖人君子，也會有鬧脾氣的時候。這種時候，如果自卑情結又遭到刺激，即使會一時鬼迷心竅，做出憾事，也沒什麼好奇怪的。」

「就算是這樣，居然一口氣殺害兩個人……」

「愈是平常看起來理智冷靜的人，一旦抓狂，就愈無法控制。人類的自制力其實是很脆弱的。不過這對德行深厚的僧人來說，是遙遠的事。」

儘管語帶譏諷，顯真卻奇妙地完全不以為意。雖然一開始對話生硬，但聊著聊著，雙方都漸漸敞開心房了。要跨越擋在兩人之間的障壁，就只有現在了。

「什麼德行深厚，我出家才五年而已。在信徒前面雖然表現得頗有一回事，但我到現在依然全身上下充滿煩惱。」

「天哪，我真是同情你的信徒。」

「但阿彌陀佛還是會拯救眾生。」

關根看了顯真的臉片刻，換了副嚴肅的口吻說：

「你變了。宗教果然有改變一個人的力量嗎？」

「並不是所有的宗教、也不是任何人都能夠改變。裡面也有些人不需要宗教吧。但不管是什麼樣的人，阿彌陀佛都是來者不拒。」

「就連我也是嗎？」

關根把臉湊近顯真，就像要確定他的反應。

「就連殺了兩個無辜之人的我，佛祖也不會拒絕，會拯救我嗎？上次聽到你說惡人更有資格得救時，我就一直耿耿於懷。」

「這就是真宗的根幹，我不可能否定。」

「這樣啊。那我想拜託你一件事。你可以為我做個人教誨嗎？」

關根的眼神不是在打趣或玩笑。

「過去那樣瞧不起信仰的人，居然成了僧侶。如果淨土真宗有這麼大的力量，我倒有點興趣。你可以向我說說那真宗的教義嗎？」

「求之不得。」

「剛才你說佛祖來者不拒，那也會去者不追嗎？」

「這我無法保證。」

結果關根搖了搖頭，就像在說拿顯真沒辦法。

結束短暫的會面，和刑務官回去的路上，顯真發現自己終究沒有問到最重要的問題。這麼說來，巧妙閃躲對方的追問，也是關根的拿手伎倆。

噯，罷了。從聊過的印象來看，關根雖然有些憤世嫉俗，但也並非徹底改頭換面。他成功接到了關根的個人教誨，往後可以定期見面談話了。案子的詳情，也可以慢慢問出來了。

「師父認識二四一二號呢。」

刑務官開口問了。因為也不能當做沒聽見，顯真敷衍地應付。

「東京看守所這裡禁止認識的人進行個人教誨嗎？」

「不，沒有這種規定，但我想在雙重的意義上，顯真師父會很難受。」

「怎麼會呢？」

「因為二四一二號是死刑定讞犯啊。看到教誨的對象伏法受誅，不是很痛苦嗎？如果是以前就認識的朋友，那就更痛苦了。」

顯真忍不住停下腳步。

不敢相信。每個月可以見上一次的事實讓他沖昏了頭，居然完全忘了最重要的事。

在不久後的將來，關根將會命喪絞刑台。不論本人是否吐露五年前犯罪的真意，他都照樣會被拖往行刑室，臉被罩上白布，雙手雙腳被綁起來，墜入那一公尺見方的洞穴裡。

忽地，關根的身影和堀田重疊在一起。

平靜的表情、灑脫的言詞。但就連這樣的關根，在被拖往刑場時，也會像堀田那樣瘋狂掙扎，陷入狂亂嗎？

顯真感到胃部逐漸沉重起來。

3

雖然接下了個人教誨工作，但每當想起關根的臉，顯真就心亂如麻。不管心靈獲得多大的安寧，不遠的將來，那具肉體也將在死刑台上，性命如朝露般消逝——身為教誨師應該早已接納的理所當然動搖起來，讓顯真無所適從。

距離前往看守所進行教誨，還有將近一個月的時間。原本只要在這一個月以內，思考要說的內容就行了，但油然而生的疑念卻阻撓著他。

那個關根殺了人。而且只因為肉體的小缺點受到嘲笑，就殺害了一對情侶。這個事實他怎麼樣都無法接受。他期待只要和關根本人談一談，疑問就能冰釋，然而時隔二十五年交談的結果，卻讓他身陷更深的煩惱。

灑脫、調皮，比起自己，更把別人的需求擺在第一。這樣一個人，會只因為鼻子上的傷疤被嘲笑，就殘忍地殺害素不相識的兩個人嗎？

瞬間，「冤案」二字浮現腦海。但物證齊全，而且本人從一開始就坦承不諱，因此不白之冤的可能性被否定了。

四分之一世紀的時間，就足以改變一個人嗎？在自己不知道的二十五年間，發生了什麼讓關根性情大變的事嗎？

顯真思索著這些，前往信徒家主持法事。盂蘭盆節到了，法事一場接著一場，是所有寺院的生意旺季。導願寺也不例外，每天早上八點到晚上七點，都要輪流拜訪各信徒家。而且不是誦個經就好了，還必須面對齊聚一堂的參加者，說上一篇法話。

自古以來，僧侶這行職業，也扮演了地區教育者的角色。學校制度建立以後，這樣的機會也減少了，但角色本身並未消失。身為導師的僧侶，必須做出符合現代的教義解釋，因此拜訪信徒家回來後，必須一手拿著佛教書籍鑽研，精進知識。法話的內容也是日日新，又日新。

這天顯真在晚上八點結束信徒家的法事，回到導願寺時，已經近九點了。許多寺院皆是如此，僧侶不吃晚飯。結束這天的晚課後，就只剩下更換衣物，上床就寢。

顯真和長他三年的師兄常信一起誦經。雖然也有一個人誦經的時候，但是在導願寺，經常是兩人一組進行。與其說是彼此監視，更是為了督促執行。誦經結束後，常信客氣地開口：

「顯真師父，你是不是有什麼心事？」

常信平素文靜寡默，但絕非對周圍漠不關心。反而是觀察入微，偶爾脫口而出的話，就宛如箴言，是個心思縝密的僧侶。

「剛才在山室家的法事，在說法的時候，你也有些神思不屬。現在也是。嘴裡誦著經，卻心不在焉的樣子，是我多心了嗎？」

顯真早已學到，被常信指摘時，即使打馬虎眼也是白費工夫。細節姑且不論，但若是不說明理由，常信應該不會信服。

「其實有件事讓我牽腸掛肚。我會無法全神投入法話和讀經，也是這個緣故吧。這麼不成熟，我真是慚愧極了。」

「乾脆把你的憂慮說出來如何？很多時候只是向他人傾吐，煩惱就會減輕一大半了。」

看著面容知性的常信，顯真忍不住想要說出一切。這就是所謂的道行吧。但不能不負責任把對負責教誨的對象的疑心告訴別人。況且那還是自己的老朋友。

「真的很謝謝你的關心，但我想再自己思考一下。」

「我瞭解了。如果讓你覺得多事了，還請包涵。」

常信行了個禮，毫無眷戀地離去了。除非當事人要求，否則不會問東問西，也不會拒人千里之外。常信平素就是這樣的態度，無怪乎許多信徒都對他敬仰有加。

被留下的顯真沉思了一陣子。處在這種不乾不脆的情緒中，束手無策地過上一個月，完全就是痛苦。最好在下次見到關根之前，瞭解一下案子的詳情。

要求閱覽關根的審判紀錄的信件應該已經送達橫濱地檢了，但尚未收到牟田檢察官的回信。刑務官告訴他，向檢察官申請閱覽困難重重，但他忘了問是怎樣困難。是不願意已經結審的案子被再次挖開來，或只是單純地嫌麻煩？

顯真也在考慮明天直接打電話詢問狀況。但寫信就有可能讓對方覺得受打擾了，若是他電話過去，也只會更引起反感吧。

忽地，他開始質疑起以僧侶身分度過的這幾年。若說遠離塵世，專注修行是很好聽，但換個角度來看，也可以說只是排斥世間雜務，專注於內省罷了。愈是學習戒律、對教義理解愈深，對世事也就愈生疏。就連申請閱覽審判紀錄，感覺市井小民都能更熟門熟路地辦妥。

換上睡衣，鑽進被窩裡，眼睛仍然緊繃不已。像今天這種有好幾場法事的日子，夜晚應該會因為喋喋不休和四處奔波的疲倦，一沾上枕頭就睡著了，今天睡魔卻遲遲不肯造訪。

有幾年沒有像這樣煩惱到睡不著覺了？決心皈依佛門的當時，他有著相應的失眠理由，但開始修行以後，就從來不曾像這樣苦惱過。

顯真有點怨恨闞根。儘管大雪中的劒岳的遇難事故大大地影響了顯真的人生，但出了社會、與闞根失聯，結婚成家以後，也愈來愈少回想起來了。若要比喻，就像是已經結了痂的傷口。

所以一直以來，他可以不用想起來。

但那塊痂卻因為東京看守所的團體教誨而被摳下來了。摳下來一看，底下是仍然隨時都會湧出鮮血的深深的創口。

坦白說，如果沒有在團體教誨的場合看到闞根，他也不會如此煩惱。但既然已經知道了，也莫可奈何。不，若是在死刑執行後，他才知道闞根的事，肯定會更後悔無比。

總之他決定在下次會面日以前，試盡一切他能做到的事。

隔日一整天也排滿了法事預定。不管再怎麼掛心闞根，也不能將寺院的工作延後，顯真和其他僧侶一起出門拜訪信徒家。

若地點遙遠，寺院也允許搭電車或計程車，但信徒家幾乎都位在寺院半徑五公里範圍內，因此移動工具幾乎都是機車。騎機車破風前行的模樣，在旁人眼中似乎顯得涼爽，但實際上卻是持續曝曬在直射陽光底下，因此停下機車的瞬間，汗水便泉湧而出。

這天創下本季最高溫紀錄，結束全部的行程時，袈裟和襯衣全都吸飽了汗水。溽暑和連日的奔波，讓疲勞達到頂點，回到寺院時，他甚至想要逃避晚課。

然而回到自己的房間時，几案上擺著夕實寫的字條和一封郵件。

『這是白天收到的顯真師父的郵件。當然我沒有打開，不過是檢察廳寄來的，有點可怕。』

郵件確實是來自橫濱地檢。似乎總算收到牟田檢察官的回信了。顯真忘了疲累，立刻拆開信封。

檢查內容物之後，他大失所望。田所刑務官已經警告過他，所以他早有心理準備，但信封裡只有影印的判決書，沒有任何辦案資料或其他審判紀錄。不，也有寄件人寫的信箋，但短箋上的短文，其冷漠媲美公務連絡。

導願寺　顯真師父：

附件為您索取之資料。

橫濱地檢檢察官　牟田圭吾

這年頭只要在網路上挖掘，好像也能搜尋到判決書內容，因此收到的東西，並不讓人覺得有多感激。但想到這幾天的忙碌，光是能拿到實體文件，就該視為一項收穫嗎？

總之，這下就能第一次讀到官方紀錄了——顯真甚至忘了更衣，直接讀起判決書來。

橫濱地方法院川崎分院　平成二十四年（わ）[註三]第一九五四號

主文　被告判處死刑。

理由

（犯罪事實）

一、被告於平成二十四年八月二十三日晚間十時許，於神奈川縣川崎市大字手越的菅谷公園，攻擊談笑中的兔丸雅司（時年二十八歲）及塚原美園（時年二十四歲），以所持刀械首先刺殺兔丸雅司，繼而殺害塚原美園，就此逃逸。

註三：依案件紀錄符號規範，代表地方法院的一般第一審訴訟案件。

二、隔日被告對自己的犯行心生怯意，向川崎署投案。

被告及律師強調被告無殺意，主張無罪，故以下說明認定事實之理由。

壹、事實摘要

依據各項證據，可知下述事實。

一、被害者兔丸雅司及塚原美園為長年交往之情侶，案發當日二十三日於串燒店（串燒將軍手越店）用完晚餐，返家途中經過菅谷公園。從餐廳收銀機保存資料，可確定二人於晚間八點四十五分結帳，離開餐廳。此外，該餐廳與命案現場菅谷公園，相距約五百公尺。

二、同日晚間十一點四十五分，巡邏該公園一帶的派出所員警齊藤義久巡查發現兔丸雅司及塚原美園陳屍公園內。齊藤巡查當場檢查二人之生命跡象，但二人皆因刺傷，出血過多，已無呼吸心跳。

三、齊藤巡查通報後，川崎署調查員及前之內亘法醫抵達現場，法醫確定兩名被害人死亡。屍體衣著皆完好，兔丸雅司胸部有三處創口，塚原美園腹部有兩處創口，無其餘外傷，故判定創口之一即為致命傷。此外，現場有打鬥痕跡，並殘留大量鮮血，故可斷定該公園即二人之殺害現場。另，現場未發現凶器，疑似被凶手帶走。

四、被害者的死亡推定時刻

（一）兔丸雅司、塚原美園二人屍體經相驗後，立即送至川崎第二醫科大學法醫學教室，由種村壽三教授執刀，進行司法解剖。

（二）經司法解剖，兔丸雅司胸部有三處創口，其中之一深達心臟，推測即為致命傷。據種村鑑定書（甲10）所述，兔丸的胃部所見為「殘留以幾乎未消化之雞肉及飯粒為主之粥狀物約三〇〇公克。部分摻雜暗褐色之細微物質及少量葉片」。死後經過時間則為「推測驗屍開始時間（八月二十四日凌晨兩點）應為死後三至五小時。膽汁幾乎呈充滿狀態、胃部內容物幾乎未消化，據此可推估是在用餐後不久即死亡」。

（三）塚原美園的司法解剖，亦由種村教授執刀。塚原的腹部有兩處創口，創傷皆頗深，其中靠近側腹部的創口可驗出生活反應，故種村鑑定推定此創口即為致命傷。胃部殘留與兔丸鑑定相同的內容物，消化狀態亦相同，故塚原的死亡經過時間，紀錄為「推測驗屍開始時間為死後三至五小時。膽汁幾乎呈充滿狀態、胃部內容物幾乎未消化，據此可推估是在用餐後不久即死亡」。

（四）前述解剖時所採之兩名的胃部內容物，除種村鑑定外，亦由神奈川縣警察科學搜查研究所（以下稱「科搜研」）技術職員前田誠一及同單位大曾根幸太進行鑑定。據前田、大曾根鑑定書（甲12）記載，將兔丸及塚原之胃部內容物移至培養皿，加入蒸餾水，靜置一段時間後，去除其清澈液，重複數次，採取餘下之固形物，以肉眼及顯微鏡檢查，發現可辨識許多幾乎保留原狀之雞肉和米飯，以及高麗菜片。

貳、關於被告

案發隔日二十四日，上午九點四十分許，被告關根要一（時年四十二歲）向川崎警察署投案，自承「就是我在菅谷公園刺殺了一對男女」，被當場緊急逮捕。據製作筆錄之司法警察員富山直彥巡查部長製作之筆錄（乙8）記載，被告於下班後的前晚八點至九點大肆痛飲，回家途中經過菅谷公園。這時與兔丸及塚原這對情侶擦身而過，塚原對兔丸說：「你有看到剛才那個人的鼻子嗎？」兔丸附和揶揄：「看到了，還不到馴鹿出沒的季節吧？」被告聞言暴怒，當場和兔丸發生爭吵。被告在醉意助長下，氣憤之餘，持身上的登山刀朝兔丸的胸口刺了三刀。此時由於塚原看到二人扭打而尖叫，被告害怕引來他人，情急之下刺了該女腹部二刀。結果兩人皆倒地不動，被告頓時心生恐懼，帶著凶器的刀子，逃離公園。

被告逃回住處，酒醒之後，認為一定有人目擊他們爭吵，或是行凶現場被監視器拍到，害怕起來，認為只有自首一條路，故前往川崎警察署投案。

參、被告有犯案機會（不在場證明不成立）

一、富山司法警察員詢問被告聲稱喝酒的居酒屋位於何處，但被告說是臨時起意走進去的店，故不記得店名與地點。另，被告投案時接受酒測，血液酒精濃度為百分之〇・〇一以下，無法確認酒精殘留。被告的記憶極為模糊，無法提出不在場證明。

二、菅谷公園設有監視器，但僅有北側一處。案發地點為小規模樹林所在的東側，未拍到三人在一起的場面。

肆、凶器及兩名被害者的血跡附著

一、川崎警察署對被告住處進行搜索，起出疑似凶器之登山刀及沾有大量血液之馬球衫。科搜研技術職員宮川直實及另名職員接受川崎警察署委託，鑑定自被告住處扣押之登山刀及被告馬球衫上之血跡，並於平成二十四年八月二十五日至同月二十八日之間實施鑑定。結果如同附件一所示，登山刀及馬球衫之血跡，血型及DNA型皆與被害者兔丸、塚原相符。此外，兔丸的ABO式血型為B型，DNA型之MCT118型為16—26型，HLADQα為1・

3－3型。塚原則各為O型、23－27、1・1－3型（甲15）。被告於筆錄中陳述「刺殺兩人後，拿刀的手沾了一堆血，所以我用衣服抹掉」，與犯罪事實相符。

二、據信為凶器之登山刀，刀長二十二公分，為單刃銳器，與兩名被害者之創口、創洞吻合。

伍、被告之供述及性格

一、被告於任職之家電廠商（筑波）擔任營業部長。據筆錄所述：「我在同一家公司當了快二十年的業務，但最近經濟不景氣，生活家電銷路不佳，我為了消除煩憂，藉酒澆愁。我在國中理化實驗的時候，鼻子被化學藥劑潑到，到現在疤痕都還在，平常沒有人會當著我的面指出，但那是一輩子都不會消失的疤痕，讓我感到很自卑。然而那對路過的情侶卻嘲笑我的鼻子，讓我一時情緒失控。」

二、被告過去未有顯示其性格異常之前科，雖無結婚紀錄，但至今過著一般社會生活，鑑此狀況，難謂其性格異常。

陸、被告之性格鑑定

一、律師基於被告日常生活之表現，主張被告不可能以平常的狀態犯下如本案之犯行，申請為被告進行精神鑑定，本法院同意其鑑定申請，委託浦和醫科大學精神醫學部副教授醫學博士町田珠樹鑑定。

二、町田以浦和醫科大學醫院精神神經科醫療技術職員西野真美擔任其助手，實施下列五種測驗。

（一）MMPI（明尼蘇達多項人格問卷）檢查中，三八三項問題中，有五十二項未作答，而未作答之項目，皆與被告於本案中之心理狀態相關，可看出不願受到不當判斷的強烈戒心。

（二）墨跡測驗中，本人沒有表現戒心，自由發揮想像力。對十張卡片皆有反應，由反應方式分析被告的個性，為富有協調性及同理心，對於建立人際關係，亦有積極的一面。感情也很豐富，但相對地亦傾向於固執於一件事，當理性無法控制時，有可能感情失控。

（三）P-F Study（羅氏逆境圖畫測驗）中，GCR（一般人對挫折的反應，與受試者的反應相近的程度）分數為標準，可看出已學習到當感覺挫折時，該如何處理排遣。

（四）樹木畫測驗的結果，可看出受試者對於自己和周圍的關係相當關心，從樹木畫也能看出其維持人際關係的欲望。

（五）TAT（主題統覺測驗）中，受試者的結果相當標準，看不出特別奇異之處，雖然對被告來說較有心理糾葛的內容（攻擊性、性、危機），能提出完整的說法，但對於非心理糾葛的內容（朋友、戀愛關係），則表現得略為警覺。在空白卡上，於自己的旁邊畫了多名他人，在無意識當中顯示出其對朋友及家人的執著。

三、綜合被告的行動觀察、問診及心理測驗得到的結果，被告意識清明，無明顯認知障礙，具備常識性的判斷力及感情表達能力，亦無思考障礙。但對自身肉體缺陷的質問以及人際關係頗為敏感，並有部分傾向讓人聯想到強烈的執著。

柒、被告的主張

一、被告及律師在審判中主張無罪。其論點可總結為以下三點：

（一）犯行當時，被告處於酩酊狀態，無法判斷善惡，未有殺意，故主張無罪。但儘管距離案發已經過十至十二小時，被告的呼氣和血液卻未能驗出足以影響意識的酒精濃度，且被告聲稱前往飲酒的餐飲店亦未能找出，故此一主張無法獲得證明。

（二）辯方主張，案件肇因為兩名被害者嘲笑被告之身體缺陷，故僅追究被告一方之責任，過於偏頗。然兩名被害者嘲笑或咒罵被告，亦僅為被告本身之陳述，既無第三者可佐證，此主張亦無從成立。

（三）檢方提及犯案當時，被告身上持有登山刀，主張儘管依精神鑑定結果，可知被告意識清明、具常識性判斷力，但從隨身攜帶可成為凶器之刀械一事，可知被告無意識地、或是積極地擁有造成他人死傷之意圖。律師反駁被告僅是無意識地將家中物品帶在身上，然對照被告平日的生活狀況，難以想像會無意識地攜帶具殺傷能力之刃械，故可類推犯案當時，處於特別的意識狀況之下。

結論

綜上所述，被告雖未有精神障礙，但心懷對工作的不安，以及身體缺陷造成的自卑，此時與兩名被害者發生口角，遂以隨身攜帶之登山刀殺害兩人。從凶器及衣物附著有兩名被害者的血液，以及自現場採集到被告之毛髮及鞋印，加之被告無不在場證明，被告殺害兩名被害者一事，已無可疑。雖無法證明其動機，但據被告本身供述，殺機為筆錄中記載之「他們笑我的鼻子」的恨意。

（適用法規）

死刑（刑法199條）

免除負擔訴訟費用

刑事訴訟法181條第1項但書

（論罪科刑之依據）

本案為被告與路過的兩名被害者發生口角，失手殺害兩人，留下屍體，逃離現場之犯行。

本案之犯罪形態，為被告於返家途中半衝動地殺害萍水相逢之兩名被害者。被告剝奪了兩條寶貴的生命，造成不可挽回的結果，且應該正處於幸福愛河的情侶橫遭攻擊，其恐懼及精神、肉體上之痛苦，皆超乎想像。兩名被害者往後的希望、充滿愛情的人生殘酷地就此終結，其憾恨不可估量。塚原的父母基於無法平癒之受害感情，要求判處被告極刑。因毫無道理的犯罪而失去掌上明珠的父母的悲慟之深，以及對被告無處排遣的憤怒之劇，完全足以理解，會希望被告被處以極刑，亦是人之常情。

自警署偵訊到法庭審理，被告一貫主張其未有殺意，既無反省，亦無道歉。其態度看不出絲毫良心的呵責或悔意。

綜上，認除處其死刑外，無其他選擇，故裁定如主文，處其死刑。

（求刑　死刑）

審判長法官　實山則夫

法官　塔島玲子

法官　氣仙隆介

讀完判決書，顯真深深地嘆了一口氣。

艱澀且充滿各種專有名詞的文章詰屈聱牙，但內容完全足以彌補這樣的缺點。此外，更引起他的注意的，是凶器為登山刀這樣的記述。

自從在大學加入社團以後，登山刀就是社員的必備品。即使平時不會隨身攜帶，社辦或住處書桌抽屜裡，都一定放著自己的一把逸品。沒想到它會變成凶器。

判決書中描述的關根要一，兼具了顯真熟悉與陌生的兩個部分。在精神鑑定中浮現的形象——熱衷於建立人際關係，且具備常識性的判斷力，還有對一般來說應該會感到糾葛的內容毫無戒心，這些特點完全就是二十五年前的關根。

但另一方面，對鼻子的疤痕感到自卑，只因為被嘲笑這一點，就感情用事，這樣的關根感覺根本是不認識的另一個人。就彷彿同一個故事裡有同名同姓的不同人登場，從頭到尾都讓他覺得扞格不入。

說到不對勁的地方，這份判決出來後的後續發展也教人不解。這是橫濱地方法院川崎分院的判決。也就是說，這是一審判決。

關根和律師到底為什麼不上訴？就連對法律不太熟悉的顯真，也知道日本的審判是三審制。若是對地方法院的判決不服，就上訴在高等法院對抗。如果仍舊失敗，還有最高法院可以上訴。

但牟田檢察官寄來的判決書就只有這一份。總不會是上訴不是他負責的，所以不給吧？為了想要盡可能瞭解詳情而蒐集資訊，沒想到卻引來了新的疑問。看來今天也將輾轉難眠了。

顯真想要知道。

他無論如何都想知道後來的經緯，以及相關人士的一切言行。否則面對關根的時候，他會不知道該如何應對才好。

再次請求牟田檢察官提供資料嗎？但從這次的判決書寄送，已經可以清楚地看出牟田檢察官的態度了。顯真是檢方起訴的嫌疑人的關係人，因此這也是無可奈何的事。檢察官意興闌珊，也只做出最起碼的回應，就算向他索取更進一步的資料，感覺也不可能會迅速行動。

那麼，除了牟田檢察官以外，還有誰可以拜託？

這時顯真想到了非常單純的答案。從開庭前就一直陪在關根身邊的人，也就是律師，應該會樂意協助吧？顯真急忙重讀收到的文件，開頭就列出了律師的名字。

「律師　服部一真」。

在橫濱地方法院川崎分院的法庭上為被告辯護的話，很有可能是在首都圈開業的律師。只要在網路上設下條件搜尋，或許可以查到他的連絡方式。

總之先和服部律師見一面再說。

4

隔天，結束早課之後，顯真前往職員室。剛好裡面只有夕實一個人。

「夕實小姐，不好意思，我可以再借用一下電腦嗎？」

「當然好，請用。」

夕實天真無邪的態度宛如一帖清涼劑，顯真在電腦前坐下來。他用「首都圈　服部一真律師」為關鍵字搜尋，很快就查到他的來歷了。

服部一真律師，七十一歲，隸屬於東京律師會。事務所位在東京都千代田區神田須田町。

顯真感到慶幸。同樣在都內的話，可以輕易前往。七十一歲的高齡讓他有些介意，但若要挑剔年紀，僧侶也是一樣的。被奉為高僧的，不都是高齡長者嗎？只因為高齡就抱持成見，未免太不尊重人了。

顯真想要立刻連絡，但現在還不到上午七點。這時間法律事務所不可能已經開門了，顯真只好先將螢幕上的連絡方式輸入手機。

很快地到了早飯時間，確認當天行程後，眾僧侶今天也被派往被分配的信徒家。感覺要過中午才有辦法連絡服部律師。

雖然比昨天緩和了一些，但今天的陽光依舊毒辣。還不到中午，地面已經冒起蒸騰熱氣，柏油路變成黏土般的觸感。有一部法國小說將殺人動機歸咎於太陽，遇上這種日子，就讓人覺得怪不得。

結束第一家的法事後，中午前總算有了一點空檔。他撥打已經輸入手機的電話，五道鈴響後，男聲應接了：

「喂，服部法律事務所。」

有些惺忪的聲音讓顯真對法律事務所的想像崩坍了一半。但他還是提出面談要求，對方便說後天下午有時間。那天剛好是盂蘭盆節剛結束後的平日，信徒家的法事也告一段落，顯真正好方便。他立刻說好，掛了電話。

雖然盂蘭盆節的法事告一段落，也不是導願寺的工作一下子進入了淡季。約好的那天，顯真的自由時間也只有中午過後的兩小時。

兩天後的下午一點，顯真站在服部法律事務所所在的大樓前。那是一棟老舊的住商大樓，一樓是拉麵店。聊勝於無的電梯，剛開始運轉時劇烈地搖晃。

在四樓走出電梯，樓層的陰暗讓顯真不知所措。是公設沒有得到完善的維護嗎？走廊上的螢光燈明滅閃爍，感覺隨時都會熄滅。就連熄了燈以後的導願寺本堂，都比這裡還要明亮。

找到掛著「服部法律事務所」招牌的門了。他按下和一般公寓住房沒什麼不同、和大樓一樣老舊的門鈴，告知來意，門總算開了。

雖然這裡違反了他原先對法律事務所的各種想像，但最讓人意外的還是服部一真本人。

「我是律師服部。」

身材中等，有點駝背。這種姿勢會讓服部不由得仰望面對的人，但疑神疑鬼的眼神，會激起他人的戒心。

相貌也極為寒酸，彷彿分分秒秒都在打量人的眼神與其說是老獪，更讓人聯想到奸詐。雖然顯真早就知道服部年紀很大，但完全沒料到會是這等可疑人物。

左右張望，室內也只有服部一個人。這麼說來，接電話的也像是服部的聲音。這表示這間法律事務所連個員工都沒有，確實，看看房內的辦公家具和調度，不是便宜貨，就是和大型垃圾沒兩樣的東西。

「你在電話裡說要問我五年前經手的案子，對吧？」

「是的，是律師替關根要一辯護的案子。」

「關根……關根……」

「川崎市內的公園有一對情侶遭人刺殺的命案。一審的川崎分院做出死刑判決。」

「喔，那個案子啊。」

服部似乎想了起來，一張臉頓時垮了下來。

「聽說顯真先生是和尚？你和死刑犯關根是什麼關係？」

雖然對服部過意不去，但見面的瞬間，顯真便失去了說出一切的念頭。感覺只做最基本的說明比較好。

「我是他的教誨師。」

「教誨師。哦？他居然有這麼值得嘉許的心態啊？」

那總有些調侃的語氣聽了刺耳。

「我因為接下他的教誨工作，想要盡量瞭解他這個人。」

「所以師父才會來拜訪曾經為他擔任律師的我嗎？哎呀，真是太辛苦了。」

「除了他的為人以外，我也有些事情想要確定一下。」
「只要不牴觸保密義務，我可以回答，不過這其中包括法律諮詢的成分嗎？」
「視情況或許有可能。」
「那麼我必須索取三十分鐘五千圓的諮詢費用。」
顯真覺得只是聊聊往事，就會被海削一筆，但如今也不能掉頭就走。
「好的。」
「那麼，這裡請。」
看來服部在談妥錢的問題以前，都不打算請客人坐下。精打細算到了這種地步，甚至讓人覺得爽快。
「首先我想請教的，是一審判決以後的事。川崎分院做出死刑判決後，關根為什麼沒有上訴？」
「我也建議委託人上訴，但他不想這麼做。」
顯真懷疑自己聽錯了。
「他是放棄上訴，還是不想上訴？」
「就像我剛才說的，委託人表示他不想上訴。」

「是因為即使上訴也沒有勝訴的希望嗎？」

「我想那一審判決大量反映了裁判員[註四]的心證。」

服部嘴唇扭曲，展現出滿滿的諷刺。

「裁判員制度剛上路的當時，嚴刑峻罰的傾向相當顯著。那時候做出的極刑判決，現在全都遭到上級審廢棄了。考慮到這個事實，關根的案子如果上訴，很有可能被減刑到有期徒刑。」

「您向本人提出這個建議了嗎？」

「當然。就算我是公設辯護人，也不可能做出誘使被告不利的行為。」

「原來您是公設辯護人嗎？」

「雖然本人經濟條件還算不錯啦。事關自己的性命，怎麼會交給公設辯護人呢？要不是在乎費用，我也還有更多可以施展的地方啊。」

如果是自選辯護人，有酬勞可以拿，我就可以更鍥而不捨地為他辯護了——言下之意，就像在說死刑判決是關根的吝嗇招來的後果。

「雖然主動投案，在警署的偵訊中坦承罪嫌，卻在法庭上一百八十度翻盤，主張自己無罪。雖然這種情況一點都不罕見，但那樣的抗辯實在太拙劣了。」

服部開始事不關己地評論起來。

「說自己喝醉了，卻又說不記得是在哪家店喝的酒。主張沒有殺意還算好，但應該當庭向被害者道歉。然而那個委託人完全不理會我這些建議，從頭到尾都用自己那一套在法庭上攻防，然後自取滅亡。這是我的猜測，那個委託人根本瞧不起法院。他有種自以為是的感覺，以為可以憑自己的三寸不爛之舌來操控審判的走向。」

不可能——顯真在內心強烈否定。雖然關根確實向來自信十足，但不是那種會被毫無根據的自信所支配的人。他比看上去的更要小心謹慎，與其冒險，寧可選擇撤退。

「可是他的所做所為，全都適得其反，招來了極刑判決。他因此心灰意懶，也失去了上訴的勇氣。在我看來是這樣的。」

「審判期間，關根完全沒有表達悔過之意，這一點我無法理解。」

「這樣一個人事到如今才想尋求宗教的慰藉，讓師父覺得奇怪是嗎？唔，我也沒有接過聲請再審的案子，對死刑犯的感受，是有無法理解之處。審判期間，被害女子的父母經常來旁聽。只要說上一句對不起，家屬和法官的心證就能大幅好轉，但直到宣判以前，他真的連一次都沒有行禮道歉。」

註四：日本於二〇〇九年開始施行裁判員制度，由選出的公民擔任裁判員，共同審理刑事案件。

顯真更加混亂了。那果然不是他認識的闞根會有的行動。即使否認有殺意，但闞根不可能連自己的行為招致的後果都否定。

「否認殺意這種專攻一點的做法，在戰術上也很糟糕。因為兩名被害者被刺了好幾刀，每一刀都接近致命傷。面對這樣的犯行事實，卻一逕否認有殺意，聽起來完全就是自私自利的辯解。」

「您也這樣勸闞根了嗎？」

「是啊，當然都說了。然而那傢伙完全不鳥我的話，堅持叫我照他說的辯論。既然委託人如此堅持，我身為辯護人，也無法拒絕。噯，不管怎麼說，我都是經費有限的公設辯護人嘛。」

說來說去都是錢嗎？

「可是，那種人並不少見喔。」

服部面對顯真，諄諄教誨地說。

「他好像在家電廠商當了很久的業務，一定是小有成就吧。在狹小的世界獲得成功的人，往往視野狹隘。會自抬身價，以為可以靠自己那一套打天下，然後掉進陷阱，大夢初醒的時候，都已經後悔莫及了。」

貶低自己的前委託人，洋洋得意固然教人氣憤填膺，但顯真實在想問，那活在法律界的人，就每一個都汪洋大度、見多識廣嗎？是身為僧侶的自覺，讓他把這份衝動按捺了下來。顯真學到的是，面對惡者，不該責難，而該曉諭，這才是宗教家應有的態度。

「關根現在仍然在獨房等待死刑執行。」

顯真壓抑著感情說。

「在這樣的狀況中，他向我尋求教誨，肯定具有某些意義。雖然說後悔莫及，但我認為以什麼樣的形式後悔，會顯示出那個人的為人。有時候後悔痛苦，也是一種救贖。」

「哎呀，不愧是教誨師，說的話真是高深。」

服部戲謔地揮了揮一隻手。

「我們律師被要求的是爭取委託人的利益，如果做不出看得到的利益，委託人是不會接受的。從這個意義來說，或許像師父你這樣的人，才適合當關根的律師。」

離開事務所後，心底深處的淤泥仍然一點都沒有消散。顯真在忙碌的行程中抽空過來面談，從服部那裡得到的資訊，卻讓他更加懊惱了。

服部說關根在法庭上固執自己的做法，但關根完全不顧悲憤的死者家屬這件事，顯真無法理解。不管是站在人之常情的角度，或是基於讓審判對自己有利的戰術，無視家屬的感情，完全就是失策，他無法想像關根這樣的聰明人居然會選擇這麼做。

費解的地方愈來愈多，顯真焦躁難安。他不假思索地以為律師應該是最瞭解內情的人，看來大錯特錯。

無論是事物還是人，都是多面體。只從單一方向觀看，無法掌握整體。那麼不光是辯護的一方，也必須聽聽起訴他的檢方的說法才行。

還是應該去見牟田嗎？不知不覺間，與關根的會面只剩下不到三週了。如果無法在那之前得知所能知道的相關事證，就無法做出貼合他的現狀和心境的教誨。

腦中浮現的關根的臉，又和堀田的臉重疊在一起。

他必須借助佛祖的力量，將關根導向安寧，免得他在最後一刻像堀田那樣瘋狂抵抗。

自己真的做得到嗎？

顯真自問，卻遲遲找不到答案。

二、
囚犯的祈禱

1

盂蘭盆節過去，法事的數量總算恢復常態，導願寺的僧侶和職員們總算可以喘一口氣了。但即使法事數量恢復往常，平時本來就頗為忙碌，絕對不是閒下來了。只是繁忙的程度緩和了一些而已。

但即使做著每一天的工作，顯真的腦中總是想著關根的判決書。

『……自警署偵訊到法庭審理，被告一貫主張其未有殺意，既無反省，亦無道歉。其態度看不出絲毫良心的呵責或悔意。』

橫濱地檢寄來的判決書，他已經反覆讀過許多遍，都可以背出要點了。但論到重讀的次數，應該比不過關根本人吧。

被告會收到判決書。對死囚來說，這也等於是人生最後的成績單。即使說它是善行與惡行、慈悲與殘忍、正與邪各別的決算報告也不為過。判決就是從犯罪樣態計算出應得的量刑，並斟酌法庭表現的結果。

顯真從刑務官那裡聽說，死囚會一字一句，滴水不漏地詳讀收到的判決書。雖然艱澀的專門術語和詰屈聱牙的文章讀來吃力，但他們會拚命地想要讀出自己的人生受到怎樣的評價。

關根也是一樣嗎？一想到這裡，顯真難受極了。那份判決書完全沒有提到關根的理智、冷靜，以及正義感。判決書讓顯真感覺到的異樣感，便肇因於此。儘管那是關根要一這個人最後的成績單，法官們的觀點卻充滿了偏見，讓顯真強烈地覺得那根本是對別人的判決書。

即使面對關根本人，仍無法完全甩開異樣的感覺。在看守所看到的關根，果然還是大學時候的他，怎麼樣都不像只是因為鼻子的疤痕被嘲笑，就殘忍殺害一對情侶的冷血之徒。

某個見識過許多囚犯的刑務官這麼對顯真說：

『我們也遇到過這樣的事。被收監在看守所的死囚裡，有幾個讓人覺得他們應該連螞蟻都不敢殺。每當我們下達指令，他們就戰戰兢兢，看起來完全就是膽小鬼。可是師父，他們毫無疑問殺過人啊。』

那名刑務官又接著這樣說明：

『好像呢，殺人這回事，有些人殺的是恨得不得了的對象，但也有些人是因為太害怕了，所以殺了對方吧。哦，我不是說正當防衛那些喔。發生爭吵，或本來就打算傷害對方的情況姑且不論，但好像滿多時候，是砍了對方一刀，因為害怕對方反擊，所以拚命捕上好幾刀。所以就算看起來膽小，卻是死囚，其實是非常合理的。』

前些日子見到的律師服部，就對顯真在判決書上感到的異樣這樣解釋：

『即使是還有死刑制度的國家，要把一個人從世界上抹殺，還是需要足夠的理由，或是冠冕堂皇的說法。要是每個細節都予以酌情，好不容易找到的正當理由也會被稀釋了。所以從一開始就是死刑判決的情況，會對被告善良的一面視而不見，從日常中尋找凶惡的蛛絲馬跡……我是沒有直接問過法官，但我自己就是有這種印象。』

即使是為人有些可疑的服部說的話，這段法官在寫下判決書時，是刻意從被告的日常中尋找凶惡成分的說法，也讓他不禁點頭同意。雖然不認為每一名法官都有這種近似強迫觀念的心態，但唯獨關根的案子，他忍不住要穿鑿地這麼想。

現實的關根與判決書裡描述的關根，就是如此乖離。他以為只要熟讀判決書，就能消弭這樣的乖離，因此在工作空檔打開來看，結果常信向他攀談了。

「顯真師父總是這麼認真呢。」

沉靜的口吻中沒有諷刺，也沒有調侃。

「我可以看看嗎？」

「請。」

常信望向顯真遞過來的判決書，苦笑著搖搖頭：

「平日讀經讀慣了，看到這種東西，真的讀不太下去。是師父教誨的對象的判決書嗎？」

「是的。」

「我也很嚮往教誨師的工作，但看到顯真師父投入的樣子，我瞭解到我這樣的人實在無法勝任。換成是我，教誨的對象做過什麼事，我可能會讀讀調查資料就算了。」

判刑定讞的死囚，會製作調查資料這樣的紀錄。就類似死囚落網之後的資料一覽表，網羅了法庭審判紀錄概要、獄中的服刑態度等等。

當然，顯真也看了關根的調查資料。但他還是無法信服，所以才會特地請檢察官寄資料來。

「我應該完全不會想要去找判決書，深入瞭解吧。顯真師父真正讓人敬佩。」

「常信師父太抬舉我了。」

這不是謙虛，而是真心話。而且這次他會主動調查，全因為牽涉到許多個人的問題。光是這樣的動機就教人汗顏，還偏偏被常信稱讚，更讓他感到無地自容。

一般來說，對許多僧侶而言，教誨師是令人嚮往的職務。應該是因為從推薦到獲得佛教會會長同意的過程，予人一種選民的印象。

「我悟性不好，所以必須更努力兩、三倍，才追得上別人。」

「這麼謙虛，卻又說我太抬舉你，實在教人無法同意呢。」

看著沉穩地苦笑的常信，顯真感到一陣意外：怎麼不是師兄去當教誨師，而是自己？看看平日的行住坐臥，比起自己，顯然常信更適合擔任教誨師許多。

曾有一次，他對常信本人吐露這樣的尷尬。結果常信說，這才是佛祖的心意。他說正因為是謙虛且認真的求道者，而不是上頭印象好的人，佛祖才會刻意讓他踏上艱辛的道路。

「我一點都不謙虛。因為我光是要理解對方說的話，都得費盡心思。」

「不好意思，我想好奇請教一下顯真師父，教誨師需要什麼樣的資質呢？」

顯真忍不住望向對方。常信這話不是調侃，他的眼神顯得苦悶。

顯真覺得常信問錯對象了。因為他自己也不明白他怎麼會得到教誨師的推薦並通過。

正當他窮於回答，夕實過來了：

「有電話找顯真師父，說是橫濱地方檢察廳的人。」

聽到檢察廳，顯真立刻起身。

「我馬上過去。」

常信表情有些遺憾，揮揮手示意他去。

顯真匆匆前往辦公室，拿起話筒。

「讓您久等了，我是顯真。」

『抱歉打擾了。敝姓菅谷，是橫濱地檢人員。』

陌生的姓氏，讓顯真一時無法回話。

『您要求和牟田檢察官見面，對嗎？我是檢察官的事務官。為了確認本人的身分，不是打您留在信件上的手機號碼，而是打到寺院的代表號。』

這番解釋讓人恍然大悟，顯真對看不見的對方點點頭。

『牟田檢察官的行程，下週三有一個小時的空檔，是下午兩點，您的時間方便嗎？』

幸好下星期三下午沒有法事預定。橫濱的話，距離都心也很近。

「沒問題，我可以過去。」

『那麼我會排入行程，請在櫃台說出我的名字。那麼，再見。』

放下話筒後，近似罪惡感的怯意漸漸湧上心頭。

只是接到教誨委託的僧侶，要求和案子的承辦檢察官見面，算不算越權行為？雖然看守所沒有禁止這麼做的規則，但若問這是否是教誨所必要的事，他回答不出來。至少這並非佛教會所獎勵的行為。

顯真感覺到內疚從背後覆蓋上來。

下個星期三，顯真站在橫濱地檢前面。

地檢的辦公大樓以隔壁的法務共同大樓為別館，威風氣派。高層突出的外形，顯得格外醒目。

然而一踏進大樓，顯真便痛感到引人注目的是他。大廳裡來來去去的職員和訪客、連警衛都毫不客氣地望向顯真。

平時外出訪客時，顯真都會穿戴五條袈裟，但在寺院或信徒家也就罷了，在政府機關的建築物裡，應該顯得極為突兀。

在二樓櫃台，顯真也被異樣的眼神看待。看來僧侶上公家機關相當罕見。他說出來意和菅谷的姓氏，櫃台人員交給他寫著「訪客」的名牌，被領到牟田檢察官的辦公室。

「歡迎。」

牟田看上去四十多歲，清瘦的身材與凹陷的臉頰讓人印象深刻。

「抱歉遲遲抽不出空來。」

「哪裡，是我任意提出不情之請。」

「我基於職務，稍微查了一下和尚你的背景。因為雖然是已經審理結束的案子，但畢竟是要寄送判決書的對象。」

「請叫我顯真就行了。」

和尚一詞一般用來泛稱僧侶，但淨土真宗不使用這個詞。雖然牟田對僧職不熟悉，但顯真聽了總有些彆扭。

「那麼，顯真師父，你說你擔任關根要一的教誨師，但你想瞭解案子詳情，純粹是為了這個理由嗎？」

牟田請顯真在會客區沙發坐下後，立刻開門見山地問道。既然檢察官說他調查過了，表示也已經知道顯真和關根以前是朋友了吧。問題是，是否要說出兩人的情份不同一般？

「你們讀同一所大學，同一個系所，畢業年度也一樣，兩位以前是朋友嗎？」

牟田一開始就亮出牌來，顯真決定暫時配合。

「是的。我們也在同一個社團。」

「你會接下教誨師的工作，也是出於這個理由嗎？」

「不是，是對方申請教誨的。」

「那麼，為什麼你想要從頭調查關根的案子？」

牟田對顯真露出狐疑的神色。

「你總不會懷疑他是冤案吧？」

「絕對不是。」

顯真當下否定。若是不開誠布公，表明立場，會引起牟田不必要的警覺。考慮到往後也必須請他協助，能卸下對方的心防是最好的。

「在獄中，本人也承認自己犯的罪。我之所以調查，不是為了這個理由。」

「那是為什麼呢？」

「因為我想要說服我自己。」

顯真直視著牟田說。

「我要闡述佛道的對象，是死刑定讞的囚犯。闡述的一方，也需要心理建設。同時，要如何打入對方的心坎，獲得對方的共鳴，十分重要。」

「嗯。」牟田應了一聲。「道理上是這樣沒錯，但顯真師父和關根是朋友吧？既然如此，不需要特別想方設法，也瞭解彼此的為人，不是嗎？」

「我們大學畢業後就一直失聯，我連他在家電廠商上班都不知道。然而現在的關根穿著囚衣，而我一身袈裟。」

「意思是，就算曾經是朋友，現在的境遇也天差地遠，相差太多了嗎？」

「關根到底是因為怎樣的經緯而殺了一對男女，光看新聞報導和獄方的調查資料，我實在是無法信服。即使在無法信服的狀況下闡述佛道，也會被對方看透，原本能夠教導的內容，也教導不了了。」

雖然是頗為牽強的藉口，但還算有理。就看身為聖職人員的自己具有多少說服力了。

片刻之間，牟田像在觀察顯真，他交抱起手臂，整個人靠坐到沙發裡。

「擔任教誨師的和尚，每一位都像顯真師父這樣嗎？」

顯真抓不準這個問題的用意，沉默不語，牟田接著說：

「因為執行死刑的時候會一起觀刑，所以我也認識幾位教誨師。雖然總是只聊個幾句而已，但從來沒有遇到過像顯真師父這樣，會想要直接詢問承辦檢察官的人。」

「我想只是做法不同而已。」

若是和其他僧侶比較就麻煩了，顯真斟酌措詞說道。

「無論是任何宗派的任何一位僧侶，一旦接下教誨工作，都會真心誠意、挖空心思，努力向對方宣揚佛法。有些人試著和對方找到相同的興趣，也有些人自我修練，更進一步鑽研佛書，以便回答對方提出的任何問題。而我的做法，是更深入地瞭解對方。」

「嗯。」牟田再次悶應了一聲。應該是他同意時的習慣。

「你的話我瞭解了。但我質疑我說的內容，能為顯真師父派上多少用場。關根要一在審判中的答辯，全都紀錄在審判紀錄和判決書上了。我覺得由我再說一次，也沒有多大的意義。」

「不會的。凡事皆是百聞不如一見。」

顯真忽然想起服部律師的埋怨。判決書就像在找被告的碴，司法警察員製作的警方筆錄及檢方筆錄，也都是以偵查人員單方面的主張全面鞏固。換言之，檯面上的審判紀錄，只是起訴的一方、想要將被告定罪的一方的觀點。

但這種話絕不能在這時候說出口。

「能夠閱覽的紀錄，我也都盡可能讀過了。可是牟田檢察官，只憑文章，是不可能展現出一個人的實相的。親自見到、交談過的人所留下的印象，也反映了那個人的為人。」

「顯真師父的意思是，光是大學時代對關根的印象還不夠嗎？」

「人的印象，會隨著面對的對象而改變。再說，時間的流逝是絕對不容忽視的。」

「我懂了。」牟田說道，輕嘆了一口氣。「我撤回前言。像你這樣的教誨師，果然還是獨一無二的。我該從哪裡說起才好？」

「請談談您第一次偵訊關根的時候吧。」

「檢察官調查的部分嗎？請稍等一下。」

牟田回到自己的辦公桌，取來應是預先準備好的檔案。

「我經手的案子不少，為求正確，我會一邊參考紀錄，一邊說明。」

「麻煩您了。」

「檢察官調查是在平成二十四年八月二十五日，也就是關根到川崎署投案的隔天進行。由於本人全面自白，警方緊急將其逮捕，隔天移交給檢察官。」

逮捕嫌犯的情況，警方必須在四十八小時以內將嫌犯及相關文件送交檢察廳。文件當中當然包括了警方筆錄，一天以內就準備好種種所需文件，意味著偵訊迅速進行。

「關根是什麼樣子？」

「很安分。看起來完全放棄掙扎了，也絲毫感覺不到持刀刺死一對男女的暴徒的凶狠。但不只是關根這樣而已，犯罪樣態與本人的態度乍看之下天差地遠，是常有的事。」

「乍看之下——這是什麼意思呢？」

「愈是凶殘的歹徒，面對警察和檢察官時，往往會表現得更為溫順。應該是考慮到接下來的法庭審理，想要設法讓自己的心證更好一些吧。事實上，關根一進入審判程序，立刻就主張自己無罪。」

「但是他在警察和檢察官的偵訊時，都坦承不諱呢。住家也找到了凶器的登山刀和沾有被害者血跡的衣物，毫無抵賴的餘地。」

「沒錯。犯行本身，自白和物證都齊全了，辯方沒有抗辯的餘地。因此一般通例，法庭審理都是以量刑為中心。然而關根和律師居然主張無罪。」

「否認殺意，對嗎？」

「他們雖然承認犯行本身，但主張因為沒有殺意，所以應該要無罪。老實說，我不懂辯方在想什麼。就算主張沒有殺意，但被告犯案當時隨身攜帶登山刀，這根本不成藉口。若是辯方依照一般做法，到處蒐集酌情量刑的材料，法官和裁判員的心證應該也會大不相同，但他們的主張實在太離譜，檢方也只好高高揮起拳頭，予以痛擊。我想法官應該也是一樣的。」

「刑罰是只憑法官和裁判員的心證來決定的嗎？」

「顯真師父知道所謂的永山基準嗎？」

「知道。」

因為要和死囚打交道，即將成為教誨師時，顯真也大略瞭解了一下永山基準。

一九六八年十月至十一月，當時十九歲的永山則夫，以自橫須賀美國海軍基地偷來的手槍射殺了四人，這便是所謂的「永山則夫連續槍殺案」。逮捕後的審判中，永山被判處死刑，在做出死刑判決時，做為傍論列舉了死刑適用基準，這成為後來的死刑判決宣告時的參考。具體來說有以下九個項目：

1. 犯罪的性質
2. 犯行的動機
3. 犯行樣態，特別是殺害手段的偏執性與殘虐性
4. 結果的重大性，特別是被殺害者的人數
5. 家屬的被害感情
6. 社會影響
7. 罪犯年齡
8. 前科
9. 犯後情狀

當然，並不是說完全符合這九個項目，就會直接被判處死刑，而是綜合考量，來做出判決。

「永山基準當中，最為膾炙人口的是第四項的被害者人數。殺害一個人還有斟酌的餘地，但殺了兩個人，就非判死刑不可——雖然也有人把這種說法當成俗說，但事實上永山槍殺案以後，有愈來愈多的判決，被害人數成了是死刑還是有期徒刑的分水嶺。不過近年來，也確實出現許多媲美永山槍殺案的重大凶案，讓永山基準逐漸產生了變化。」

那語氣就像在歡迎死刑適用基準的變化。

「這話現在才能說，其實關根的案子，是在是否判處死刑的境界線上。因為不符合第六項的社會影響，以及第八項的前科。然而因為關根在法庭上主張自己無罪，等於是自掘墳墓——有些口不擇言的傢伙就是這麼形容他的。」

顯真想像這類口不擇言的警察和檢察人員有多少。或許牟田自己就是其中之一，但站在他的立場，也不可能承認。

「許多嫌犯在偵訊室和法庭上，態度是一百八十度不同。也有些律師宣稱那是法庭戰術之一，但要我來說，那是愚不可及。律師雖然英姿颯爽，儼然社會正義代言人模樣，但最重要的被告卻會被打入地獄。」

「檢察官是說，關根也是如此嗎？」

「不，關根的情況，律師也有畏縮不前的部分。他的律師是服部一真嗎？他雖然也主張被告無罪，但看起來像是違心之論。」

「我不明白的是為什麼關根放棄上訴。考慮到他在一審主張無罪的表現，不是當然應該要上訴嗎？」

「你不是關根，關根也不是你。應該要上訴，卻沒有上訴，這個事實也可以算是個佐證，證明他已經不是大學時代的他了吧？」

牟田的眼中似乎閃過同情。

「與其說他變了個人，我更覺得這太不划算了。在一審主張無罪的關根，和放棄上訴的關根，簡直就像不同的兩個人。」顯真說。

「冷靜地來看，即使會這麼感覺也不奇怪吧。但被告在一審油盡燈枯的例子也不少。日本是三審制，但也是有因為經濟因素，或被告心境轉變，而放棄上訴的例子的。」

「當時的關根經濟上那麼窘迫嗎？」

「他似乎沒有負債，但考慮到他選擇了公設辯護人，應該也稱不上富裕吧。再說，關根的情況，比起訴訟費用，我覺得精神上的疲勞更要嚴重。」

牟田望向斜上方說。

「在一審被宣判死刑的瞬間，關根的肩膀整個垮了下來。雖然他向法官行禮，但一副槁木死灰的模樣離開了法庭。在法庭上主張自己沒有殺意時，他聲嘶力竭，激動到臉頰都有些漲紅了，所以死刑判決對他造成的衝擊一定格外地大。我想在聽到判決以前，他都深信自己的主張絕對會被接受吧。」

「被害者家屬也來旁聽了嗎？」

「幾乎都有來。兔丸家和塚原家父母都還在。宣判當天他們也來了。」

「關根對被害者家屬是什麼態度？」

「審理期間完全把他們當成空氣。」

也許是回想起當時的情景，牟田的嘴唇苦澀地扭曲了。

「連點個頭都沒有，就像在表示他要抗戰到底。不過宣判以後，也因為彈盡援絕，他向兩家的家屬深深行禮了。不過那也一樣，與其說是鞠躬，更像是頭自然地垂落下去。臉色也蒼白得像張紙。」

顯真試著想像面色蒼白的關根，卻想像不出來。因為他從來沒有看過那個總是語帶機鋒，優點是柔軟強韌的關根絕望的模樣。

「若問關根要一是個怎樣的人，只能說他是個策士。而法庭的審理過程，完全呈現出什麼叫做聰明反被聰明誤。如果他的印象和大學時代不同，也只能揣測是二十多年的歲月改變了他。不，或許大學時代，他真實的個性是埋沒在日常當中了。」

意思是，為了洩憤而殺人，為了逃避上死刑台，強詞奪理，這才是關根的本性嗎？

「教誨是關根提出的嗎？」

「是的。」

「動機會不會是想要和大學舊友重溫友誼？成為死囚以後，也沒辦法輕易會面了。」

「或許有這個可能。但既然接到委託，我的職責就是闡述佛法，減輕他精神上的負擔。」

「不管怎麼樣，都只能期望顯真師父向關根宣導教義，讓他重生為一個深明事理的人。」

顯真覺得牟田這話值得敬佩，望向對方，沒想到牟田的嘴唇嘲諷地扭曲著。

「愈是深明事理，就愈清楚自己犯的罪有多重，為自己的罪行顫抖。我希望他深自後悔，深陷罪惡感，在自我嫌惡和恐懼之中站上死刑台。至少被他殺死女兒和兒子的家屬，都不斷地如此期待。」

2

九月四日，顯真在田所帶領下，前往教誨室。

今天是為關根進行教誨的第一天。平常的話，第一次見面時，顯真也會因為不知道對象是什麼樣的人而緊張不已，今天更是在不同的意義上緊張萬分。

「麻煩田所先生了。」

「這是我的份內工作，請別放在心上。不過沒想到關根居然會要求教誨……」

「田所先生覺得意外嗎？」

「他入監已經快五年了，但完全沒有表現出那類態度。這也是受到顯真師父的人德感化吧。」

「請別這樣。我才沒有什麼人德。」

「不管是什麼樣的理由，關根想要求助於宗教，不是壞事。」

二十幾年前，兩人幾乎天天碰面，登山的時候則是搭檔。也有不少將性命寄託到對方手中的場面，因此兩人的關係不僅止於普通朋友而已。

然而對方一時氣憤，殺害了一對男女，抗辯也徒勞而終，被判處死刑。身為淨土真宗的僧侶，顯真的職責是盡力拯救他的精神，但站在高輪顯良的身分，在救贖之前，他有非確認不可的事。

最重要的是，顯真懷疑關根真的需要精神上的救贖嗎？他對關根這個人的印象是，面對阻擋的難題，會哼著歌輕鬆跳躍，或是靈巧地閃避。他有自己的一套做法，遵守著自己的法律。這樣一個人，事到如今會需要已有的宗教拯救嗎？搞不好就像牟田指出的，關根會申請教誨，只是想要和過去的老朋友敘敘舊。

做。

顯真覺得若是那樣，那也無妨。如果和自己說話，可以讓他的精神獲得穩定，他樂於這麼做。

「那麼師父，我去把關根帶來。」

田所留下顯真，離開教誨室。

在熟悉的教誨室裡，顯真卻莫名地坐立難安。理由不言可諭。只要從教誨室前往觀刑室，就可以從玻璃窗看見行刑室。

即使被牆壁和簾幕遮擋，死亡的氣味仍不可抗拒地飄了過來。他覺得在這樣的地方和關根面對面，不吉利到了極點。不，不是不吉利。實際上只要行刑日一到，關根就會從教誨室經過走廊，被帶到行刑室前室，然後踏進行刑室。

遲至現在，這個現實才令顯真全身瑟縮。

接下關根的教誨師工作的顯真，有觀刑的義務。無論顯真是什麼感受，都無法逃避。他必須注視著關根在眼前脖子被套上繩索，掉進一公尺見方的深穴裡。必須看著繩索被關根的身體重量拉扯得左右擺動，一段時間後宛如生命終結般靜止下來。

我能夠承受嗎？顯真自問。這不是一般的觀刑，而是朋友的死刑。

我會不會轉過頭去？

會不會哭喊起來？

會不會比受刑的關根更驚慌失措？

老實說，他害怕想像那景象。因為那並非單純地看著朋友死去而已，也是身為僧侶及教誨師的自己受到考驗的場面。

顯真不安地等待著，田所帶著關根回來了。

「那麼，師父，我一個小時後再過來。」

田所交代完，離開教誨室。雖是死囚，但教誨期間，可以和僧侶獨處，刑務官只會在房間外等待。

關根來到顯真面前，很自然地立正說：

「謝謝師父辛苦來這一趟。」

「不會……要不要坐下？」

佛壇旁邊，有間約四張榻榻米大的和室。顯真邀關根在榻榻米坐下來。關根落坐後，稀罕地張望教誨室裡面。

「原來裡面長這樣。我聽獄友說，佛教徒和基督教徒的教誨室好像不同間。」

「我聽說這是為了救助更多的信徒而安排的。」

「換個說法，這證明了有許多囚犯在最後都想求助於宗教呢。」

「你不也是其中之一嗎？」

「說的也是呢。抱歉。」

「……不用跪坐了，也不必用敬語了吧。」

「在這個房間裡，我們是僧人和信徒。教誨結束後再說吧。」

除非顯真主動提出，否則關根堅持不改恭敬的語氣。是看守所的規定和關根的個性使然吧。

「那麼顯真師父，教誨的第一堂課，要怎麼開始？要讀什麼佛典嗎？」

「每個教誨師的做法不同，沒有固定做法。我的話，會先請對方說說平常心裡想的事，或是煩惱。」

「煩惱啊……」

關根有些困惑地微微偏頭。

「再怎麼小的煩惱都可以嗎？」

「嗯，什麼事都可以。」

「夏天太熱，冬天太冷，真的很希望可以改善呢。這樣下去，感覺在死刑台結束性命之前，會先搞到生病。」

「這不是煩惱，是陳情吧。」

顯真語帶規勸地說，關根立刻低頭行禮：

「抱歉，這是我第一次接受教誨，好像有點太興奮了。」

「你從以前就是個感覺沒有迷惘或煩惱的人嘛。」

顯真略帶挖苦地說。

「社團裡的人為了求職或人際關係苦惱的時候，你也總是一個人超然物外，旁觀著大家。年紀外表姑且不論，你看起來就是比我們老成許多。」

「只是未老先衰罷了。」

「社團裡的女生遇到困難，都一定會向你求助。因為只要找你傾吐，就一定能得到讓人信服的答案。」

「說是求助，其實她們在找人訴說以前，自己心中就已經有答案了。我只是推了她們一把而已。」

「你讓她們發現內在的需求。或許老生常談，但能夠做到這一點的人，難得一見。或許比起我來，你更適合當僧侶。」

「少來了。」

關根揮揮手苦笑。

「我最討厭上香誦經那一套了。你明明知道吧？」

「那時候的我，也甚至沒有想過自己會遁入空門啊。」

關根忽然換了副口吻：

「這麼說來，顯真師父怎麼會出家？我一直很想知道。」

「這裡是讓你傾吐的地方吧？」

顯真有些動氣，刻意冷漠地說。

「你把自己撇到一邊，動不動就打探我的事。看來你的壞毛病一點都沒變。」

「呃……」關根搔了搔頭。「因為我自己也沒什麼好說的啊。我就是對別人比較好奇。」

聊著聊著，看不見的藩籬逐漸消失了。說話口氣也不再那麼拘謹了。

「別說我了，關根，你的事才是重點。」

在看守所裡，關根沒有名字，只會被稱為二四一二號。應該是因為這樣，聽到名字的瞬間，感覺關根的眼睛生出了火苗。

「如果你沒有煩惱，就說說你平常在想的事也行。一大二十四小時裡面，你最常想到的是什麼？」

片刻之間，關根低著頭，似在沉思。

「被害者和他們的家人吧。」

他抬起頭說。

「被我殺死的兔丸雅司和塚原美園。他們兩個都還很年輕，還有長遠的將來。剝奪了他們兩個的人生，固然罪大惡極，但一想到他們被留下來的家人，我就覺得難過。」

「你有寫信給家屬嗎？」

「判刑決定後，我寫了好幾次信，但全都沒有拆開，直接被退回來了。他們是誤以為那是我向他們求情，撤回死刑判決的信件，或根本不想讀殺死他們孩子的人寫的信吧。」

「你不希望死刑判決撤回嗎？」

「事到如今還有什麼好想的？」

關根露出不可思議的表情說。

「如果想避免死刑，一審判決出來的時候，我就立刻上訴了。任由判決定讞的時候，我對生命就已經沒有執著了。」

「這也是我想問你的問題。為什麼你在一審那樣拚命抗辯，卻又輕易放棄上訴？」

「你讀過判決書了？」

「那是進行教誨必要的資料。」

「既然如此，我也省得說明了。我在一審中，把想要主張的內容都提出來了。儘管如此，法官和裁判員卻完全不予理會，做出毫無酌情的判決。判決書字裡行間的憤怒與侮蔑，反映了他們的想法。聽到判決內容時，我覺得不管再說什麼都沒有意義了，所以沒有上訴。」

短暫的期間，關根口氣粗暴地說道。感覺是一直壓抑的感情暴露出來了。

「我的事……不重要。別管我了，告訴我被害者和家屬的事吧。」

「你想知道什麼？」

「我要怎麼做，才能幫過世的兩人祈禱，讓他們安息？要怎麼做才能安慰家屬？顯真師父，如果你知道的話，請告訴我。」

顯真語塞了。

想要祈求親手殺死的人安息，或是向死者家屬道歉，都是申請教誨的死囚常見的願望。對死者的祈禱屬於宗教範疇，因此顯真也準備了身為僧侶的回答。

問題是對生者——家屬的態度。若要從監獄裡面道歉，就只能寄出道歉信，但也有不少死者家屬厭惡收到殺人犯的來信。其中也有像關根這種情況，家屬揣測寫信的目的是為了求情保命，而更加憎恨。

也有家屬明言唯一能撫慰他們受創的心的，就只有死囚伏法的那一刻。對他們來說，再也沒有比殺害家人的凶手還活在世上更值得詛咒的事了。心愛的人都死了，為何痛下殺手的死囚卻仍舊苟活？只要死囚還活在這世上一天，家屬的憤怒與煎熬就沒有結束的一天。換句話說，向家屬賠罪最好的方法，就是早早站上死刑台。

但顯真不可能這樣告訴關根。

「我的經驗還太淺，希望我們可以一起學習如何告慰家屬。」

「你躲開問題了呢。」

關根露出調皮的笑。

顯真一陣驚訝。那是關根大學時代總是掛在臉上的笑。

既然是關根，應該早就猜到顯真沒有說出口的實情了。穿鑿地想，或許他是在試驗顯真是否能說出對他來說最殘忍無情的回答。

「不過，關於祈禱死者安息，我可以提出一些建議。倒不如說，關根先生根本沒有必要祈禱。」

「什麼？」

「根據親鸞聖人的教誨，過世的人，已經被阿彌陀如來迎接到極樂淨土了。因此世人沒有必要祈禱死者成佛。我們禮拜的對象不是亡者，完全是阿彌陀佛。」

「可是，現實中辦葬禮和法事的時候，不是都會請僧侶來念經嗎？」

「透過誦經超度死者的觀念，原本並非佛教思想。倒不如說，那接近一種迷信。打破這種迷信的不是別人，就是釋尊。」

「釋尊……釋迦牟尼佛嗎？」

「有一名弟子問：『只要誦讀有功德的經文，死者就能轉世到更好的地方嗎？』釋尊撿起手邊的小石子，扔進附近的池塘，說：『你站在池邊祈禱石子浮上來，石子就會浮上來嗎？』這是在教導石子是因為自身的重量而下沉，而人也是一樣的，自身果報，都是自做自受。」

「那，念經是為了什麼？」

「不用說，是為了生者。為了讓現世中痛苦的人得到幸福，弟子們將釋尊的教誨抄寫下來，這就是經典的由來。」

「……凡事都該問清楚呢。這些都是我第一次聽說。」

「為死者誦經的迷信，應該也是源自於悼念死者的心情，因此本身並非罪惡。但是包括真宗在內，一切的宗教都是為了生者而存在。背離現世，只冀求來世幸福的宗教，還是免不了招來邪教的批判。」

「就算是收監在這裡的死囚，阿彌陀如來也會帶他們前往極樂淨土嗎？」

「當然了。」

「殺害年輕情侶的我也可以嗎？」

「是的。」

「那麼，他們是為了自己的幸福而祈禱嗎？」

「沒錯。人會犯罪，各有其背景和理由。因此被收監、被判死刑的人裡面，沒有一個人是不後悔的吧。每個人應該都深自懊悔，心想那時候要是怎麼做、怎麼說就好了。」

顯真說著，疑惑那麼關根又是怎麼樣？他從以前就是個不知道何謂後悔的人。或許就連殺害情侶的行為，他都不感到後悔。

「但無論再怎麼後悔，時間都無法倒轉，死人也不會復生。不過人是可以學習的。自己是哪裡做錯了？是什麼引發了悲劇？要刻意去自省那些回想起來都心如刀割的事，不斷地捫心自問。經文應該可以成為導出答案的憑藉。」

「是為了活在現世的人的幸福嗎？可是顯真師父，就算死囚皈依，得到了宗教的拯救，那也只有死刑執行前的短暫時刻而已。這種有期限的幸福，到底有多少價值？」

「若說有期限，不光是死囚，一切生命都是有期限的。世上沒有無限的壽命，不僅如此，有太多人因為意外事故和天災，在意想不到的情況下失去了生命。我認為重要的不是長度，而是密度。」

「意思是要充實來日無多的時間嗎？」

「你還是一樣，講話太直接了。」

顯真有些責怪地說，但當然不是真心的。

「但這樣的想法沒有錯。沒有人知道自己到底還剩下多少日子。既然如此，與其拘泥長度，把心力放在充實每一天，更有建設性多了。」

「顯真師父教誨過許多死囚，所以也知道吧？一直到行刑當天，本人才會接到通知。所以也有可能明天一早我就會收到行刑通知，我擁有的時間實質上只有一天。就算是這樣，還是有讀經的價值嗎？」

「我認為有。」

顯真忍不住加重了語氣。面對迷惘的人，即使自身仍有所疑問，也必須予以肯定才行。

「即使只有一天，比起找不到活著的意義而虛度光陰，還是更有價值多了。至少我這麼相信。」

「你還是一樣，太熱血了。」

關根模仿顯真的話說，但顯真並不感覺受冒犯。

「確實，比起怠惰地過著每一天，勤奮地生活更充實多了。可是顯真師父，像我這種人，有辦法理解經典嗎？」

「你一定行的。因為你以前的成績比我優秀太多了啊。」

「那是因為那些都是有答案的問題。宗教這種沒有特定答案的學問，我實在不拿手。」

「那不要把它當成學問，而是想成一種娛樂怎麼樣？娛樂也有助於讓人生發光發熱。是同樣的道理。」

「你很會慫恿人呢。好吧，我會皈依真宗，請引導我吧。」

聽到關根這話，顯真久違地想要稱讚立志成為宗教家的自己。

然而這樣的喜悅稍縱即逝。

「不過，我有個條件。」

「什麼條件？」

「剛才被你打馬虎眼矇混過去了，但我還沒有聽到顯真師父出家的理由和經緯。」

「……因為這和教誨無關。」

「學習真宗教義，也等於是一點一滴地向顯真師父披露我的內心，對吧？」

「這我不否認。」

「所以我才要提出條件。我會向師父借來經典，在下次的教誨日之前讀完。如果師父認為我確實理解了經典內容，就請告訴我你出家的理由和經緯。」

「這個條件到底有什麼意義？」

「至少可以成為我讀完經典的動機吧。」

「不是為了你自己嗎？」

「師父是為了拯救我的心靈，才答應教誨的吧？既然如此，就應該多少包容一下我的任性吧？」

顯真形同被逼到了牆角，說不出話來。關根居然要求顯真拿他的隱私來交換自己的隱私。

這是沒有意義、粗暴的要求。但如果不答應，關根有可能就此轉身背對他。顯真感到芒刺在背，應該是要教誨對方的他，竟陷入了不利的立場。

回想起來，關根向來特別擅長這類談判。不管對方是指導教授還是社團學長，他總是棋高一著。這表示他依然寶刀未老。

雖然氣憤，但同時卻也有若干的爽快。可是，關根為何要拘泥於顯真的過去？此外，他也想測試一下關根對經典的理解程度。

「好吧，我同意。」

「這才是顯真師父。」

「不用給我戴高帽。那麼，晚點我會送《正信偈》和《御文章》給你。這兩部都是真宗的教義基本。也有些人會誤讀了其中的意義。我期待你不會犯下這樣的錯。」

「沒問題。」

就在這時，田所開門進來了：

「師父，時間到了。」

這也宣告了第一次教誨結束。關根被田所帶回自己的獨房了。

「那麼顯真師父，下個月見。」

臨別之際的微笑，毫無疑問意味著宣戰布告。

要如何有效運用剩餘的時間？——關根彷彿在享受著對死囚來說應該最重要的這個問題，讓顯真總覺得坐立難安。

同時，必須揭露自己的過去的預感，讓他不舒服起來。

3

卯足了全力上場的第一次教誨，以顯真完敗收場了。顯真原本打算透過一對一的對話，來刺探關根的實相，然而結束後一看，反而是顯真有可能被迫揭露自己的隱私。

仔細想想，關根這個人從學生時代就輕妙灑脫，難以捉摸，極少吐露真心話。即使是在酒席上，也不曾看過他喝得爛醉，愈是刺探他的事，他就閃躲得愈厲害。從這個意義來說，即使成了死囚的現在，關根依然是以前的關根。

若要補充，儘管雙方是死囚和教誨師的身分，主導權仍然握在關根的手上，這樣的關係也如同以往。

結束信徒家的法事回來以後，顯真也盯著判決書反省。第一次見面的時候，他直接了當地問關根為何殺人，得到的回答卻宛如判決書內容的引用。

雖然是出自關根本人口中的話，聽起來卻像演戲的台詞。

他站在教誨師的立場，想要窺看關根的內心，得到的印象卻是被輕鬆打發了。這樣的無用，讓他為自己感到可悲。

下一次教誨前的一個月時間，也是準備的期間。關根頭腦聰明，而且熱愛閱讀，如果是當成作業借給他的《正信偈》和《御文章》這種程度的佛典，一個月的時間，完全足以讓他毫不困難地讀通吧。那麼顯真必須在同一段期間內，準備好攻略關根的方法才行。

兩人在大學只是同一個社團，沒有一起上過課，但從關根的言談當中，感覺得到他洋溢的知性。社團成員之間很少提到，但每當關根談起政治經濟話題時，都能披露源源不絕的知識。他從那個時候開始，就有著超齡的博學。

唐突地，顯真回想起來。

以為博學的關根，唯一從未觸及的，就是宗教話題。理由很單純。當時的校園裡，蔓延著假借社團活動名義的新興宗教傳教。這些宗教團體巧言引誘剛踏入校園、還分不清東西南北的新生，不僅是金錢，連精神都榨取殆盡。不光是校方，學生們也都對他們厭惡無比。對於嫌惡的事物，自然就會敬而遠之，所以不知不覺間就成了類似過敏的反應。事實上有段時期，顯真自己也覺得宗教全都是可疑的。

然而這樣的兩人如今卻因為宗教而再次相連，完全就是諷刺。命運不可思議的安排，讓顯真不知不覺間喟嘆起來。

就在這時，房間外傳來夕實的聲音：

「顯真師父，住持請你過去。」

「我馬上去。」

顯真立刻應聲，內心卻湧出疑問。住持很少會把僧侶找去。頂多只有接到信徒家反映，稱讚或提醒，或是有特別的事情要轉達的時候。

住持的辦公室就在本堂旁邊。顯真有些躡手躡腳地經過一字排開做晚課的幾名僧侶身後，緊張感一點一滴地湧上心頭。顯真自嘲：簡直就像被叫去職員室的國中生。

九月也進入第二週了，寺院境內迴響的蟬聲仍沒有衰退的模樣。誦經聲加上蟬鳴聲，應該熱鬧不已，堂內卻不可思議地維持著靜謐。

來到辦公室前，顯真在走廊跪下。

「顯真來了。」

「進來吧。」

在沉穩的聲音催促下，顯真打開紙門，面對几案而坐的龐大背影慢慢地轉了過來。

「不好意思背著迎接你。」

轉向這裡的臉是張福神般的圓臉，與那身龐然巨軀格格不入，本來就細小的眼睛一微笑起來，更是變得像條線。

導願寺住持名叫武邑良然。導願寺原本是本山門跡[註五]寺院，身為門主的良然，也列名淨土真宗本願寺派的評議會。聽說他在佛教會人面很廣，與其他宗派也有深厚的交流。於名於實，皆是本願寺派的門面人物。

但儘管有著顯赫的頭銜，良然本人卻非常隨和，對年輕僧侶也會輕鬆攀談。沒有分別心的態度，宛如體現出其德行之深。

明明應該已經習慣了，然而來到良然面前，顯真還是會緊張不已。因為他知道良然不只是個隨和的高僧而已。只是像這樣跪坐在正面，腋下就淌下不舒服的汗水。

「抱歉打斷你工作了。」

「不會，我剛好結束山喜家的法事回來。」

「山喜家嗎？那裡是幾回忌了？」

「七回忌。」

「啊，已經這麼多年了嗎？真是去者日以疏啊。搞不好在下次法會之前，我也成了彼岸的居民了。」

「門主說笑了。」

年忌法會固定為一週忌、三回忌、七回忌，然後是十三回忌。法會會在四年後、六年後持續下去，以三十三回忌結束漫長的修行，故人將進入菩薩道，成為守護神。距離下次法會還有六年，而良然虛歲八十八，但從目前的健康狀態來看，顯真也只能想像他即使迎接米壽，亦健朗矍鑠的模樣。

「不，顯真師父，世間無常，人命虛幻。沒有人能預料壽命會在何時走到盡頭。所以每一天都要努力過得不留下後悔。這才是人間至理。」

「門主所言甚是。」

「你也是秉持著這樣的至理，在從事教誨師的工作吧。」

「我雖然把這些當成教誨的道理向人述說，但自己是否真正身體力行，實在難說。我還是個連說法都有待加強的後生晚輩。」

「你太謙虛了。你為了死囚有多麼地盡心盡力，我已經聽說了。」

良然微笑著挪動膝蓋湊近顯真。這絕對不是表現親暱的動作，只是為了拉近距離，方便詰問。由於身量龐大，光是靠近，壓迫感便不容分說地增加了。

「上個月，我見到東京看守所的高階先生。高階先生很高興，說因為顯真師父的教誨活動，

註五：門跡為日本古時皇族及貴族子弟出家或擔任住持的寺院，後來成為寺格之稱。

有許多死囚皈依了真宗。」

「高階先生太客套了。」

「這話也是謙虛呢。」

良然稱讚顯真，顯真的心卻一片冰冷。確實，他進行教誨的死囚有許多都皈依了佛門。但皈依的人很快地就命喪死刑台，因此信徒數目不會增加，只會維持一定數目而已。

「怎麼了？你似乎有什麼想法？」

良然連對方一點細微的表情變化都不會放過。眼睛明明瞇得像條線，卻予人深不可測之感，彷彿連對方的心底深處全都看透了。若是在這時隨口搪塞，被挑出破綻，只會更被逼入窮途末路吧。顯真本身多次遭遇這種情形，早已學到了教訓。

事實上，顯真內心有著怎麼樣都無法拭去的淤泥。即使想要忘記，它仍不時興風作浪，每一次都彷彿病菌一般，侵蝕著他的身心。

基於經驗，淤泥愈快排出愈好。而眼前正有一位精通人心內在的導師。要剖白苦惱，再也沒有比良然更好的對象了吧。

「其實……有位司法人員所說的話，一直纏繞在我腦中不去。」

「哦？司法人員。他說了什麼？」

「他要我教誨死囚，讓他們更生成為深明事理的人。」

「我覺得這話也不用特地拿出來說。因為這就是教誨的目的之一。」

「但他說……愈是深明事理，就愈能認清自己犯的罪有多重，恐懼顫抖，深自後悔，受盡罪惡感折磨。除非死囚在這樣的自我厭惡和恐懼中站上死刑台，否則家屬無法得到救贖。」

顯真會不由自主地想起牟田的那段言詞。對牟田來說，那或許只是挖苦，但對於教誨師的顯真而言，那卻是可能會左右他的存在意義的發言。

「原本凶惡粗暴的死囚愈是接近一個好人，對死亡的恐懼也就愈深。如果真的是這樣，那麼教誨師的行為，豈不只是在無謂地折磨死囚嗎？我們教誨師的行為只是自我滿足，說穿了只是在把死囚逼入精神的地獄罷了，不是嗎？」

良然的表情沒有變化，嘴唇也緊抿著。

儘管也有不安，但全部說出來後，胸口一下子輕鬆了。不管再怎麼重大的煩惱，只要傾吐出去，縱然只有一部分，仍會離開自己身上。接下來就只有兩種情形：自力解決，或等待隨著時間淡忘。

但他有所期待，如果傾吐的對象是良然，就不用等待時間沖淡了。他覺得良然會如同快刀斬亂麻那樣，將他的迷惘一刀兩斷。

片刻後，良然徐緩地開口：

「這是教導的人和受教導的人兩邊的問題吧。」

口氣就像在一字一句悉心說明。

「瞭解自己犯的罪有多重、瞭解無可挽回的殘酷行為，這兩者都是欣求淨土所必要的修行，但透過這麼做，是會得到祈禱的心境，或是被絕望壓垮，也只能看本人的修練了，你不這麼認為嗎？」

「是這樣沒錯……」

「即使不是教誨師，宗教家的角色，完全是引導迷惘的人，而非推人一把。當然，會摸索前往淨土最好的方法，但是要回應或是拒絕引導，全看本人的取捨選擇。這是我個人一貫的主張，教化和指導絕對不能是強制的。除非是以本人想要的方式、本人主動祈禱，否則不可能得到真正意義的救贖。」

「這樣一來，豈不是一個人的資質，就已經決定了他是否能得救嗎？」

「有一種曉諭，不是一面倒的方式，而是因材施教。同樣地，不同的人，有不同的拯救方式。從與對方的對話當中，摸索出最有效的一條路，不正是教誨師的職責嗎？」

良然的說法對於聽到的人來說，是既嚴格又溫柔。因為端看聽到的人有多少程度的覺悟，解讀亦會有所不同。

這席曉諭雖然也可說宛如春風化雨，但對於像顯真這種求道精神強烈的人，聽起來卻極為苛刻。而且良然應該就是期待他會聽起來覺得刺耳。

你的話，不可能覺得做到這種程度就夠了——感覺良然就是看透了顯真這個人，而提出這樣的主張。

「對了，聽說前些日子橫濱地檢寄了判決書給你。是寄給教誨師的判決書？」

「是的。」

「光看獄方的調查資料不夠嗎？」

顯真答著話，注意到這才是自己被找來的真正理由。即使良然表情依舊，那連珠炮似的問題也讓他察覺這就是目的。

「獄方資料沒有記載本人的聲音。為了瞭解對象，我想要更細緻的資料。」

「但你以前都是只參考獄方資料吧？」

語氣還是一樣，但語尾聽得出詰問的口氣。良然果然是在責怪顯真嗎？

「會嘗試過去所沒有的做法，是不是因為遇到了過去所沒有的狀況？你現在教誨的對象，是怎樣的死囚？」

不同的對象，教誨的方式也不同。反過來說，教誨的方式不同，表示對象應該也異於過去的例子——剛才的曉諭，一定就是為了導出這個問題的鋪陳。

「顯真師父。」

顯真沉默著，結果良然靠得更近了。顯真放棄抵抗，說出隱情：

「其實，這次教誨的對象，是我認識的人。」

瞬間，良然的眉頭皺了一下。

「是以前的職場同事嗎？」

「不，是大學朋友。他叫關根，我們以前在同一個社團。」

說出名字和關係後，接下來便一點一滴全說出來了。不知不覺間，他把在團體教誨中看到關根，被他委託教誨的經緯都全盤托出了。

聽完之後，良然點了點頭，似乎總算理解了。

「也就是說，你不明白關根先生是因為怎樣的經緯而變了個人，所以甚至找來審判紀錄閱讀，是嗎？」

「是的。」

「若是這樣的理由，你的做法也是無可厚非呢。可是，你有辦法繼續擔任關根先生的教誨工作嗎？」

顯真覺得不出所料，果然是要問這個問題。

「既然答應了，我想求個全始全終。」

「不過，雖然這樣說像是在否定我前面的話，但對方遲早要伏法。我記得行刑的時候，教誨師也要在場觀刑吧？」

顯真說不出話來。

身為死囚，死刑就是當然必須要面對、不可能逃避的命運——然而自己卻想視而不見。因為他知道一旦去思考就完了，只能為了絕望和恐懼而顫抖，因此一直勉強將這個問題推出思考之外。

但既然被良然正面提出，再也無從逃避了。

「是的，必須守望到最後一刻。」

「你能夠承受嗎？」

顯真想要立刻回答，卻辦不到。老實說，他答應教誨，並非深思到這一步而做出來的決定，只是關根拜託他的當下，他幾乎是反射性地答應下來罷了。但顯真基於個性，事到如今也不可能反悔。

「我不知道你自己怎麼想，但你意外地非常熱血。」

「我從來不這麼認為。」

「想要為死亡逼近眼前的罪人消除煩惱——出於這個目的，立志成為教誨師，這便足以證明你很熱血。當自己教誨的死囚步上死刑台時，你都是以什麼樣的心情送他們上路？應該很難冷靜地誦經吧。」

顯真再次詞窮了。堀田和以前負責教誨的死囚執行死刑時，自己毫無例外，每一次都心慌意亂。誦經其實也是為了轉移逼近的恐懼的行為。

「聽起來或許冷酷，但我們僧侶即使能宣揚佛法，也無法為信徒的將來負責。教誨師也是一樣的。即使能回應本人的要求，撫平對方的心情，但說起來這也是教誨師的極限了。教誨師不可能左右他們的命運。」

「我完全明白。」

「明白和心服是兩回事。尤其像你這種富同情心的人，一旦交心，就不可能推開對方。所以當他們走向死刑台時，你會無法冷靜。」

每一句都正中紅心，顯真甚至想不到該如何反駁。

「真的很諷刺呢。會遇到愈是用情至深的人，愈不適合當宗教家的局面。身為人卻不是人，儘管站在教導的立場，卻又不得不推開信徒。不只是僧侶而已，宗教家有時候是需要這種冷酷的。」

「……門主的意思是，我不適任嗎？」

「我沒有這麼說。只是顯真師父以現在這種模樣，實在不可能做好關根先生的教誨工作。不，即使做到最後，在他的死刑執行後，你還有自信繼續擔任教誨師嗎？」

這句話彷彿貫穿了顯真怯懦的心，筆直地捅進了他隱藏起來的膽怯。那股衝擊，幾乎讓他整個人向後仰倒。

「自出家以來，我從未對自己抱持自信。」

忽地，顯真感到指頭一陣異樣。

整個冰冷，就彷彿被寒風凍傷了一般。

顯真擠出聲音，好不容易才能回話。

「教誨師的工作也是一樣。我在向他們傳達真宗的教義時，也總是一面曉諭，一面自問自答。這次一定也會是如此。我實在太不成熟了，讓自己感到厭惡。我總是質疑如此不成熟的人，有資格教導別人嗎？但我不能半途而廢。」

說著說著，顯真氣憤自己的詞彙怎麼會如此貧乏。他有數不清想要訴諸言語、傾吐出來的話，卻無法徹底傳達給良然，焦急都快壓垮了他的心。

半晌後，良然說「沒必要放棄」。

「就算是僧侶，甚至就算已經開悟，人也不可能擺脫一切的煩惱和羈絆。就連這麼說的我自己，每一天也都充滿了迷惘。」

「門主怎麼可能……」

「雖然站在我的立場，不能表現出來。但身為門主，看似了不起，其實說穿了也只是不成熟的眾生之一。所以你沒必要刻意貶低自己。」

「我哪有資格和門主相提並論。」

「我們同樣是人，同樣是親鸞聖人的弟子。我希望你記住的，是要學會逃避。」

「逃避？」

「愈是傾注熱情，當你和關根先生道別時，那種痛就愈撕心裂肺。以教誨師的身分完成職責固然很好，但你要銘記在心，事到臨頭，逃避也是選項之一。真宗並非僵固不化的宗教，會要求信徒為一個人的生死賭上自己的一生。這樣說很自私，但我身為導願寺住持，比起一名死囚的末路，失去優秀的僧侶，更讓我心痛。」

「感謝門主的關懷。」

「我要說的就是這些。抱歉占用了你寶貴的修行時間。」
顯真深深行禮，準備離開辦公室。
然而打開紙門的瞬間，他和在走廊上端著托盆、怔立不動的夕實四目相接了。
從她驚訝的模樣來看，似乎聽到了兩人的對話。顯真臨機應變，裝作若無其事地關上紙門。
夕實就要開口，顯真伸出一手制止，兩人離開辦公室。一直到經過本堂前面後，她才總算開口了：
「那個，真的非常對不起！」
顯真尚未開口，夕實便深深對他行禮。
「感覺兩位似乎要談上一陣子，所以我想說泡個茶……走到辦公室前面時，聽到兩位的聲音，結果不好走進去……」
「好了、好了，先把托盆放下來吧。」
兩人一起在走廊坐下。夕實似乎仍激動未平，低著頭，肩膀起伏喘著氣。
「既然妳都泡了茶，我就不客氣了。」
拿起茶杯，茶水都已經半涼了。這證明了夕實在房間前站了許久。
「嗯，好喝。」

顯真啜了一口，說出感想，夕實微微噘起嘴唇說：

「茶都涼了，怎麼可能好喝？顯真師父人是很好，可是這種地方太假惺惺了。」

「咦，怎麼會是我挨罵？」

「……請相信我，我真的不是故意要偷聽的。只是因為聽到的內容太令人驚訝，害我完全錯失走進去的時機了。」

顯真聽著夕實拚命的辯解，心想這也難怪。

良然對寺院的職員態度向來很溫和，難得表現出發怒的樣子，也不會斥責或詰問。對於只看過良然這一面的夕實來說，門主審問弟子的場面，肯定讓她意外極了。

「我也可以喝茶嗎？」

「是妳泡的茶，當然可以。」

夕實提心吊膽地也伸手拿茶杯。

「可是，我真的嚇死了。」

「我為自己的朋友教誨的事嗎？」

「這也是其中之一……」

顯真輕易察覺夕實含糊其詞的部分是什麼了。應該是他說將會觀看朋友行刑一事，讓她感到駭然吧。

「雖然是多管閒事，但我覺得良然門主說的一點都不錯。」

「哪個部分？」

「逃避也沒關係的部分。」

夕實怯怯地看向顯真。

「我自己在這種地方上班，所以更深刻地感覺，我們寺院的師父們實在太勉強自己了。負責的信徒家戶數很多，上班時間也很長，又幾乎沒有假日。不只這樣，還要扛起那樣的辛勞，會搞壞身心的。」

「妳是在為我擔心嗎？」

「顯真師父和那位關根先生以前感情很好嗎？」

「我們在大學都是登山社的。」

告訴她這些應該無傷大雅。

「我們會組隊登山。有些情況，會靠著一條登山繩把性命交給對方，或是掌握對方的性命。可以確定的是，我們有著深厚的情誼，絕非泛泛之交。」

「對我來說，光是顯真師父以前會登山這件事就夠教人吃驚了。」

「很奇怪嗎？」

「和師父現在的氣質差太多了。」

顯真很想對大學時候的自己說一樣的話。一有空就忙著征服下一座山頭的那時候，如果聽到有人說「你將來會當和尚」，他不是笑到滿地打滾，就是嗤之以鼻吧。

「顯真師父討厭逃避對吧？」

夕實有些鬧彆扭地說。

「哪有什麼逃避，根本還沒有碰到那種局面啊。我光是思考下一次的教誨要說些什麼內容，就忙不過來了。再說，我還知道自己有多少斤兩，區別得出哪座山爬得上去，哪座山是自不量力。如果我連這點程度的判斷力都沒有，老早就已經死在山難，沒有顯真這個僧侶了。」

一陣痛楚劃過胸口，但顯真佯裝無事，掩飾過去。

「我有點為自己的膚淺生氣。」

「夕實小姐為什麼要生氣？」

「是我收到橫濱地檢寄來的信件的，卻完全沒有想到背後有這樣一段。然而良然門主只是知道裡面是判決書，就想到那麼深入的地方去。」

「這就是門主為什麼是門主啊。所以我也打算聽從門主的忠告。」

顯真不想讓夕實不必要地擔心，因此如此粉飾說，但夕實聽了，看著顯真的眼神依舊懷疑。

4

下個星期，顯真在工作空檔拜訪了川崎警署。

根據判決書記載，對於前來投案的關根，是一名叫富山直彥的刑警負責偵訊的。顯真已經從負責辯護的服部，以及在法庭上對抗的牟田那裡聽到了當時的關根的狀況。司法相關人員當中，就只剩下富山他還沒有見過。

從服部、牟田兩人口中問到的「被告關根要一」，可以說與判決書中登場的關根是同一個人。一時衝動殺害情侶，儘管自首，在法庭上卻提出強詞奪理的自私理論，一次也不曾向被害者及家屬道歉。

儘管覺得如今再請教負責偵訊的警察相同的問題，也不可能轉黑為白，但顯真還是非確定不可。即使是無法依靠的一條細絲，顯真還是只能緊緊地抓上去。

前一天提出會面要求時，他得知富山依然任職於川崎署的刑事課。他不知道警察機構的人事異動是如何運作，但對於想要見到承辦人的顯真來說，可說是十分幸運。

川崎署的大廳完全就是公家機關氣氛，擺飾著耳朵宛如翅膀的吉祥物，好像叫做「Ｐ鷗君[註六]」，牆上貼滿了各式政令宣傳海報。指示各部門方向的標示、笑臉迎人的櫃台小姐，除了玄關兩側站著執行警衛工作的警官以外，和市公所沒有任何不同。

顯真向櫃台告知來意，等了五分鐘，走廊另一頭走來一名年約三十多歲的男子。

「久等了。敝姓文屋，刑事課重案組人員。」

對方自稱刑警，卻沒有絲毫刑警多疑的氣質，隨和熱情，就像個推銷員。

顯真說想要見富山，文屋露出抱歉的神情說：

「不好意思，富山警部補臨時有事，有點不確定要忙到什麼時候。」

顯真正失望大老遠來到川崎，卻是白跑一趟時，文屋又接著說：

「不過你是來問關根要一的案子吧？」

「是的，我想親自和當時的承辦人談一談。」

「那就沒問題了。因為我也是當時的承辦人之一。」

「咦？可是我讀了判決書，承辦的警察官名字只有富山巡查部長一個人。」

「因為當時的偵訊主任是富山警部補。但我是紀錄人員，偵訊期間一直都在旁邊聽著，所以我想顯真先生有什麼問題，我應該都可以回答。」

文屋說，當時是巡查部長的富山，後來升為警部補了。案發後都過了五年，人和環境都會改變。來接待顯真的是當時負責紀錄的文屋，也同樣算是相當幸運。

兩人前往其他房間，獨處之後，顯真立刻提出問題。偵訊的時候，關根是什麼態度？供述的內容有無矛盾？偵訊的刑警對他的心證如何？

「這是本人主動投案的案子，所以不費什麼工夫就問到自白了，供述也用不了多少時間。我想想，前前後後大概六個小時吧。從案子的嚴重程度來看，可以說簡單得令人驚訝。」

「他從一開始態度就很配合嗎？」

「是啊，畢竟都主動投案了嘛。一開始有點不知所措的樣子，但開始偵訊的時候，感覺就漸漸平靜下來了。」

「您說六小時，感覺說了很久呢。」

「這算是短的。遇上否認犯案嫌疑的嫌犯，一般都得連續偵訊個兩天左右。就算直接詢問犯

註六：原文為ピーガルくん（P GULL），名字由警察（police）的P，以及神奈川縣鳥海鷗（sea gull）的gull所組成。

罪細節，他們也不會乖乖回答，所以得閒話家常之類的來解除他們的緊張，或轉移注意力，使盡千方百計。結果就得耗上這麼久。在這方面，關根的偵訊真的非常輕鬆。」

「他的供述內容，我只知道判決書上記載的。但六個小時的話，他應該說了非常多事吧？」

「還好耶，因為我們為了確定，也會反覆詢問相同的問題。判決書裡的內容確實是摘要版，但他提到的犯行內容，幾乎就像上面寫的。供述的時候，我們也會問本人的過去、興趣之類不相干的問題，這些都不會紀錄在判決書裡面。」

「內容沒有矛盾的地方嗎？」

「供述是靠本人的記憶，所以經常會有記錯的地方。這種時候就先回到前面，訂正供述內容，再繼續下去。所以即使有矛盾，也會當場釐清。」

「顯真先生，難道你懷疑警方強迫自白嗎？」

瞬間，文屋彷彿想起什麼，眉頭皺了一下，但隨即恢復原本的神情。

文屋突然表現出警戒的樣子。

「你在電話裡說你是關根的教誨師，你真的只是因為這樣的理由，就跑來川崎嗎？我有點難以理解。」

「我並不是懷疑偵訊過程……」

坦承自己和關根的好友關係是不是比較好？

顯真猶豫起來。如果坦承以告，有可能引起文屋更強烈的戒心。教誨師也就罷了，警方不可能願意向犯人的老友說明供述的詳細內容。但即使隱瞞關係，只要稍微調查一下顯真的過去，馬上就會發現他和關根的關聯。倘若得知顯真蓄意隱瞞，感覺一樣會加重戒心。

「如果你對警方有誤會，對我們也是個麻煩，所以我得先聲明。這起案子並非否認案件，而是因為嫌犯關根主動投案，才開始偵訊的。關根一投案，警方立刻搜索他的住處，扣押了沾有被害者血跡的衣物和凶器。也就是說，自白和物證相互補強，本人也完全沒有做偽證的好處。而且說到五年前，當時正提倡偵訊透明化，偵訊室導入了紀錄儀器，警方不可能動粗，或是強迫嫌犯。因此在雙重的意義上，關根的供述都是無可挑剔的。」

「不，所以我並不是對警方的偵辦有疑點。」

「既然如此，為什麼現在才又重翻舊帳？」

文屋從頭到尾語氣都很平和，顯真卻甩不開彷彿遭到偵訊的壓迫感。

他正思索該如何是好，這時房門突然打開來。

現身的是一名骨瘦如柴的男子，比文屋更不像刑警。如果坐在一樓的樓層穿著工作袖套辦公，看起來完全就是個唯一的優點就只有認真的市公所職員。

「啊，警部補。這位是來找警部補的顯真師父。」
那麼，這個人就是富山嗎？
「幸會，我是導願寺僧侶，高輪顯真。」
「你好。」
富山只做了最簡單的寒暄，就在顯真對面坐下來：
「聽說你是死囚關根的教誨師？今天來訪，到底有何指教？」
一旁的文屋扼要地說明兩人剛才的對話。富山這個人可能本來表情就不豐富，用一種極為疏離的眼神看著顯真。
「我也覺得很不舒服。」
富山劈頭就毫不客套地頂撞回來。
「我幹刑事這行很久了，這還是第一次碰到教誨師為了死囚找上負責案子的警署。你到底有什麼目的？」
兩名刑警凌厲地瞪了過來。顯真等於被逼到了盡頭，不得不從實招來。
「關根是我大學的朋友。」
瞬間，富山的態度轉為蠻橫：

「哼，所以你懷疑他可能是被冤枉，當起偵探來了嗎？真教人說不出話。簡直公私不分得離譜。」

「我連冤枉的冤字都沒有提到。」

「就算不說，找上這裡，不就是在宣告你懷疑他被冤枉嗎？你自稱教誨師，但我看你完全就是出於私人動機，來挑警方辦案的毛病。」

被指出是私人動機，確實如此，顯真無法反駁。

「首先，你一直隱瞞你跟關根是朋友的關係，不就證明了你自覺心虛嗎？」

「沒有說明這一點，我覺得很抱歉。但我真的完全沒有懷疑是冤案。」

「那你幹麼想知道供述內容？」

「因為我認為，如果不知道他染指犯罪的經緯，就無法做到圓滿的教誨。第一次見面的死囚姑且不論，但若是以前認識的人，又無法填補和過去印象的落差，我做為教誨師，也會感到不知從何下手。」

「這也是私人動機呢。說起來，我們警察完全沒有義務協助教誨師的工作。雖然一樣是刑事機關，但警察署可不是看守所。」

聽到這話，就連顯真也不由得心生反感。

「職業上，兩位或許沒有提供協助的理由，但這不是您經手的案子嗎？關根已經被判死刑，接下來只等行刑了。即使對他有一點慈悲心，也不會遭天譴吧？」

「和尚恐嚇人遭天譴，未免太卑鄙了吧？」

富山笑也不笑地諷刺道。

「說到慈悲，警方辦案，就是把被害者和家屬的憾恨化成執念來追捕凶手。或許和尚會覺得我小心眼，但對於奪走那對情侶的未來和希望的凶手，我只有憎恨。關根是自己投案的，所以偵訊還算穩當地結束了。但對於他自私任性的動機、為了洩憤而隨身攜帶凶器的行為，我半丁點都無法感到同理。」

「即使他只剩下等死了，也是一樣嗎？」

「他被判死刑，是咎由自取吧？如果關根有酌情量刑的餘地，判決內容應該也會考慮進去才對。既然你讀過判決書，應該就知道吧？法官們用強烈的措詞抨擊關根的殘忍，認為他沒有半點悔過之意。那份判決書，完全道盡了關根要一是個怎樣的人。」

「我聽說過，死刑判決書需要冠冕堂皇的理由，好讓所有的人肯定死刑判決，因此會特別放大被告的殘忍及冷酷。」

「但你不能否認判決書是官方文件吧？關根被國家認定是冷血殘酷的人。然而你卻要人對他大發慈悲，我覺得這根本就是宗教家的獨善。」

這幾乎形同唾罵的言詞，讓顯真怒火中燒起來。

一邊是僧侶，一邊是警察，雖然立場不同，但對於死囚，也該有最基本的尊重才對。然而卻一面倒地嘲諷，讓人不由自主地心生不滿。

內心想法應該都寫在表情上了，富山看到顯真的臉，冷哼一聲：

「你好像不太高興，但想抗議的人是我們才對。判刑定讞都已經過了三年，事到如今才來挑剔辦案，兩名被害者和家屬就不用說了，要我們這些參與辦案的全體警察臉往哪裡擺？」

話聲未落，富山已經站了起來：

「再繼續說下去也只是浪費彼此的時間。請回吧。」

富山努努下巴示意，文屋催促顯真起身：

「就是這樣，還請諒解……讓你白跑一趟，實在抱歉。」

望過去一看，文屋的表情真的很抱歉，顯真也失去力爭的心情了。

和文屋一起走向玄關的路上，步履沉重。

自我嫌惡也讓胃部彷彿塞滿了石頭。他惹惱了想要打聽情報的對象，落得鎩羽而歸的結果。這要是良然，一定能發揮他鍥而不捨的交涉本領，絕對能贏得成果。相形之下，自己的交涉之拙劣，幾乎讓他想吐。

可能是表情太難看了，文屋擔心地頻頻偷瞄這裡。

「顯真師父，我可以問個私人的問題嗎？」

「只要是我能回答的問題，請說。」

「剛才你說你和關根是大學朋友，是同班同學，還是研究室同學嗎？」

「是社團朋友。我們都是登山社的，曾經把性命寄託在對方手中。」

「原來是這樣。」

也許光是聽到登山社，就理解到兩人的交情非同一般了。雖然顯真要自己別再對警方抱有過大的期待，但文屋又繼續攀談：

「我們警部補剛才的話實在有點無禮，我代他致歉。」

「他對每個人都這樣嗎？」

「對，一視同仁。倒不如說，他是無法忍受犯罪本身。」

文屋露出挖苦的笑。

「我曾經聽說，警部補以前交往的對象染上毒癮，發生車禍過世了，讓他非常痛恨犯人。雖然有句話說『恨其罪不恨其人』，但他的信條是『恨其罪也恨其人』。所以請顯真先生不要放在心上。」

「我並不介意。只是警察官憎恨罪行的心情，和我們僧職的想法還是不一樣呢。」

「當然，並不是每一個警察都有著和警部補一樣的倫理觀。有些案子，也會讓不少警察官同情嫌犯。但另一方面，如果沒有恨其罪也恨其人的強烈情緒，有時候就抓不到凶手。不是我自誇，警部補的破案率是署內第一。」

顯真沉默了。如果說恨其罪也恨其人的感情是破案的原動力，那麼否定這種想法，只能說是第三者自私的批判。

「最近，出獄後再犯的情形屢見不鮮，每次遇上這種案子，都讓我痛感到審判制度的極限。像警部補，一發現逮捕的嫌犯有前科，不只是嫌犯，他會連審判的每一個環節都罵。他說就是因為司法沒有對犯下的罪行做出相應的懲罰，所以犯人才會故態復萌。如果日本的審判採用的是更生主義，那麼出現再犯者，就表示那些審判根本是錯的。」

也許容易聽起來刻薄，但對於身在犯罪偵查最前線的人來說，這或許是理所當然的感情。

「對了，在電話裡，顯真先生聽起來很忙？」

「除了孟蘭盆節以外的時間，寺院生意火熱，似乎也不是什麼值得欣喜的事。」

「教誨師的工作那麼重要嗎？」

「雖然不是學兩位的說法，但我想正因為對方是關根，我才會投注這麼多的心力。說我公私不分，雖不中亦不遠矣。」

文屋沉默了片刻，突然東張西望，介意起周圍來。顯真訝異他怎麼了，結果他壓低了音量，說了起來：

「剛才我提到，嫌犯記錯的時候，我們會回到前面，修正供述。」

「對，你說所以最後供述內容不會出現矛盾。」

「我在和顯真先生說話的時候，想起關根和富山警部補製作筆錄時，曾經出現過矛盾。」

原來他先前的表情變化，是由來於此嗎？

「自供的時候，嫌犯也心慌意亂，所以經常會發生記錯的情形。關根的供述中的矛盾也很細微，所以我們判斷還在記錯的範圍內。」

「是怎樣的矛盾？」

「一個是刀傷的數目。實際上被害者身中的刀傷，兔丸是胸口三刀，塚原是腹部兩刀，但關根一開始的供述是說，兔丸胸口兩刀、塚原腹部兩刀。」

也就是對於兔丸，他說的次數少了一刀。

「似乎不只如此？」

「還有一點，是凶器的形狀。一開始關根說得很含糊，只說凶器是刀子。他開始供述的時候，警方已經從他的住家找到登山刀了。製作筆錄時，針對犯行樣態，會盡可能要求具體的描述，因此發問的警部補在白紙畫出登山刀，再三確定：『是這種形狀嗎？』但關根的回答就只是『刀子』而已。雖然最後我們當成他供述『是登山刀』，但如果要說奇怪，確實是很奇怪。雖然這只是小細節。」

哪裡算小細節了？顯真驚訝極了。

關根好歹參加過登山社，對於自己持有的登山刀，怎麼可能無法詳細描述？

「雖然是大學社團，但也經常在山上遇到生命危險。畢竟登山面對的是大自然。」

顯真述說自己的經驗，以回應文屋所感覺到的不對勁。

「一旦體驗過登山的樂趣，就會不斷地往高山邁進。自然而然，身上的裝備會愈來愈重，也會挑選品質更好的物品，是像合腳的登山靴、頭燈，登山刀也是，挑選的時候比起外觀，會更重視實用性和功能性。」

「意思是裝備也會反映個性嗎？」

「如果說講究的點就是個性，那的確是吧。特別是登山刀，雖然是登山用品，卻也是不折不扣的凶器，因此也不會以隨便的心態挑選。更進一步說，就算對第三者來說是『凶器』，對物主來說，完全就只是『登山刀』，會覺得是登山用品。然而關根卻在一開始的偵訊中含糊地說『殺人凶器是刀子』，這實在令人不解。」

文屋聽著，微微地點頭。相較於富山，他更難看出感情起伏，但沉思默考的模樣讓人很有好感。

「我有個請求，可以讓我看看凶器的登山刀照片嗎？看守所裡的資料中沒有。」

「看照片要做什麼？」

「我和他搭檔登山了很久，或許我看得出某些辦案人員沒有注意到的細節。」

「那是辦案資料耶。」

「案子已經結束了。還是說，死囚的教誨師是無關的外人？」

對富山的交涉過於直來直往了，因此對於文屋，顯真試著使出類似戰術的策略。他覺得這種交涉方法很奸詐，但現在的顯真能夠利用的頂多就只有聖職者的頭銜。再說，只要是為了洗刷對關根的疑念，別人怎麼看待他的頭銜都無所謂。

如同隱約預測到的，文屋沒有驚訝，也沒有侮蔑的樣子，只是以苦惱的眼神看著顯真。

「死囚關根是我們親手移交給看守所的。從某個角度來看，比起辦案人員，教誨師更可以說是當事人吧。不過這樣想的人應該不多。」

「拜託您，文屋先生。」

雖然不喜歡利用對方的個性或氣質，但除了緊緊抓住若隱若現的可能性以外，顯真沒有其他手段了。顯真把誠懇和狡猾都拿來當成武器，向文屋發動攻勢。

「一定能有收穫的。」

「剛才你說你會這麼拚命，與其說是因為教誨師的身分，更因為對方是關根。」

「對，所以才說我公私不分。」

「教誨師這樣大肆公言自己公私不分，也教人為難。」

文屋也不怎麼為難的樣子，繼續說下去。

「反過來說，對顯真先生來說，關根這個人就是如此特別。」

「沒錯。」

「如果不妨，可以告訴我這部分的緣由嗎？」

「如果告訴您，您願意讓我看凶器的照片嗎？」

「這就要看你說的內容了。」

文屋雖然不是說得格外用力，但語氣堅毅。

顯真猶豫了片刻。與關根之間的事太過私密了。拿私事當成交易籌碼，讓他感到極為抗拒。

文屋雙手抱胸，一動不動，靜待顯真如何出招。
看來全盤托出是最好的做法了。顯真立下決心。
「我這條命是他救回來的。」
也許是預感到說來話長，文屋鬆開了雙手，開始聆聽。

三、獲救者的祈禱

1

就如同大多數的人一樣，高輪顯良會加入大學登山社，是因為入學時的社團招生活動。

「要不要和我們一起去登山～」

「在山頂喝的咖啡，美味到讓人成仙喔～」

「歡迎登山初學者～」

顯良走在校園中庭，聽見某處傳來熱鬧又有些拚命的招呼聲。

自小就身材瘦小、毫無運動神經的顯良，對體育類社團半點興趣也沒有。他對招生的呼喚充耳不聞，正要路過，突然被人拉住了手。

「同學，你是新生對吧？怎麼樣？要不要加入我們社團？」

攬客的是個女生，但強勢到了極點。

正要脫口說出「放開我」三個字的嘴唇，在看到對方相貌的瞬間僵住了。

小巧的臉蛋、長長的頭髮。從線衫和長褲上也能看出的苗條身材。若是穿上和服，必定不折不扣是個楚楚可憐的古典美人，就是這樣一個大美女。

「啊，沒回應就是答應嘍？」

「不，我對運動完全不在行。」

「放心放心，你看我，這樣弱不禁風的，也在登山社混得很好啊！」

後來顯良得知，那個女生是大自己一個年級的學姊樋野亞佐美。她的優點就是從外表看不出來的強勢。錯過拒絕時機的可憐的顯良就這樣被拖去登山社的社辦，簽下了入社申請書。此時先來到社辦，在角落無所事事的，就是一樣被亞佐美綁架過來的關根要一。

亞佐美會這樣強勢地到處抓人，是情有可原的。登山社只有少少四名社員，如果顯良和關根不加入，就要面臨廢社危機了。

社團學長姊們說他們當幽靈社員也沒關係，但亞佐美卻不放過他們。也許是向人宣傳自己的興趣讓她覺得快樂，每個月一次，她都會邀顯良和關根一起去爬山。顯良也因為對亞佐美頗有好感，因此勉為其難地奉陪，但漸漸地迷上了山的魅力。

入社前，顯良對登山的印象就是斯巴達式的活動。聽到登山，他腦中浮現的是攀登陡峭的山崖、在空氣稀薄的高地氣喘吁吁地行走的畫面。顯良甚至認為這是缺乏肺活量和肌肉量的他嚴禁的行為。

但亞佐美如此建議：

「不要把它想成登山這麼費力的事，當成散步就行了。」

初學者一下子挑戰一千公尺級的高山，不只是胡來，幾乎就如同自殺行為。一開始爬五百公尺程度的小山就行了，若想學人家體驗登山者氣氛，可以挑戰有纜車的山。不是艱苦地持續登山，中間休息多少次都沒關係。最重要的是先愛上山……

顯良聽從亞佐美的建議，從低矮的山開始讓身體熟悉山地。就像亞佐美說的，能夠以散步的感覺去爬的山都很輕鬆，而且爽快感十足。登上山頂時，成就感洋溢心胸。

習慣山地，也代表著自己的極限提升了。今天爬五百公尺、明天爬六百公尺，隨著目標上調，顯良開始出現了變化。

攀登的山愈高，愈要求腳力和肺活量。這與入社前就有的先入為主觀幾乎一樣，不同的是顯良自己的意識，當成目標的山愈高，他愈想要提升自己的極限。

虛弱兩個字自小就跟著顯良，他一直對必須靠體力一較高下的領域敬而遠之。這樣一個人藉由攻頂嘗到了成就感，因此格外棘手。每次超越極限，顯良便錯覺自己變得更強，然後沒完沒了地繼續追求更強的自己。亞佐美也在隊伍當中，因此他更想向她展現自己的成長。

亞佐美的登山經驗也只有一年左右，但已經進步到能夠挑戰冬季高山了。雖然她不像顯良那麼貪婪，但追求高山、險峻的山這一點，也和顯良一樣。

征服更高、更難的山。

幸而顯良身為登山家的資質算是一般。倘若他擁有挑戰聖母峰攻頂的天分，很有可能在大學畢業前就已經死於山難了。

慶幸的事還有另一件，也就是隊伍中一定都有關根。在登山這件事上，如果說總是勇猛地固執於攻頂的顯良是油門，那麼長於評估狀況，絕不讓隊員貿然行動，擔任煞車的就是關根。踩油門的人有兩個，而煞車的人卻只有一個。當學長姊一個個畢業離開以後，潛藏在整個登山社的這種關係性就變得更加顯著了。

變得顯著的還有另一點，隨著攀登的山海拔變高，顯良和亞佐美的關係也更深了。是追求自我極限這樣的非日常性連結了兩人，還是所謂的吊橋效應，生命危機帶來的迫切感讓兩人誤會是戀愛感情，這一點不得而知。總之入社一年左右的時候，顯良便開始經常在亞佐美的住處過夜了。

大三的十月，顯良等登山社成員計畫在秋季攀登劒岳。亞佐美即將在春天畢業，因此這等於是她實質參加社團活動的最後一次機會，也因為這些因素，目的地選在劒岳。

劒岳位在北阿爾卑斯山北部，聳立於立山連峰，為標高二九九九公尺的冰蝕尖峰。古時地名寫成「劒嶽」，冬季的劒岳，會化身為由陡峭的稜線及斷崖交織而成的險峻山峰。許多路線都必須抓著鎖鏈或梯子攀爬，對一般登山者來說，是危險度最高的高山，但即使是一流登山者，也絕不能輕忽大意。

挑戰精神旺盛的顯良和亞佐美一開始也提議進攻冬山，但遭到關根反對。他發揮了煞車的角色，滔滔講述冬季的劍岳有多危險，顯良和亞佐美只能靠精神論和感覺來反駁。冬季的劍岳由於日本海側的氣候因素，容易降下豪雪，加上原本的險峻地勢，使得登山條件更加嚴苛。幾乎每年都有人在山上遇難，顯良等人的隊伍能夠順利攻頂的可能性不到一半。

但以結果來說，即使加上關根的謹慎，也無法避免悲劇發生。

十月五日下午三點，三人隊伍從立山黑部阿爾卑斯山路線的室堂轉運站出發。顯良等人選擇的是兩條登山路線其中之一，所謂的別山山脊路線。從室堂轉運站經過雷鳥平地，爬上雷鳥瀑布，前往別山乘越。經劍澤露營區，從一服劍、前劍攻向劍岳。會選擇這條路線，是因為到室堂之前的路程可以搭公車。兩邊的路線，都必須在路上過夜，於隔日攻頂。

從室堂出發的時候，是晴空萬里的好天氣。風勢也很溫和，從室堂轉運站到雷鳥平地附近都是觀光地區，因此比起登山，感覺更接近郊遊踏青。

「想到這是學生時代最後一次登山，總覺得簡單得有點落空耶。」

亞佐美豪氣萬千地喃喃說，但從雷鳥平地到別山乘越之間，是一連串的陡山。觀光登山客的身影消失，只剩下前往劍岳的隊伍，成了正式登山舞台。

登山道有許多碎石堆積，易滑難行。格外辛苦的是在碎石區攀登陡坡，寸步難行。因為易滑，腳步自然慢了下來，也因為腳下滑動，有更多多餘的腳部動作，一下子就累了。他們事前就已經預測到易滑的地勢，所以穿了硬底的高筒登山靴，但堅硬的鞋底更加重了腳部的疲倦。

「真令人焦急。」

腳下不穩而舉步維艱的亞佐美埋怨起來。

「這種速度，什麼時候才能走到露營區？」

「別急。」

壓隊的關根出聲招呼說。

「急於趕路只會更累。一步一腳印，扎實地往前進吧！」

雖然比亞佐美小一年級，但關根完全是引導兩人的立場。雖然這也是扮演煞車角色自然的結果，但他宛如父親的態度，讓顯良和亞佐美儘管滿口怨言，卻也只能聽從。無論何時，關根總是穩重冷靜，他的判斷不只一兩次讓一行人化險為夷。

顯良認為，關根這個人比起理智，更是聽從本能行動的類型。平時雖然滿口道理，但遭遇危機時，總是本能優先指揮身體。

關根這樣的特質，在登山社發揮了正面效益。山上的狀況無時無刻不在變化。地面、氣溫，以及天候等各種要素相互影響，瞬息萬變。在山上，比起只能在狹小的範圍發揮功用的理性，很多時候動物性的本能更能派上用場。在變幻莫測的狀況中更是如此。

相對地，顯良和亞佐美是徹底的理智派。他們會從現場狀況蒐集資訊，做出最適切的決定。但首要條件是資訊必須固定不變，他們的腦袋趕不上變化多端的資訊處理，是美中不足之處。因此上山之後，自然就變成由關根掌握主導權。

傍晚五點多，一行人抵達別山乘越，稍事休息後，轉往劍澤露營區。從山脊到露營區的下坡很陡，而且易滑。在別山乘越前的攀登中意外地疲累的三人多次差點滑倒，從途中開始，登山杖大顯身手。

把三人更整得七葷八素的，是接連出現的垂直攀登。雖然各處都垂掛著防止滑落的鎖鏈，但他們還是拿出登山繩，小心翼翼地往上爬。在寒冷的氣溫中進行垂直攀登，比看上去更消耗體力和精神。

「快點紮營吧。」

關根的聲音聽起來還遊刃有餘。

「在明天攻頂之前，得盡量恢復體力才行。」

「我贊成。」

亞佐美上氣不接下氣地同意。

「沒想到這麼耗體力。」

顯良沒有吭聲。他也和其他兩人一樣疲勞，但是在亞佐美面前，他想要當個堅強的男子漢。

三人在晚上六點四十分於露營區搭好帳篷。這時太陽已完全西沉，氣溫也隨之驟降。三人圍著瓦斯爐暫時取暖，晚飯後便鑽進各自的睡袋裡。

「如果沒有我，你們應該會很想鑽進同一個睡袋，不過暫時忍耐一下吧。」

即使是這種時候，關根也沒忘了他的風趣。

「就算看到你們打得火熱，熱起來的也只有腦袋，無助溫暖身體。」

「我可不想再浪費多餘的體力。」

顯良也不甘示弱地回敬說。

隔天早上，聽到劍岳的天氣預報，三人內心直呼不妙。

一早上空便籠罩著沉重的烏雲，上午六點過後，氣溫仍完全沒有上升。期待秋季晴天而規劃的登山計畫被迫臨時變更。原本預定在日出前從露營區出發，但關根主張應該等到天氣恢復晴朗再動身。

「從露營區到劍山莊的路很暗，萬一迷路，要折返也很困難。我們應該停下來露營，等到光線夠亮再說。」
顯良提出異論：
「這種程度的陰暗還好吧？比起光線問題，萬一天氣愈來愈糟怎麼辦？別說攻頂了，能不能去到前劒都有問題。」
掌握主導權的人，不一定也握有決定權。想要步步為營的關根，與無法克制急切的顯良之間發生了一段拉鋸，但最後進行了多數決投票。急切不下於顯良的亞佐美支持他，三人匆匆收拾帳篷。
根據預定，從露營區到前劒的路程約八十五分鐘。然而有許多需要抓著鎖鏈攀登的地方和岩地，險阻重重，進度遲滯。就在三人勉力前行之中，天色愈來愈陰沉，風勢也愈來愈強了。
山風的可怕之處，在於它的不可預測。以為平靜下來了，下一秒卻突然狂風呼嘯。風勢也並非一定，有時會被強風撲個出其不意。結果隨時都必須繃緊神經，讓精神疲勞不斷地累積。
不久後，三人發現比風更可怕的東西降臨了。
是雪。
白色的顆粒從灰暗的上空撲面而來。起初還算緩和，但隨著風勢漸強，雪勢也跟著狂暴起來了。

下個不停的雪遮蔽了視野，讓三人不時迷失攀登路線。無法從最短距離上山，體力徒然消耗。風急速地變冷，奪走了體溫。

「只要不迷路，路線是沒問題的！」

關根扯開嗓門，喚起兩人的注意。

「亞佐美，妳來殿後，我和高輪引路！」

先前都是配合體力最差的亞佐美登山，但接下來必須由兩個男人來牽引她才行。亞佐美應該也覺得這樣比較輕鬆。她露出鬆了一口氣的表情，等待關根追上來。

就在這時候。

原以為轉弱的風從側旁猛撲而來。

從體感來看，風速可能有五十公尺。亞佐美禁不住突來的強風一吹，墜落下去。

「亞佐美！」

晚了一拍大喊時，她的人影已經從視野中消失了。

「亞佐美！」

身形纖細輕盈的她被吹到哪裡去了？陰暗加上下個不停的雪，讓人完全看不出她的下落。

顯良和關根四處尋找亞佐美。但走遍了附近各處，都沒看到她的人影。呼叫亞佐美的聲音被風吹散，感覺即使她放聲呼救，也無法傳進顯良和關根的耳裡。

「亞佐美！」

不能等到雪停下來。萬一她被吹下去的地點有岩石，絕對會受傷，如果無法動彈，會立刻失溫。若是置之不理，很有可能招致最糟糕的狀況。

兩人搜索了兩個多小時，顯良自己都要因疲累和寒冷而意識朦朧時，總算找到了亞佐美。不好的預感總是會成真，亞佐美似乎重重地撞在墜落地點的岩石上。

「只能在這裡等待風雪過去了。」

關根做出決定，兩人立刻搭起帳篷。雖然為亞佐美受傷的部分緊急包紮，但她似乎撞到了頭，不省人事。

「得下山送醫才行。」

「別慌。現在離開帳篷，連我們都會遇難。」

關根的話不是恐嚇。彷彿看準了他們搭好帳篷的時機，風雪變得更加暴烈了。我才不許你們踏出外頭一步！——感覺就好像劒岳的惡意侵襲了他們。

放在亞佐美背包裡的瓦斯爐，在她被吹落時，連同背包整個不知道被甩到哪裡去了。兩個男人從左右兩側夾住亞佐美為她保溫，卻無從挽回不斷下降的體溫。她露出的右腳前端就快凍傷了。如果置之不理，絕對會壞死，必須截肢。

但兩人一動也不能動。風雪完全沒有要停歇的跡象，彷彿在說這是他們小看十月的劍岳所招來的天譴，兩人只能蜷縮在帳篷裡。

第三天早上，太陽終於從雲間露臉了。

「不能錯過這個機會。」

顯良焦急萬分地衝出帳篷。他覺得和關根兩個人一起的話，就可以揹著亞佐美下去露營區。

瞬間，關根叫住了他：

「等一下，高輪！」

「等什麼？雪停了，風也停了。不趁現在下山，亞佐美的腳會……」

從理性來看，顯良覺得他的判斷是對的。

但是在充滿惡意的劍岳裡，關根的本能才是對的。

一陣強風毫無前兆地從側旁撲來。是比昨天吹倒亞佐美的更要凶猛的風。

感覺就彷彿被看不見的巨人一把抓起來似的。顯良的身體被拋上空中，接著砸在雪地上。

瞬間左腳麻痺，晚了幾拍，劇痛竄遍全身。顯良慘叫一聲，望過去一看，膝蓋下方撞在裸露的岩石尖端上。

「高輪！」

離開帳篷跑過來的關根看上一眼，似乎便掌握了狀況。

「你覺得怎麼樣？」

關根輕輕地觸診左腳。被碰到的瞬間，顯良就知道不是挫傷就是骨折了。

他發出不成聲的喊叫。在幾乎讓人昏厥的劇痛當中，他悟出這下子自己也無法下山了。

「你一個人下山吧。」

顯良氣若游絲地擠出聲音說。

「我和亞佐美在帳篷等你。你到了劍山莊，就呼叫救援。」

當時手機尚不普及，必須去到有人的地點，才有辦法呼叫救援隊。然後三個人裡面能夠行動的，就只有一個人。

關根交互望向倒地的顯良和帳篷。

「來不及。」

「什麼來不及？」

「我可以去劍山莊呼叫救援，但救援隊需要更多時間才有辦法到這裡。萬一這段時間，亞佐美的狀況突然惡化怎麼辦？萬一暴風雪再次侵襲，你們要怎麼禦寒？」

顯良苦思替代方案，這時關根突然進入帳篷，打橫抱起亞佐美走了出來。

「好，你把她帶下山吧。我在這裡等待救援。」

然而關根卻轉換方向，朝顯良走來。然後他彎下腰，命令「搭住我的肩膀」。

顯良依言搭住關根的肩膀，於是關根抱起亞佐美站了起來。等於是右邊抱著亞佐美，左邊扶著顯良。

「難不成你……」

「好好抓緊。」

「沒辦法的。你要扶著兩個人一起走嗎？別這樣，這一點都不像你。」

「什麼叫不像我？」

「你應該會做出冷靜的判斷，選擇最有效率的做法。你應該會選擇讓更多人得救的手段。」

「用效率去思考人命，根本就錯了。」

關根跨出一步。

「把你的命和亞佐美的命放在天平上衡量也是錯的。不，或許沒有錯，但至少對我來說，是無從回答的選擇題。」

「這樣亂來，三個人都會遇難的！」

「要是這樣想，就用你沒事的那隻腳減輕體重的負擔吧。光是這樣就天差地遠了。」

「把我留在這裡吧！」

「你要是放手，那我也不走了。除非你走，否則我也不走。」

「……你瘋了。」

「現在才知道？」

兩小時四十分鐘後，鬮根抱著亞佐美、扶著顯良，成功地抵達了劍山莊。他們立刻連絡富山縣警山岳警備隊，救援直升機火速將三人送醫急救。

雖然這是所能想到的最好的發展，但亞佐美傷得很重。她右腳踝以下的部分完全壞死，最後還是只能截肢。

另一方面，顯良的左腳因為及早治療，沒有大礙。但顯良的心都碎了。女友失去了一腳，自己卻平安無事，這樣的內疚讓他的良心痛苦不堪。

恢復意識的亞佐美一看到消失的右腳，發出絕望的慘叫。別說登山了，往後她連正常行走都沒辦法了。對於年輕的亞佐美來說，包括外表的缺損在內，這樣的遭遇實在是太殘酷了。

結果亞佐美因為右腳殘障，求職的內定被取消了。原本和亞佐美處於半同居狀態的顯良找到工作後，說服亞佐美和他結婚。顯良自己將之視為順理成章的歸結，但一些沒口德的人背地裡說他是負起了責任。

這件事以後，顯良變了。他不得不改變。橫衝直撞的勇氣受到摧折，他愈來愈常沉浸於內省。他徹底瞭解到自己的無力，是受到他人庇護才能活下來的渺小存在。

關根救了顯良和亞佐美，讓顯良對他感到一份虧欠。然而即使想要回報，關根也在畢業後突然斷絕了音訊。

結束漫長的話當年後，顯真嘆了一口氣。

他絕少向人提起這段往事。這也是當然的。沒有人會自豪地宣揚扛在身上的沉重虧欠。

默默聆聽的文屋低聲道：

「真傷腦筋。」

「什麼事傷腦筋？」

「從你剛才說的內容來看，關根是個不顧自身安危，拯救了兩個朋友性命的英雄。可是這樣的英雄卻在約二十年後，只因為鼻子上的疤痕被嘲笑，就殘忍地殺害一對情侶。」

文屋憂鬱地搖了搖頭。

「二十年的時間，足以徹底改變一個人。我們也看過太多這樣的例子了。可是關根的情況，未免過度極端。」

「是的。所以我到現在依然無法接受關根淪為死囚的事實。」

對方展現困惑，正是大好時機。顯真探出上半身，逼近文屋說：

「就連偵訊過他的文屋先生，也像這樣感到困惑。一定是有哪裡弄錯了。我們一定錯過了某些獄方資料和判決書上都看不到的東西。您不這麼認為嗎？」

顯真一連串的問題，讓文屋板起臉孔。是被迫做出苦澀的決定而扭曲的表情。

「……只要顯真先生能接受，這件事就結束了，是嗎？」

聽到文屋那求救般的聲音，顯真深深點頭：

「當然。」

「請等一下。」

文屋沉重地起身，暫時離座。被留下的顯真只能將一縷希望寄託在他身上。

拯救了兩條年輕性命的英雄，在一段歲月之後，殺害了兩名年輕人。仔細想想，再也沒有比這更諷刺的事了。宛如逆著因果報應而行的情節，就連站在真宗僧侶的立場上，顯真都不知道該如何解釋才好。

即便關根真的犯下殺人重罪，仍然不足以讓顯真接受。音訊不通的二十五年之間，關根究竟發生了什麼事？是什麼讓英雄丕變為自我中心的殺戮者？

以教誨師的身分，引導死刑確定的囚犯。對於完成這項職務，顯真沒有任何異論或疑問。但即使顯真懷著難以信服的心情闡述佛道，也只不過是在羅列空疏的經文。

告訴我，關根。

你的心是什麼顏色？

你的靈魂是什麼形狀？

顯真對著無言的對象拋出一串問題，這時文屋抱著檔案回來了。檔案側面標有案件名稱及編號。

「案子結束後，做為證物扣押的物品會歸還原主，或是廢棄處理。用來犯罪的凶器不用說，是廢棄處理，但是會留下紀錄。」

文屋說著，以熟練的動作翻開檔案，很快就找到要找的一頁了。

「這就是凶器的登山刀。」

顯真從文屋手中接過檔案，望向那一頁。刀子似乎放在白色地板上，也許是為了突顯形狀和顏色。

其實有登山嗜好的人，不會稱其為登山刀。正確名稱是戶外刀，但由於加上了求生或狩獵等用途，因此登山刀這樣的分類變得廣為人知。

因為必須用來切斷大自然中的樹木或藤蔓，單刃、尖端鋒利且寬幅的刀子很受歡迎。此外，從功能性還可以分成收在刀鞘裡的sheath knife和折疊式的folding knife。

檔案裡的照片，顯然是有刀鞘的刀。刀柄兩面有止滑紋，刀刃平滑彎曲。對於大部分的人來說，應該都覺得是典型的登山刀吧。反光不明顯，顯真看出材質應該是碳鋼。

顯真注視了片刻，費了好一番工夫才壓抑自心底湧出的亢奮。

「不是。這不是關根的刀。」

文屋的臉色頓時變了……

「你怎麼敢斷定？」

「照片的刀柄有止滑紋，刀寬也很窄。這不符合關根的品味。」

「品味？」

「我待在登山社的時候，就知道關根用的是什麼刀。他的手指很粗，所以喜歡刀柄有凹槽的刀子。刀幅很窄這一點也讓我介意。他說自己手指很粗，細刀用起來不太牢靠，所以都盡量挑選刀身寬的刀子。犯行所使用的刀子，至少完全不符合他的品味。」

「但個人的品味、嗜好那些，會在漫長的歲月中改變吧？只憑這一點就說關根不是凶手，不會過於牽強嗎？」

「如果是日常使用的刀子，或許就像您說的。可是文屋先生，登山總是伴隨著危險的。戶外刀會附帶求生、狩獵功能，也是這個緣故。聽好了，在某些狀況，戶外刀這個工具可能會左右持有者的生死。愈是登山經驗豐富的人，對工具愈講究。刀子也會使用稱手的。或者他只為了刺人這個目的，特地去買來平常不會用的刀子？」

被這麼反問，文屋無法立刻回答，抱起雙臂沉思起來。

很好。

再多懷疑一些吧！覺得說是關根的犯行，實在格格不入吧！

一段時間後，文屋鬆開雙手，慢慢地抬起頭來：

「聽你這麼一說，我也覺得確實不太自然。反過來說，如果像判決書上說的那樣，是為了殺傷他人而攜帶凶器，一般應該會選擇稱手的工具吧？如果關根的證詞是真的，他供述的內容就讓人打問號了。」

「是的，完全就是如此。」

「但假設供述內容有假，又會出現新的問題。如果不是關根殺了那對情侶，為什麼他要做偽證？而且不是為了自保。完全相反，這可是自掘墳墓的行為呢。」

這次輪到顯真沉默了。文屋提出的問題，也是顯真之前就一直放在腦中一隅思考的問題。但他把重點放在探索關根的真心，沒有深入思及做偽證的目的。

但另一方面，顯真也有自己的一套答案。雖然無法證明，但顯真因為瞭解關根的為人，所以能做出這樣的回答。

「我想到一個理由，關根是不是認識真凶？他知道真凶是誰，想要保護真凶——除此之外，我想不到別的可能了。」

「這可不是竊盜或詐欺，而是殺人重罪呢。而且審判結果，關根被判處死刑，他甚至放棄上訴。就算是為了包庇別人，這代價未免太大了。這可是蒙上殺人污名，被送上死刑台。自我犧牲也有個限度。」

被如此反駁，顯真也無話可說。文屋的意見合情合理，極為實際。相對地，自己的主張十分偏頗，甚至是感情用事。即使在法庭上相爭，文屋的說法也會受到百分之百支持吧。

「首先，關根是單身。就算退讓百步，那對情侶不是關根殺的，那他非包庇不可的人會是誰？單身的關根，有什麼他甚至要犧牲性命也非保護不可的人嗎？」

對於這番話，顯真也找不到反駁。只要設身處地想想就知道了，一個人即使自我犧牲也想要保護的對象，真的少之又少。多半都是親人或戀人，但關根沒有這種對象。雖然不清楚他被逮捕前有沒有交往的女友，但如果有如此親近的對象，理應在審判期間現身才對。然而就連律師服部，都完全沒有提到這樣一個人。

對司法來說，提出來的證據就是一切。第三者的印象、想法，半點屁用都沒有。就算大聲疾呼被告是好人，若是被反問「那又怎樣」，一樣無從答起。即便是好人，也有著魔的時刻。好人也會詛咒人，會憎恨人。所以才會有這麼多的宗教存在，僧侶這一行也才幹得下去。

說到底，就算自己這樣的僧侶提出異論，司法也不屑一顧嗎？——正當絕望滲透心胸，文屋繼續說了下去：

「不過，當時我也覺得有點奇怪。不過和顯真師父指出的點不太一樣。」

意想不到的吐露，再次激起了顯真的亢奮。

「可以請顯真師父先別透露出去嗎？」

「當然。」

「是富山在偵訊的時候。就像我之前說的，偵訊的時候，也不是從頭到尾只談案子，為了卸下嫌犯的心防，會加入一些無關緊要的話題，或是閒話家常。換個說法，有時候會為了引誘嫌犯自白，拉拉雜雜地東拉西扯。富山的偵訊就依循這套形式，算是非常標準。所以在供述案情之前，聊的都是非常和平的話題。我記得就是那時候讓我覺得不太對勁。」

文屋的視線在半空中飄移，就像在回想當時的狀況。

「富山聊到日常生活和關根上班的公司『筑山』的時候，關根的語氣都很平靜。口吻真的非常自然，然而只要一問到案情，他的口氣就會變得有點誇張地耍流氓，幾乎就像小混混在說話，描述犯行的時候，表情也都很緊繃。和他不經意地流露的表情，簡直判若兩人。怎麼說，感覺就像看到外行人在演蹩腳戲。」

啊，原來如此——顯真恍然大悟。

「我想文屋先生的觀察是對的。關根有時候也會故意耍壞，但他是個很不擅長撒謊的人。」

2

關根在偵訊室的表現，簡直就像外行人在演蹩腳戲——文屋這番感想帶來的期待，足以讓顯真奮起。

「就像文屋先生說的，關根在演一齣蹩腳戲。就和救我們的時候一樣，他是在犧牲自己，想要包庇某人。」

「顯真先生，這完全是你一廂情願的想法。」

「可是文屋先生也覺得可疑吧？就連凶器的刀子，關根的供述也有令人無法信服之處。我實在不認為他老實地說出了實情。」

「我承認是有可疑之處。但做為重啟調查的根據，實在太薄弱了。」

文屋依舊不失冷徹。不，看在顯真眼裡，他是在拚命控制自己，保持冷徹。

「若說薄弱，或許如此。可是，這真的是文屋先生可以視而不見的瑣碎細節嗎？」

瞬間，文屋別開了視線。

顯真出於職業關係，自認為相當擅長察言觀色。文屋顯然是在逃避顯真的問題。

因為害怕被拖下水。

因為害怕回溯過去。

「文屋先生是不是在害怕冤案的可能？」

文屋的眉毛一跳。

「您是不是害怕因為自己抱持疑問，發現應該已經結案的案子，居然是抓錯人？」

「冤案不是那麼容易發生的。你以為警方費盡多少心力在蒐集證據？檢方也是謹慎再謹慎，務求萬全。檢察官只會起訴認定絕不會錯的案子。定罪率百分之九九・九的數字，可不是擺好看的。」

「但並非百分之百。」

顯真窮追不捨。

「如果對關根的逮捕、起訴和死刑判決是錯誤的話……」

「不可能。」

「事實上，文屋先生不就心存疑念嗎？所以您才會讓我看辦案資料，對吧？」

顯真雙手扶在桌上，深深行禮。現在他唯一的依靠，就只有文屋的協助了。

「求求您！」

「你這是做什麼？」

「請助我一臂之力。請再調查一次。」

「你這樣我很為難，顯真先生。這個案子沒有人聲請再審，而且還叫當時的承辦刑警協助，這實在太離譜了。」

被責怪離譜，顯真幾乎要氣餒了。萬一連最起碼的學識素養都遭到質疑，他根本沒資格自稱僧侶。

但顯真完全不打算退讓。

「我明白會受到指責。可是我身為被關根救回一命的人，同時身為見證他的死刑執行的教誨師，我非要釐清疑念不可。教誨師有教誨師的職業倫理。」

顯真正面迎視文屋。文屋以憂鬱的眼神看著他。

「假設重啟調查，萬一發現關根當時做的是偽證，整起事件會被徹底推翻。如果關根是冤案，當時的負責人將會如坐針氈。而揭發這件事的我，會成為警方的叛徒、窩裡反，變成眾矢之的。」

文屋淡淡地說道。語氣淡泊，反而使得他的話聽來沉重無比。

「另一方面，如果重啟調查，發現凶手果然還是關根，重啟調查就成了白費力氣，我會被當成質疑上司和檢察官判斷的白痴，淪為笑柄。換句話說，不管是哪邊，我都沒有任何好處。」

「可是，您可以拯救一條無辜的生命。或許聽起來冠冕堂皇，但這不是可以用利弊得失來衡量的事。」

接著顯真再次行禮。

「一個人的生命即將被法律剝奪。在保有死刑的國家，死刑制度被視為正義的彰顯，所以這是莫可奈何的事。但既然如此，我希望看到的是讓人心服口服的死。至少希望能在最後安詳地送赴死之人上路。」

顯真很清楚，這都是自私的說詞。不是死囚本人，而竟是教誨師在尋求心靈的平安，實在是見笑於人。

但顯真非見笑於人不可。自己受人嘲笑、被指指點點，都無所謂。一想到關根扛起他人的罪責，將命喪死刑台，這根本算不上什麼。

「我明白區區一名僧侶就算模仿刑警辦案，也無濟於事。所以我想要專家提供建言和助力。因為在這個國家，有權力偵查犯罪的，就只有你們警方。」

「我雖然只是個基層刑警，但也有立場要顧。」

下一瞬間，顯真離開椅子，伏地跪倒。

「請不要這樣！」

文屋發出尖叫般的聲音制止，但顯真不理會，低頭叩拜。他完全豁出去了。要是在乎顏面，不可能拯救人命。

「我求求您了！」

就在顯真的額頭要抵到地面的那一刻——

「你適可而止一點！」

粗壯的手一把抓住顯真的肩膀，硬是把他拖了起來。

「顯真先生，你好歹也是個僧人，怎麼可以輕易向人下跪？」

要是下跪就能救回關根，要他下跪多少次都不是問題。

文屋看著顯真的眼睛，已經一臉放棄了。

「我想起在京都府警任職的同事的話。」

唐突的話鋒轉變，讓顯真失去了勁頭。如果文屋的目的是為了讓他茫然無措，可以說他也是個問案高手。

「他是我警察學校的同期，他曾經對我說過，在京都那裡，掌握大權的不是政治家，也不是黑道。他說權力最大的不是別人，就是僧侶。就算是黑道頭子，要是沒有僧侶願意來給自己或親人的葬禮誦經就麻煩了。所以聽說在那裡，僧侶才是最大的。」

「這或許是數量的問題。京都素有學生與僧侶之城的稱呼。」

「不只是京都而已，和和尚作對，也不會有好事。」

文屋輕聲嘆氣。

「這是非官方，而且是我基於個人的獨斷進行的協助，所以或許無法符合顯真師父的期待。就像我剛才說的，或許結果會對關根不利。即使這樣也無所謂嗎？」

「無所謂。」

「喔喔，拜託，可以別再向我鞠躬了嗎？」

「可是……」

「坦白說，若是就這樣撒手不管，我自己也會夜不安枕。」

摻雜著嘆息的話也十分淡然，但仍沁入了顯真的心胸。

「我對偵破的案子有自信。我敢說我們逮捕了應該逮捕的嫌犯，讓嫌犯做出該供述的內容。否則不可能端得了刑警這碗飯。」

「如果冒犯了文屋先生，我道歉。」

「不，我不是這個意思。即使像這樣自信十足地移送檢調，但或許還是有千分之一、百分之一的疏漏……這樣的恐懼總是如影隨形。剛才我和顯真師父交談，也一直感覺到一股不安。重啟調查，也是為了讓我自己心安理得。」

雖然成功讓文屋答應協助，但彼此都很忙碌，不可能把這件事擺在第一優先。兩人調整行程，決定在九月十八日行動。

當天兩人在JR木更津站會合，搭計程車前往市中心。若是正式查案，就會坐警車前往，但這是私人調查，因此不管是交通工具還是費用，都必須自掏腰包。

「到貝渕。」

文屋說出包括門號的完整地址，司機以熟練的動作輸入導航。

目的地事前已經決定好了。是遇害的情侶之一，塚原美園的家。

「塚原的父母會願意見我們嗎？」

文屋已經連絡了對方。因為他們擔心由殺害女兒的死因的教誨師提出要求，對方也不會答應。但若是負責案子的刑警開口，應該不致於遭到拒絕。

「我已經連絡好了，但我們要見的不是父母，塚原家現在只剩下母親。」

關於被害者家屬，顯真完全沒有聽說任何資訊，因此有些緊張起來。

「是離婚了嗎？」

「不是。案發後第三年，父親就因為癌症過世了。我沒有聽說詳情，但對母親來說，等於是屋漏偏逢連夜雨，打擊似乎相當大。」

計程車行駛了約十五分鐘，進入集合住宅區。只是粗略估算，就有約二十棟左右的住宅大樓林立。這是所謂的「大規模集合住宅」，每一棟屋齡都相當久了，感覺正逐漸步上荒廢一途。

下了計程車，站在集合住宅區正中央一看，荒廢更形顯著。建築物一樓出現幾乎呈一直線的裂痕，棄置的三輪車在日曬雨淋中完全成了廢棄物。社區內的植栽也無人整理，籬笆恣意生長，花壇裡雜草欣欣向榮，看不出種了些什麼。

應該是以前來過，文屋沒有猶豫的樣子，直接走向要找的那一棟。

「是D棟的一〇一二室。」

「您以前來過呢。」

「是關根判刑定讞的時候。我是以報告的名目來訪，但也不是多令人開心的訪問。」

「既然是來報告案子已經結束，對家屬來說，應該是福音吧。」

「幹這一行，有時候我會想，案子真的有結束的一天嗎？」

文屋忽然這麼說，彷彿心灰意懶。

「逮捕嫌犯，移送檢調，經歷開庭審理後宣判，然後判刑定讞。確實以案子來說，這樣就結束了，但不一定與案子有關的人，每個人的心情都能就此塵埃落定。死去的人永遠不會老去，會永遠在家屬心中申訴他們的冤屈。因為不可能忘記，所以傷口也沒有癒合的一天。就算判刑確定，也只是告一段落而已，在家屬之間，案子是不會結束的……有時候我會忽然這麼想。」

文屋的話沉重地壓在心頭。開始擔任教誨師以後，顯真一直努力貼近死囚的心，但也並非不曾想像過受害者家屬的悲痛。不，顯真這樣的立場，讓他更能切身體會被害者家屬的悲痛。

有時貼近加害者，有時則同理被害者家屬。雖然立場南轅北轍，但同樣令人哀憐。彷彿要被兩者的感情撕裂般的感受，也不只一兩次，讓他嘆息這實在是一份不幸的工作。

兩人搭電梯前往十樓。電梯也十分老舊了，上升時的聲音極為刺耳。電梯內陰暗的螢光燈，更加重了冷淒之感。

來到一〇一二室前了。門牌上只有「塚原」這個姓氏，沒有列出家庭成員的名字。文屋按下門鈴報上名字，門立刻打開了。

「歡迎。」

探頭的是塚原美園的母親文繪。兩人隨即被請入屋內，在廚房面對面坐下來。

髮根是白的，一看就知道頭髮是染的，但即使沒看到白色的髮根，眼角的皺紋和暗沉的肌膚，也在在顯露出老態。案發當時，母親文繪才剛滿五十歲，因此現在應該也才五十五左右，但衰老的容姿讓她看起來不止這個年齡。

「這次打擾，是為了美園小姐的事，有些問題想要請教。」

文屋說明來意的時候，文繪看著顯真。為了避免招來異樣的眼光，今天顯真穿著普通的衣物，但應該還是顯得不同於一般。

「文屋先生，這位是哪位？他也是刑警嗎？」

因為總不能謊稱身分，關根說明自己是關根的教誨師。

瞬間，文繪的態度硬化了。

「替他說話的人來這裡做什麼？該不會事到如今才想要求情保命吧？」

「不是的。」

就算是謊言，這時候也應該委婉地否定。否則根本談不下去。

「關根以死囚的身分，正在等待行刑。他本人似乎絲毫沒有想過要減刑。」

「那你來做什麼？」

「我身為教誨師，必須讓本人自覺犯下的罪有多重。即使提出抽象的罪與罰觀念，也難以做到打入心坎的曉諭。」

「你要我說什麼？」

「如果能夠，請告訴我案發當時的情況。不管是事實或是感受，都希望您在尚未風化前告訴我。」

「不管是事實還是感受，對我都太痛苦了。就算告訴你，我又有什麼好處？」

「至少我可以訴諸關根的良心。」

「良心？」

文繪的嘴唇諷刺地扭曲了。

「那個人有什麼良心嗎？就算告訴他死者家屬現在怎麼了，他也只會訕笑吧。」

「他要求教誨，正證明了他有悔過之心。」

「那也只是一種逃避吧？他只是想要聽和尚說些崇高的話，覺得自己變成了大善人，前往西方極樂世界。我身為美園的母親，才不想幫那傢伙獲得心靈的平靜。」

文繪對顯真怒目相視。

「那傢伙最好痛苦到被吊死那一刻！」

被遺留下來的人的執迷，讓顯真說不出話來。

關根主動投案，被當場緊急逮捕。這起案子由於是從自供開始的，因此對於相關人士，並沒有進行太深入的詢問調查。文屋說只要讀過偵辦資料，就能看出這一點。既然如此，就重新詢問相關人士，確認案件樣貌是否有所遺漏吧！——這便是兩人拜訪塚原家的緣由。

然而看這樣子，能從文繪口中問出來的不是事實，而是只有怨恨。顯真滿懷不安，但仍正面承受文繪吐出來的詛咒。

「師父，那個人在看守所裡是什麼態度？」

「態度……他皈依了佛祖，現在正在閱讀佛經。我想他正以自己的方式在面對自己。」

「真希望他面對的不是自己，而是死去的美園。」

「我聽說關根從獄裡寫過好幾次信給您們，那些應該是道歉信。」
「是嗎？從他寫信的時間點來看，一定是律師指點，叫他寫信給家屬，尋求減刑吧？」
「您都沒有拆開，直接退回了呢。」
「要是讀了，我一定會當場氣瘋。兔丸先生他們家也說沒有看，原封不動地退回。」
「原來您和那邊的家屬有連絡。」
「審判結束前，我們會定期連絡。我們同樣都是被害者家屬，所以也會彼此傾吐煩惱。可是他們住在茨城，所以判刑確定以後，就完全疏遠了。」
「您們沒有請求民事賠償。」
「因為關根單身，沒有稱得上資產的財產。負責的檢察官說就算告他民事，他也付不出錢。我和兔丸家都很生氣，可是檢察官勸我們就算做那些沒意義的事，也只會白花錢，又平白讓自己心痛。」
顯真不著痕跡地觀察室內。家具用品都是便宜貨，而且傷痕累累。電器也都是舊機型，一眼就能看出經濟上絕不寬裕。他們一定很想要金錢賠償，但之所以沒有提出民事訴訟，一定是因為檢察官告訴他們這樣做沒有幫助。從這個意義來說，在精神方面算是相當乾脆。
不經意地一看，電視櫃旁邊擺了一幀相片。相框裡是母女合照。

似乎是在某處觀光地拍的，兩人背後是琳琅滿目的旗幟。看到穿著時髦的洋裝、臉挨著臉合照的兩人，顯真有些驚訝。

在網路上尋找關根的案件資料時，他已經看過被害者情侶的照片，因此認得塚原美園的臉。但她與母親歡笑的模樣，充滿了歌誦生命的耀眼，和網路上的照片判若兩人。她一笑，彷彿連周圍的空氣都跟著閃亮起來了。

但顯真驚訝的是和女兒臉挨著臉的文繪。就像被女兒的笑容牽引，母親也耀眼地瞇眼笑著。看起來才三十多歲，樣貌與現在截然不同。美園遇害時二十四歲，照片中的她也差不多是這個年紀，所以是約五年前的照片吧。

死去的女兒永保青春，而被留下的母親帶著哀慟，迅速衰老。

「外子直到過世前一刻，都為了美園比自己早走一步，怨恨不已。」

文繪咬牙切齒地說。

「師父或許想要讓關根得到心靈的平靜，但我對他的恨意只有更多，絕不會減少。我到現在都還可以聽到外子的怨言。他說『再幾年就好了，我好想再多活幾年，活到目睹關根被吊死再走』。我把它當成外子的遺言，無論如何都要活到他行刑。就在女兒和外子以前一起生活的這個家……」

顯真覺得看見了怒火從文繪的眼睛深處油然而生。駭人的怨憤，也許是讓一個人活下去所必要的怒火。

一陣寒意竄過顯真的背後。如果關根不是冤案，真的是他殺了那對情侶，那麼自己等於是不顧被害者家屬的心情，硬是挖開他們的傷口了。別說宗教家了，身為一個人，這是不可饒恕的行為。

也許是顧慮到被罪惡感侵襲的顯真，文屋替他發問：

「案發當時，美園小姐是一個人住在川崎市內的公寓呢。」

「她在那裡找到工作，所以搬出去住了。外子也反對她搬出家裡，但美園生氣說不要老把她當成小孩子……所以外子老大不甘願地答應了。可是這真的是做錯了。我和外子後來一直活在後悔當中，當時就算動手打她，也應該要把她留在家裡的。如果那時候美園還住在家裡，就不會被捲進那種事了。」

文繪的表情憾恨地扭曲。那模樣教人看了心痛，讓顯真實在無法正視。

「美園小姐在遇害以前，有沒有說過什麼呢？」

「沒有。她藥劑師的工作很順利，也交了男朋友……我們最後一次講電話，是案發一個月以前。」

「您們本來就不太常連絡嗎？」

「她說她已經自力更生，在外獨立了，叫我們父母不要管東管西。」

「身為母親，您一定很擔心吧。」

「她本來就是個很有主見的孩子，即使遇到天大的困難，也會設法自己解決，不肯向父母求助。所以我們也是一半安心，一半擔心。」

「那，美園小姐和兔丸雅司先生交往的事，她也沒有告訴父母嗎？」

「她有報備說交了男友，但沒有告訴我們名字。所以是案發之後，看到兩人的遺體，我才第一次知道兔丸先生這個人。」

結果從文繪那裡問到的，就只有生前的美園是個多麼獨立自主的女孩這件事而已。顯真還以為母親和女兒都一定親密無間，經常連絡，因此感到有些落空。

「就算是母女，也是形形色色。」

雖然晚了一些，但顯真提出要求：

「可以讓我為令嬡上炷香嗎？」

但文繪冷冰冰地說：

「恕我拒絕。」

顯真只能垂頭喪氣。

辭去塚原家的時候，文屋這樣說道：

「我因為職業關係，經常有機會看到被害者或加害者的家庭。不管和犯罪有沒有關係，都是這樣的吧。有些女兒想要離開父母，但母親不肯放手。有些母女維持著恰到好處的距離，但也有膩在一起，感情好到就像雙胞胎的母女。啊，父親大部分從一開始就受到排擠。」

「悼念死者的方式，也會隨著關係的深淺而不同嗎？」

顯真窺見的他人家庭，大抵上都是失去家人的空殼子。雖然無從得知生前的母女關係如何，但對於逝者的哀惜之情都一樣深刻，而且看起來無比沉痛。

「我看過好幾個對小孩漠不關心的年輕媽媽，或是放棄母職的母親，讓人忍不住對這個國家的未來感到憂慮。但是，顯真師父，即使是這樣的母親，失去孩子的瞬間，還是會露出宛如失去自身一部分的表情。每次看到那種絕望的表情，我反而會在其中找到希望。」

這反證的說法，反映出文屋的為人。在絕望中找到希望——讓人聯想到僧侶說法的這席話，讓顯真很有親近感。

「可是，無法期待新的收穫呢。」

「師父以為才挖第一下就能挖到金礦嗎？」

文屋回道，就像要否定顯真的失望。

「就算同樣的現場走訪上百遍，找到新線索的機率還是趨近於零。」

「是這樣嗎？」

「雖然也有人批評是在白費力氣，可是這是要起訴一個人，定他的罪，若是不做到這種程度，還是會留下後悔。反過來說，既然都調查到這種地步了，就可以毫無牽掛地把嫌犯送交給檢察官了。」

「然而卻要您奉陪我，真是抱歉。」

「不不不，這起案子，我自己也覺得調查得不夠深入。關根是主動投案的，所以我總覺得忘了去跑原本該跑的程序。」

3

兩人接著前往的，是川崎市內的私人診所。

「川崎第一診所」——美園生前任職的地方，是彷彿寄居於該醫院院區的一家小藥局，文屋說那模樣，完全體現出醫藥分業系統。

「是因為藥事法修正的關係。直到不久前都還是藥罐子醫療，醫療機關享盡藥物利潤，結果當時的厚生省大刀闊斧，修正藥價，讓醫院無法靠藥物謀利，並且讓院內調劑比開出院外處方箋的價格高上好幾倍，來因勢利導。所以實質上明明是醫院的部門之一，卻像那樣裝成不相干的店鋪在營業。」

「牽涉到許多考量呢。」

「生出利益的團體或組織，總是彼此敵對或依附，並長命百歲。」

文屋別有深意地一笑。或許他是在挖苦⋯⋯宗教的世界不也是一樣的嗎？

「如果知道顯真師父是關根的教誨師，對方似乎就會提高警覺。這裡由我來發問吧。」

兩人拜訪藥局，文屋告知來意，裡面走出一名白袍女子。是美園生前的上司，名叫各務日美子。

日美子一看到文屋，便微微歪頭說：

「刑警先生，我們是不是在川崎署見過？」

「妳記性真好。」

「那天的事，我到現在都還是忘不了。」

日美子邀兩人到後場，請他們坐下來慢慢聊。但顯真和文屋被各種醫療文件和堆積的紙箱包圍，坐得不太安穩。

「我接到川崎署通知，趕過去一看，美園已經變成一具冰冷的屍體了。那種經驗不是隨便就能遇到的。」

「我們只有請各務小姐確認塚原小姐的遺體呢。」

「我接到連絡的時候，關根已經被逮捕了嘛。你們拿了很多人的照片給我看，我還奇怪是在做什麼。」

「我們是想確定關根和塚原小姐及其男友是否在案發前就認識。結果是不認識。」

「我自己也很佩服在那種情況下，我居然回答得出來。」

日美子的眉頭不悅地糾結在一起，也許是回想起當時。

「塚原不只是優秀，好相處又討喜，就像是我的妹妹。」

顯真覺得說妹妹會不會有些言過其實，但看到掛在辦公室牆上的合照，也理解了。那應該是藥局的員工合照。以白牆為背景，共有八名男女集合入鏡。

中央的是日美子和美園。兩人臉貼在一塊兒，滿臉笑容。家裡的照片也是如此，美園這個人的笑容真的魅力十足。雖然並非絕世美女，但她的笑容有種讓人看了心頭溫暖的力量。

日美子好像注意到顯真的視線，也望向合照。

「遇到不懂的事，她會當場說不懂。然後她會自己徹底做功課，向前輩確認。她就像這樣，既乖巧又認真。所以在職場裡，沒有人會說她的壞話。」

乖巧和認真，是在任何地方都能得寵的特質。美園的話，在藥劑師以外的領域也會很受歡迎吧。

顯真正奇怪日美子怎麼沉默了片刻，只見她的雙眼一下子便盈滿了淚水。

「對、對不起。」

日美子從手邊的面紙盒抽出紙來捂住眼頭。面紙一下子就濕了，證明那不是假哭。

「我又想起來了……啊，真的不行。都已經過了五年，可是只要想到美園的臉，我就忍不住要掉眼淚……都幾歲的人了，真丟臉。」

「妳們感情真的很好呢。」

聽到文屋這話，日美子頻頻點頭：

「我是獨生女，所以會想像要是我有妹妹，搞不好就像美園這樣。美園也是獨生女，所以或許我們特別投緣吧。因為這樣，看到她的遺容，真的讓我整個人崩潰……」

「是啊，真的讓人很難接受。」

「打擊太大了。我連有沒有好好回答刑警的問題都不記得了。」
「確實，就算我提問，妳也一副魂不守舍的樣子。不過請別放在心上。看到親近的人的遺體，很少有人能滿不在乎。各務小姐的反應非常正常。」
日美子又不說話了。原以為她是在強忍潰堤的情緒，神情卻是猶豫的。
「各務小姐，怎麼了嗎？」
「喔……刑警先生問我話的那時候，我整個人手足無措，而且闖根已經被逮捕了，所以我覺得也沒必要說出來。」
顯真和文屋驚覺似地面面相覷。
「妳有什麼事情忘了向我提起嗎？」
「也不是忘了，只是覺得既然凶手都落網了，那也不重要了。」
「什麼事情都可以，請告訴我吧！」
「我們女生之間，經常會彼此炫耀男朋友。只要是閨蜜的話。」
「男生也會啊。」
「我們會給對方看男朋友的照片那些。」
「應該會吧。那妳跟塚原小姐也是嗎？」

「對，所以我想起來了。在川崎署替美園認屍的時候，我也看到了和她一起遇害的男生的遺體。」

「應該吧。兩人的命案被當成同一個案子處理。」

「我看到男方的臉，刑警先生說他叫兔丸……可是不是。」

日美子的表情一下子緊張起來。

「不是什麼？」

「被殺的是新的男朋友。」

顯真一時無法理解日美子在說什麼。

「美園給我看的手機裡面的男朋友的照片，身高和美園差不多，頭髮也是黑的。可是在川崎署看到的遺體個子很高，頭髮染過，名字也不一樣。美園提到他男朋友的時候，都叫他『阿龍』。可是死掉的男方叫兔丸雅司，這名字應該怎麼樣都不會被叫成『阿龍』。」

「完全不一樣呢。妳的意思是說，兔丸先生和塚原小姐是沒有關係的陌生人嗎？」

「只有一次，美園表情陰沉地跟我說她和阿龍的感情出了問題，搞不好會分手。可是後來她又恢復了平日的開朗，所以我就沒有再特別追問了。」

顯真混亂的腦袋裡，浮現牟田寄給他的判決書內容。案情概要的地方，應該明確記載著兔丸雅司和塚原美園從以前就在交往的事實。也有證人說兩人遇害之前，一起在燒烤店吃飯。

「塚原小姐說可能會和男友分手，那是什麼時候的事？」

「案發半年前了。我一直以為他們一定又復合了，不過看到兔丸先生的遺體時，我心想：啊，原來是交了新男友啊。」

「所以妳才覺得沒必要特別提出來嗎？」

「因為人都死了，還拿人家生前的感情生活說嘴，不是很沒品嗎？再說凶手都已經落網了。」

「妳知道塚原小姐的前男友的全名嗎？」

「請等一下。」

日美子低下頭，似乎正在拚命搜索記憶。顯真和文屋屏息等待她開口。

等了約莫一分鐘，日美子總算抬頭了：

「我勉強想出姓什麼了。我記得應該是姓『黑島』。」

「名字呢？」

「還想不起來……我只聽過美園叫他『阿龍』。」

「這個叫黑島的人，可以請妳再說得更詳細一點嗎？像是做什麼工作、住在哪裡。」

即使提出一串問題，日美子也只是無力地搖搖頭：

「我們雖然會彼此炫耀男朋友，但也不會把全部的身家背景都交代出來。只會秀一下男朋友的照片，說去哪裡約會、吃了什麼，全是些沒什麼的小事。」

「美園小姐有把她和黑島的合照傳到妳的手機過嗎？」

「沒有，那樣也太過頭了。」

「那，他們去過哪裡、一起去吃過什麼都可以，可以請妳回想一下嗎？」

文屋追問，日美子再次苦思，但最後懊惱地搖了搖頭：

「不行，我現在想不起來。」

「這樣啊。」

文屋萬分遺憾地垂下頭。

「唔，要一次全部想起來也太難了。什麼時候想起來都沒關係，可以請妳立刻連絡我嗎？打到名片上的手機就行了。」

文屋應該也很不捨，但告辭得很乾脆。他向日美子輕輕行禮，迅速離開了藥局。

「這麼輕易就收手了。」

顯真的話中忍不住帶刺。

「我還以為文屋先生會更鍥而不捨。」

「不管問的人再怎麼窮追猛打，結果還是只能依靠本人的記憶。就算硬逼也沒有意義。搞不好她會因為一點意外的契機，全部想起來。」

警察官的工作就是審訊。文屋的說法應該可以相信。

「總算有點像樣的收穫了。」

「是不是收穫，還得看接下來的分析。」

相較於有些激動的顯真，文屋沒有忘記謹慎。

「在兔丸雅司之前，塚原小姐有另一個交往的男友。我們只問出了這件事。黑島這個人和案子有沒有關係，依舊不明。」

「但是顯然更疑雲重重了。」

疑雲愈深，關根的供述就愈可疑。找到愈多新的證詞，冤案的可能性就愈大。

「可是疑雲頂多就只是疑雲而已。」

文屋的小心謹慎，甚至讓人覺得是在作對。

「必須以確鑿的物證加以證明，才有可能提出異議。我明白顯真師父的焦急，但路還長遠得很。我們的重啟調查，才剛就緒而已。」

和文屋道別後，顯真回到導願寺，夕實正在等他。

「住持請師父過去。」

「又來了嗎？」

顯真不經意的回話，引來夕實的追問：

「沒錯，又來了。顯真師父到底是幹了什麼好事？」

夕實似乎在委婉地責備顯真。

「我可沒做什麼會給寺裡添麻煩的事。」

「那是做了會給寺院以外的地方添麻煩的事嗎？」

再繼續說下去，也只會徒增誤解。顯真巧妙地打發了夕實，前往良然的辦公室。

「我是顯真。」

入內一看，良然一如往常，正對几而坐。無言的背影比平時更具壓迫感。

「抱歉把你叫來。」

看見慢慢地轉過身來的良然，顯真心頭一凜。明明良然什麼都還沒說，但他的背脊已陣陣悚然。

「今天的工作似乎相當空閒呢。」

「是的。拜訪信徒家的工作，下午只有一戶。」

「下午你去了哪裡嗎？」

良然劈頭就丟出直截了當的問題，顯真一時窮於回答。

「你去了不可告人之處嗎？」

「我和朋友出門了。絕對不是為了心虛的目的。」

脖子後方陣陣刺麻。他有一種畏怖，覺得不管如何辯解，都會被良然看透。

「就算不心虛，我是在問，那是符合僧侶身分的行為嗎？」

良然的嘴唇勾勒出平滑的弧度。

但眼睛一點笑意也沒有。

「我聽說你和疑似警方人員一起去了木更津那裡，真的嗎？」

「門主是從哪裡聽到這件事的？」

「我從哪裡聽到的不重要。」

冷冽的聲音，讓顯真忍不住挺直了背。

「門主說的不錯。」

「是為了你之前說的姓關根的死囚的事嗎？」

「是的。」

「和警察官同行，在學刑警辦案嗎？」

若說是在學刑警辦案，確實沒錯。顯真完全無可反駁。

也許是等不到回答而不耐煩，良然接著道：

「看來你自忖自己的身分不會有人盯著，所以高枕無憂是吧？」

「有人盯著？」

「導願寺是本山門跡寺院。說來丟臉，即便是同一個宗派，也並非上下同心，我聽說有些居心叵測的人，正摩拳擦掌等待導願寺鬧出醜事來。那樣的人不只是我，也對寺院裡每一個僧職人員虎視眈眈。」

換句話說，有人對導願寺及良然圖謀不軌，這樣的人在刺探顯真的動向，而這件事又傳入了良然耳裡。

「不光是今天，聽說這陣子你還見了檢察官和律師。一樣是為了關根先生的事嗎？」

「是的。」

「前些日子，你說你無法接受關根先生變了個人。你會做出警察似的舉動，也是為了想要查明這一點嗎？」

「是的。」

「我應該說過了，你並沒有自以為的那麼冷酷，反而非常熱血。但換個角度來說，熱血也就是容易陷溺在感情裡。我之所以說希望你學會逃避，也是希望你能從那樣的感情解脫出來。」

言詞柔和，但內容卻是在質疑他身為僧侶的資質。良然之前訓誡他，宗教家的角色完全是引導迷惘的人。然而顯真現在的作為，別說引導了，完全是愚蠢地在任意摸索其他的道路。

「我不會叫你不要為朋友著想，也不是叫你拋下教誨的對象。但你的行動已經脫離了宗教家的本分。去見司法相關人員還好，但驚擾到一般人，就無法原諒了。現在這件事還只有自己人知道，但萬一消息傳進教誨師會相關人員耳中，難保不會演變成懲戒問題。」

還是一樣毫無反駁的餘地，顯真只能沉默。除了低頭聽訓以外，他沒有其他法子。

「我不希望你誤會了，你一個人的舉動，是影響不到導願寺的。你怎麼就想不到，我擔心的是你的將來？」

這話若是在其他時候聽到，顯真一定會感激涕零。

但對於現在的顯真來說，關根的將來更要沉重。自己即使失敗，最糟糕也就是被逐出佛門，但關根會在死刑台上葬送性命。這根本用不著比較。

「辜負了門主的期望，顯真無比慚愧。」

「獻身是一種美德，但美德有時會淪為惡德。因為除非是自然法則，有時候價值觀是會輕易翻轉過來的。你為了朋友而做的行動，或許有一天會毀了你自己。俗諺說，詛咒人之前，要先挖好兩個墓穴，不過在把別人救出洞穴的時候，也有可能害自己掉進裡面。」

儘管模模糊糊，但顯真可以理解良然是在暗喻什麼。良然是在擔心，顯真有可能因為太渴望將關根救出生天，在調查失敗而終的時候，陷入宛如被打入地獄的絕望。

顯真一定會絕望吧。關根是在大雪的劒岳救了他和亞佐美的恩人。要是眼睜睜看著這個恩人扛起別人的罪，在面前被吊死，可以輕易想見，他絕對無法再度從事教誨工作。

但是，現在他甚至找不到阻止自己的手段。顯真深深平伏跪拜：

「門主的關懷，顯真銘感五內。對不成熟的顯真來說，這是莫大的光榮。」

「你明白我的意思了嗎？」

「顯真明白。但顯真愚昧，所以無法接受。」

顯真慢慢地抬頭望去，良然的嘴唇抿成一字形緊閉著。顯真立下決心，擠出話來：

「懇請門主暫時對顯真的越軌之舉睜隻眼閉隻眼。顯真絕對不會給門主和導願寺帶來麻煩。」

「結果可能會重創你自己。」

「顯真明白。」

良然俯視了顯真片刻，最後吐出聽不出是安心還是放棄的嘆息：

「你退下吧。」

離開辦公室，回到房間後，彷彿算準了時機，手機響了起來。是文屋打來的。

「今天白天謝謝您了。有什麼事嗎？」

『這也是我要問你的。顯真師父那邊有沒有什麼動靜？像是有沒有人牽制你的行動？』

我被監視了嗎？瞬間顯真湧出戒心。

「原來您有千里眼？」

『從這話聽來，顯真師父也遇到阻礙了。』

看來文屋也遭到警告了。

『後來我被富山警部補打電話叫去。我是沒有確認，但好像是塚原文繪打電話到警署抗議了。』

「文屋先生今天不是休假嗎？」

『就算休假，有呼叫就得到啊。警部補大發雷霆，說老早就結案的案子，不要如今又隨便挖開來。說被害者家屬好不容易因為死刑定讞而安心，叫我不要攪亂他們的心情。』

然而文屋的語氣聽起來卻有些豁達。看來他不僅為人隨和，搞不好意外地神經也很大條。

「我也挨門主的罵了。叫我出家人要有出家人的樣子。」

『偏離組織的刑警，和自以為刑警查案的和尚嗎？仔細想想，這組合真是可怕。』

「請別說得事不關己。」

『要是不當做事不關己，怎麼幹得下去？』

那有些自暴自棄的語氣勾起了顯真的不安：

「您該不會打算就此撒手不管吧？」

『關根的供述是偽證，或是真實無虛？不管是哪邊，我都會挨夥伴的槍。差別只在於是背後的冷槍，還是正面的明槍。』

文屋的協助果然就到此為止了嗎？

正當顯真要死心的時候，電話另一頭傳來文屋的聲音：

『不過在那之前，我會搶先給對手一記突擊。』

「文屋先生……」

『我可不是被顯真師父感化了。只是我也有自己的執著。黑島這個人讓我如鯁在喉。不把這根刺拔掉，我實在心神不寧，沒法做其他工作。』

「那，您願意繼續了？」

『我自己都覺得這種個性實在麻煩。還是我果然是被顯真師父玩弄在股掌之間？』

「謝謝您。」

不知不覺間，顯真對著看不見的對象行禮。

今天或許是這輩子行禮最多次的日子。

4

九月二十五日，顯真和文屋再次會合，地點是JR水戶站的中央驗票口。

時隔一週再會的文屋一如往常，瀟灑自在，一點都不像挨上司罵的警察官。

「我的臉怎麼了嗎？」

「不……只是好像勉強您奉陪，感到很抱歉。」

「我被富山警部補訓斥，這件事顯真師父不必於心不安。因為顯真師父自己不是也挨罵了嗎？」

「我是始作俑者，所以是自做自受，但文屋先生就像橫遭池魚之殃。」

「一不做，二不休嘍。」

文屋的口吻毫無危機感。

「再說，喏，顯真師父希望關根是清白的，而如果關根是冤枉的，我會有許多問題。兩人的出發點雖然完全相反，但既然只有重啟調查才能做個了結，我也只好和你聯手了。這是不是就叫做吳越同舟？」

顯真再次對文屋佩服不已。本人雖然自嘲是麻煩的個性，但如果每個警察都像文屋這樣，或許世上就不會有抓錯人或冤案了。

最近顯真經常想，所有的職業，最不可或缺的是否就是謙虛？職務上的失敗，幾乎都是源自於盲信與盲從。自以為是，對上頭的指令絲毫不抱疑問。就是這樣的態度，造成了種種的誤謬，不是嗎？是不是必須隨時對組織存疑、面對自己的不成熟？

顯真會對文屋抱持好感，應該也是因為他的謙虛，以及對組織的質疑。關根也好，文屋也罷，顯真覺得自己雖然平庸，但很幸運地能遇到這些出色的人。

兩人在站前招了計程車上車後，文屋立刻說明：

「兔丸雅司家在徒步一小時的地方，但天氣還這麼熱。」

顯真提出要出一半的計程車錢，文屋遲疑了一下，然後同意了。

「我先提醒，兔丸家現在只有母親。」

「又是父親過世了嗎？」

「不是。得知沒辦法向關根提出民事求償後，很快就離婚了。」

顯真一時不明白是什麼狀況。

「兔丸的父親好像本來就在外面有女人，經常不在家。雅司剛遇害的時候，父親在家裡待了一陣子，但事後回想，應該是覬覦賠償金吧。」

「怎麼會？再怎麼說，都是親生兒子不幸遇害，卻只關心能不能拿到錢嗎？」

「我不是他本人，所以不知道他其實怎麼想，但聽說他從剛入贅的時候就到處玩女人，應該就是這種父親吧。」

「可是，那是自己的親骨肉啊！怎麼能這樣沒錢就沒緣似的……」

「世上有形形色色的親子啊。」

事涉金錢，大部分的人都會脫掉粉飾的偽裝和假面，暴露出真面目來。顯真自己也在葬禮和法事場合上目睹過幾次，但和犯罪打交道的文屋肯定看過更多醜惡的人間群像。

計程車過橋後，繼續南下，經過水戶外環道。在一般住宅林立之中，左右出現綜合醫院的大樓。從車窗望出去，環境似乎很清幽，所以很適合興建醫療設施吧。

不久後，計程車停在一戶透天厝前。占地寬闊，是二樓獨棟屋。與周圍的人家相比，房間似乎也很多，但也不能否定外觀有些陳舊。據說離婚的丈夫原本是入贅，也許兔丸家在過去是這個地區的大地主。

「這麼大的房子，只住了母親一個人嗎？」

「雅司有個大五歲的姊姊，不過嫁到岡山去了。」

文屋按下門鈴告知來意，片刻後玄關門開了。

「好久不見了，刑警先生。」

露臉的婦人看起來已是六旬老婦，但從文屋的話聽來，她一定就是兔丸雅司的母親藤香。

「抱歉突然打擾。」

「不會，反正我也沒事……家裡很亂，不過請進吧。」

藤香領著兩人進入屋內。

儘管是大白天，玄關卻十分陰暗，照亮走廊的螢光燈閃爍著，感覺隨時都會熄滅。壁紙邊緣掀起，處處浮現污漬。

顯真有種似曾相似的感覺。地點和大小都不同，但得到的印象，卻與塚原家十分酷似，讓他幾乎要混淆了。看起來就像是失落與遺憾奪走了家中的明亮。

被帶去的會客室也營造出相同的氛圍。看起來高級的會客沙發組椅面磨損，有些地方都露出內裡的泡棉了。牆壁微髒，家具用品也都散發出老舊的氣息，荒廢已經兵臨城下至起居空間了。

「真的很亂，實在不好意思。雖然我每天都有打掃。」

從會客室的大小來看，感覺房間還是很多。要一個人清掃全部的房間很辛苦，總有疏漏之處吧。

「不過事情都已經過了這麼久，刑警先生還想問什麼呢？審判都結束了，對警方來說，應該是已經結案的案子了吧？」

藤香的口氣聽起來很不耐煩，與話中滿是怨恨的塚原文繪呈現對比。

文屋瞥了顯真一眼。如果介紹顯真是教誨師，只會引起被害者家屬反感，但他們認為還是比假冒身分像話多了。

「這位是教誨師顯真師父。」

「教誨師？」

從藤香反問的反應來看，她似乎是第一次聽到這個名詞。文屋簡短地說明，藤香以狐疑的眼神瞪住顯真：

「那個人也會有信仰啊？你是說他突然信起佛祖，悔過自新嗎？」

「既然他會主動申請教誨，一定就是這樣吧。我是辦案領域的人，所以關於信仰的部分，請顯真師父說明比較好。」

顯真從文屋那裡接過話頭說：

「貧僧法名顯真。」

「我知道教誨師是幹什麼的了，但跟我有什麼關係？」

「現在關根關在牢裡，等待死刑執行。我身為教誨師，必須讓死囚有反躬自省的機會。」一半是謊言，一半是實話。本人能夠自省當然是最好的，但這不是教誨師能夠強制的事。

「自省。也就是告訴關根我們家屬有多痛苦，要他反省嗎？」

「我認為除了家屬現在的狀況，也應該告訴他過世的兔丸雅司先生是個怎樣的人。」

「怎樣的人喔……」

藤香抬頭看天花板，似乎陷入沉思。她沒有憤怒，也沒有落淚，看起來只是單純在回想過去。

顯真猜想，藤香是否和兒子的關係有些疏遠？他擔心萬一母子疏遠，就問不到關於雅司的相關情報了，但沒多久藤香就說了起來：

「噯，他是男生嘛，上了高中以後，就不太理他媽了。男生一般都是這樣的。」

顯真聽著，內心疑惑是這樣的嗎？這麼說來，顯真自己讀大學的時候，頂多只有回家的時候才會和母親說話，而且聊的都是一些無關緊要的內容。他不知道這是男女之間的差異，或只是因為難為情，但應該兩邊都有吧。

「雅司高中的時候是棒球隊的。那是一間棒球名校。雅司體格和運動神經都很好，為了參加練習，總是很晚才回家。所以只有那孩子吃晚飯的時間跟家人不一樣，很麻煩。」

「原來他是個棒球健將嗎？」

「外人或許是這樣說，可是高中三年，他一直都在旁邊坐冷板凳，所以我看他打球也打得不怎麼開心。他和我就只有吃飯的時候才會碰面，不過多半也都臭著臉。」

聽到這話，顯真心裡也有數。在社團活動被操得像狗一樣累，回家就只知道埋頭扒飯，和父母連句像樣的對話都沒有。如今回想，也會反省那麼冷淡實在不應該，但當時真的是自顧不暇。

「正式球員裡面，也有些隊友拿到推薦進了大學，但他三年都是候補球員，也沒法奢想拿到推薦。就算想上大學，高中三年都耗在練球上了，成績慘不忍睹。最後被他撈到埼玉一家沒什麼名氣的大學，四年間連一次都沒有回家。」

顯真覺得這有點極端。即使是沒什麼對話的母子，最起碼暑假過年應該還是會回老家，但藤香卻說雅司連一次都沒有回來。理由或許是因為家裡沒有父親。

也許是注意到顯真的臉色，藤香接下來的話提到了這一點：

「我覺得說穿了，他就是覺得家裡悶吧。就算回家，也只有我一個人，我自己也覺得這個家實在陰森。」

「沒這種事……」

「父親成天泡在別的女人家裡，母親又常不在家。換成我是小孩，也不會想回這種家吧。」

藤香說得彷彿事不關己。

「所以他找工作的時候，也完全沒有跟我商量一聲。我是沒確定過，但他跟他爸應該也沒有連絡吧。因為是那孩子自己的人生，沒跟我商量，我也覺得無所謂啦。」

「難道您不知道雅司先生在哪裡上班嗎？」

「再怎麼樣，我至少還會問他做什麼工作啦。他說他在川崎市內某家醫藥品批發公司上班。」

塚原美園在藥局上班。兩人的共通點是醫藥品。

「我雖然是他媽，但也很驚訝他那麼冷淡的人，居然能進那種公司。我還記得那時候我很感動，心想就算沒有父母，小孩子自己也能長得很好。」

「您知道雅司先生和塚原美園小姐交往的事嗎？」

「你覺得連要進哪家公司都不會主動說的兒子，會跟母親報告他跟誰交往嗎？」

那乖僻的說法，聽起來像是對兒子的疏離的憾恨，也像是老早就放棄了。不管怎麼樣，對於先離世的孩子，父母總是難以放下感情的。

「我接到雅司出事的通知，被叫去警署，看著雅司的屍體，聽到了很多事。就是這位刑警先生告訴我的。」

藤香抬眼看文屋。明明是兒子的事，卻不是從本人口中聽到，而是被警察告知——話中聽得出對此的悲切。

「你們說是來問雅司的事，但我覺得直接問這位刑警比較快。因為我對自己的兒子一無所知。」

「雅司先生身邊有沒有姓黑島的人？」

「黑島……沒聽過。」

「或許別人都叫他阿龍。」

「這也沒聽過。我不是說過好幾次了？那孩子搬出這個家以後，他的事，別人都比我這個做媽的還要清楚。」

煩躁的語氣聽起來像肺腑之言。

如果無法從藤香口中得到更多線索，還是結束會面好了——正當顯真這麼想，這次輪到藤香反問他：

「教誨師會看到死刑犯行刑對吧？」

「只要死刑犯本人沒有拒絕的話。」

「我能不能也去看？」

平淡的語氣，反而更尖銳地刺進胸中。母親那充滿憎恨的聲音，讓顯真連一句話都說不出來。想要親眼看到關根斃命的瞬間，是身為被害者家屬最起碼的復仇嗎？或是對枉死的兒子的贖罪？

顯真正猶豫不決，文屋搶先開口了：

「不行的。依規定，被害者家屬無法觀刑。」

「怎麼樣都不行嗎？」

「這是規定。」

藤香遺憾地垮下肩膀，再次轉向顯真：

「既然如此，那就拜託教誨師先生好了。行刑前一刻就行了，請把我的話轉達給他。」

「您想轉達什麼呢？」

「告訴他，就算被處死，他也不可能上西天。」

原本看似疲憊的面容，忽然變得宛如夜叉。

「告訴他，就算他死了，我們被害者家屬也絕對不會原諒他。我不知道人死後靈魂會去哪裡，但我們的詛咒，絕對不會讓他安息。他最好就這樣永世不得超生，萬劫不復！」

「這種話我不可能轉達。」

顯真當下拒絕。面對母親的執迷，他感到瑟縮，但基於職業倫理，他必須說清楚才行。

「教誨師不是復仇的代理人。我們的工作是救濟將死之人的靈魂。」

「你們要救喪心病狂地奪走人命的凶手的靈魂，卻不理會兒子被奪走的母親的靈魂嗎？教誨師這工作還真是崇高呢。」

壓抑著怒火的話撲面而來。顯真感到腋窩淌下冰冷的汗水。

「就算被判死刑，那傢伙現在還是被高牆保護著。都殺了兩個人，卻一日三餐，不愁溫飽，不必工作，還可以在分配到的單人房裡自在神遊。只要提出申請，還可以有你這種爛好人的教誨師陪著聊天打發時間。然而對於被殺的兩人，還有他們留下來的家人，卻沒有任何支援或補償。如果說這些全是法律規定的，那麼這個國家對犯罪者還真是照顧得無微不至，對犧牲者真是冷酷無情。你也是一樣，師父。我不曉得你的德行有多高，但你在做的事，就是只拯救加害者，卻把被害者和他們的家人推進地獄。」

顯真彷彿全身被勒住了一樣，動彈不得。

即使乍看之下淡然處之，但是在藤香的心底，母親的怨念仍滾滾沸騰著。對關根的恨意，現在全對著顯真宣洩出來。

文屋開口，結束了這一幕：

「我們打擾太久了。」

他先站起來，也催促顯真告辭。

「我們告辭了，如果您想起有關黑島這個人的事，請連絡我。」

「那個叫黑島的人，跟雅司有什麼關係？找到那個人，可以提前關根的死刑嗎？」

「我們不好妄下定論，但如果這個人出面作證，案子的樣貌有可能徹底翻轉。」

不知道是否理解了文屋的說明，藤香表情木然地目送兩人。

回到玄關的途中，通往廚房的門是開著的。來的時候沒有注意到，但餐桌上擺了一個相框。原以為和塚原家一樣，是家庭合照，但照片上只有雅司一個人。

離開兔丸家後，精神疲勞一口氣壓到肩頭上。顯真上身前倒，就彷彿要卸下重擔。

「還好嗎？」

「不太好……好像有點被煞到了。」

說出口之後，顯真才察覺這是失言。

「不能說煞到呢。身為被害者家屬，那是理所當然的感情。然而我卻完全沒有考慮到，實在太不成熟了。」

「這不該由你來承受。」

「不，我從開始擔任教誨師以後，就只關注著死囚，或許太少去想到被害者的痛苦。我覺得自己實在太冒失、太愚蠢了。」

「既然是教誨師，這也是沒辦法的事吧？」

「因為是教誨師，更應該去瞭解面對的對象所犯的罪有多重。」

儘管為時已晚，職責的沉重，與自己的稚拙，讓顯真感到萎縮。儘管想要相信摯友的清白，但一想到可能就是關根的行為造成了文繪、日美子以及藤香的憾恨，他便感到驚悸不已。顯真是為了關根而奔走，但傷害了被害者家屬感情這個事實，讓他深感罪惡。

家屬們因為心愛之人死去，已經被推落悲傷的深淵一次。而自己現在的所做所為，形同朝他們丟石頭。就算是教誨工作的一部分，身為一個人，這實在不是能夠容許的行為。

不過，從他立志成為教誨師的時候，這不就是自明之理了嗎？拯救死囚的行為本身，就等於是二度傷害被害者家屬，這豈不是理所當然的事嗎？顯真顯然早就注意到了。

自以為是在行善，卻有可能是在對某人行惡。只要是有一定程度人生經驗的人，理所當然都能想到這個真實，自己只是刻意視而不見吧。肯定也有僧侶這個身分帶來的傲慢。因此他才刻意不去關照被害者家屬。

看來報應一口氣降臨了。一想到自己的罪孽之深，全身開始瘧疾發作似地哆嗦起來。指頭就像握住冰塊一樣，變得冰冷。

你為了朋友而做的行動，或許有一天會毀了你自己。

良然的話在腦中復甦。那位高僧果然早就看透了會有今天嗎？

「你看來不太好。」

「讓您見笑了。」

「今天就到這裡打住嗎？」

原本預定接下來要去拜訪兔丸雅司以前上班的地方。依文屋的做事風格，一定也已經和對方約好了。但更重要的是，不用問也知道，文屋非常忙碌。
「不，還是去吧。而且我們平常都還有正務要忙。」
「要是為了正務以外的事搞壞身心，會落得血本無歸的。」
「把您牽扯進來，是我的任性。既然如此，請奉陪我的任性到最後吧。」
兔丸雅司生前任職的「鈴丹」總公司，位在JR武藏小杉站的徒步範圍內。
「我一直以為醫藥品是製藥公司直接送到醫院或藥局。」
顯真為自己的無知感到羞恥地說，文屋沒什麼地為他說明：
「是法律規定的。醫藥品當中，有像麻醉藥、抗精神病藥物這些需要嚴格管理的藥品，還有溫度、濕度、撞擊方面需要特別留意的藥品，醫藥品批發公司就是處理這些藥物流通管理的物流系統。」
「您真的好清楚。」
「涉案人員遍及各行各業嘛，自然而然就會變成萬事通嘍。」
文屋有些自嘲地笑道。
「聽說兔丸雅司在公司擔任ＭＳ。」

「我第一次聽到這個縮寫。」

「Marketing Specialist，市場行銷專員，簡而言之就是業務。不只是賣藥而已，也會分享藥廠蒐集到的資料，或是將醫療現場的意見回饋給藥廠，等於是扛起資訊功能的一部分。」

「所以和在藥局上班的美園小姐也有很多說話的機會。」

「上班時間長的話，因為工作而結緣的情侶應該也不少吧。」

向一樓大廳的櫃台告知來意後，兔丸的前上司很快地現身了。

「敝姓寺內。」

一行人前往會客室，前上司如此自介。報上姓氏之前，他便饒富興味地觀察著兩名訪客，一定是因為刑警和僧侶的組合十分奇妙。

「啊，是來問兔丸的事嗎？已經過了五年了啊。」

寺內感慨良多地說，深深地嘆息。

「五年真是一晃眼就過了。感覺他的葬禮是才不久前的事呢，刑警先生。」

「寺內先生也參加了嗎？」

「我是他直屬上司嘛。這話或許老套，但真是損失了一名好部下。」

「兔丸先生生前是個怎樣的人呢？」

聽到這個問題，寺內的眼神在半空中徘徊了一陣子。

「……請讓我收回前言。他與其說是個好部下，更是個讓人喜愛的孩子。」

「怎麼說呢？」

「做為市場行銷專員，他表現算是普通。以『鈴丹』的員工來說，也稱不上特別優秀，是個和年度表揚完全沾不上邊的普通員工。」

評語雖然有些辛辣，但表情非常溫柔。

「不過，他是個很願意努力的人。他說自己記性比別人差，總是向我和前輩請教許多事。任何職場都是這樣，看到認真努力的人，就想要支持他。或許不算有能力，但看到他就會想要拉他一把。尤其是在重視安全管理、基本業務量的職場，有這樣一個人，反而可以促進人際關係的和諧。」

「您和兔丸先生經常聊天嗎？」

「他不是個愛嗑牙的人。喔，當然，他是業務，會和藥廠和醫院窗口溝通，但對於私生活，口風滿緊的。記得有一次聊到他的父母，他只提到父親不在家，這或許也是原因之一吧。」

「那，他也沒有提過在交往的女友嘍？」

「不，這倒是稍微提過。他橫遭厄運的幾個月前，有一次難得看他喜形於色，我便問他是要和女朋友約會嗎？他便靦腆地說『嗯，是啊』。我有點驚訝，因為我沒想到他會有女朋友。」

「他不會向人炫耀女友嗎？」

寺內揮手，同時搖頭。

「他不是那種會喜孜孜地向人放閃的人。他是個老實人，所以我想如果有什麼好消息，他遲早會主動向我報告，所以也沒有刻意去打聽。因為我覺得就算追根究柢地問他，他也不會回答。」

「所以您也沒有聽過塚原美園小姐的名字。」

「對。是在警署聽到案情的時候，才第一次聽到。當然也是第一次看到她的長相。」

「問個奇怪的問題，有沒有一位姓黑島的人，或是叫『阿龍』的人，和兔丸先生連繫？」

「黑島、黑島……」

寺內重複了幾次，片刻後慢慢地抬頭：

「我記的不是很確實，這樣也沒關係嗎？」

「當然。」

「兔丸出去跑業務的時候，有幾次公司接到奇怪的電話。是一個男的打來的，叫兔丸接電話，我說他在外面，對方立刻就掛掉了，但我問過對方的名字，記得好像就是姓黑島……」

「這些電話打來，是兔丸先生提起女友的事之前，還是之後？」

「之後呢。」

接下來的問題沒有太多成果，文屋和顯真幾分鐘後辭去了「鈴丹」。

與文屋的對話中斷之後，之前的寒顫再次從背脊擴散開來。愈是深入打聽，就愈清楚塚原美園和兔丸雅司都是無辜的犧牲者。

顯真強烈地感覺他們的調查行動，就像在踐踏兩人的墓碑。

他正消沉不已，文屋彷彿靈機一動，對他說：

「顯真師父，還有另一個方法，你想聽嗎？」

四、
躲藏者的祈禱

1

「會面紀錄嗎？」

聽到顯真的問題，田所刑務官訝異地反問。

「是的。我想知道在東京看守所和關根會面過的訪客，以及申請會面的人，每一個人的名字。」

「可是顯真師父，你也知道，只要成了死囚，一般的探監申請幾乎是不可能通過的。」

「是的。所以只要知道判刑確定前來會面過的人就行了。」

「什麼知道就行了……顯真師父，接見紀錄是刑事機關的內部文件，不是公開性質的資料。當然，顯真師父是教誨師，所以算是可以自由進出看守所，但嚴格說起來，你和一般民眾沒有兩樣。」

刑事機關對於內部資料的公開相當消極。東京看守所有多間會客室，因此每天的會面件數相當多。接見紀錄就是將受刑人與誰見面了幾分鐘列成的清單。判刑未定讞的情況，收容人與什麼人進行了什麼樣的交流，有時也會影響審判。因此接見紀錄會被挪用為檢方資料，未向一般民眾公開。即使申請公開，實務上仍以矯正管區長的決定為優先。

從武藏小杉打道回府的路上，文屋提出的另一個方法，就是接見紀錄。案發之前，塚原美園和兔丸雅司身邊有個姓黑島或自稱「阿龍」的男子出沒。這樣一個人，不可能對殺害兩人的關根不感興趣。文屋認為他應該會試著去接觸被收押的關根。文屋的理由是，如果是會做出跟蹤狂般行動的人，對於前往看守所探監，應該也不覺得有什麼。

但機率並不大——文屋沒有忘記補充說。只因為替自己殺了礙眼的人這樣的理由，就去會見囚犯的瘋狂之人，畢竟是少數，而且心想和實行之間，有著巨大的鴻溝。

不過顯真還是不抱希望地問田所，這一定是因為即使只有微乎其微的可能性，他也想要抓住。他們雖然到處詢問相關人士當時的狀況，卻得不到任何關於黑島的詳細資訊。但假設黑島曾經試著和關根會面，應該會留下住址等其他資訊的紀錄。

「我完全沒有利用教誨師的身分壓人的意思，這完全是拜託。」

田所尷尬地東張西望。顯真是在前往工作大樓的走廊上叫住田所的。

似乎是認為這話不好被人聽見，田所把顯真拉到陰暗處。

「就算拜託我……我說顯真師父，我這話是苦口婆心，你這樣過度執著於關根一個人，實在教人不敢領教。」

也難怪田所不敢領教。顯真的行動已經脫離了教誨師的職責範圍。

「看守所的收監人數已經快爆滿了，各管區長對於未決犯和已決犯的處置，也都繃緊了神經。在這樣的狀況下，就算顯真師父是教誨師，要求閱覽接見紀錄，這也未免……」

「我清楚會招來傲慢、輕率的批評，但我還是想要拜託田所先生。」

「可是就算拜託我……」

田所雖然是刑務官，但也並非一般職員，他的職務是矯正處遇官，頭銜是看守部長，比基層刑務官更可靠，而且又和顯真認識，因此感覺是無理強求最好的對象。

「我也清楚我這樣很卑鄙。比起由我來申請閱覽，由田所先生透過看守長要求，更容易成功。」

「真不敢相信這話出自顯真師父之口。」

田所似乎相當吃驚。這也難怪，這個僧侶平常對著囚犯述說一些崇高的人倫義理，現在卻幾乎是出於一己之私，強人所難。

「我明白關根對顯真師父很特別。但教誨師這份職務，不是應該要摒除這些私情嗎？」

瞬間顯真詞窮了。田所的指摘實在太天經地義，顯真只能慚愧低頭。不管是身為聖職者，或是進出看守所的人，這都不是能夠稱讚的行為。

自己的失序行為，有可能輾轉拖累了教誨師會及全國教誨師聯盟的風評。良然也警告過他，如果教誨師會接到抗議，也會對導願寺造成有形無形的麻煩。

但顯真已經無法控制自己了。萬一關根真的是清白的，那麼不管是職務、僧籍、至今累積的道行，即使拋棄一切，他都非把關根救出生天不可。

唯有這麼做，是他能夠做到的報恩。如果不是關根在大雪的劒岳扶他下山，不管是顯真還是亞佐美，應該都早就凍死了。兩人也不會組成家庭，體驗到雖然微小但確實的家庭幸福。

正因為是成為僧侶後，許久都未曾想起的大恩，因此更沉重地壓在心頭。這條命明明是關根救回來的，他卻以音訊不通為藉口，逃避了彌補虧欠。現在這份虧欠不僅是本金，還帶上了利息。然而關根遲早會命喪死刑台。顯真等人看不到的時鐘正分秒刻畫著剩餘的時間。能夠報恩的機會，若非此時，更待何時？

所以顯真只能低頭懇求：

「田所先生的話一點都沒錯，我無可反駁。身為僧侶，這樣的要求實在離譜。但我並不是以導願寺的僧侶或教誨師的身分懇求，而是以高輪顯真個人的身分，真心誠意拜託您。」

顯真深深行禮。這些日子以來，他完全習慣向他人低頭了。

「不要這樣！」

瞬間，田所發出近乎尖叫的聲音。

「別看我這樣，我家代代都是信奉真宗的。居然被真宗的師父低頭行禮，這叫我該如何是好？」

「只要田所先生要求，要我下跪懇求也可以。」

顯真就要雙膝跪地，田所驚慌失措地扯住他的手：

「什麼下跪，顯真師父，要是被人看見，是要我怎麼辯解？」

「不需要辯解，只要說高輪顯真這個荒唐的傢伙為了達到目的，向您下跪膜拜就行了。」

「你適可而止一點！」

田所硬把顯真拖了起來。

「……我真是看走眼了。」

「沒錯。我本來就不是有資格引導他人的人……」

「是啊，我真是看走眼了。幹了這麼久的刑務官，我自以為看人的眼光不會錯，卻怎麼也想不到，真正的顯真師父是個如此俠義心腸的男子漢。」

俠義心腸。這是幾乎發霉的老掉牙形容，但是從粗人的田所口中說出來，卻奇妙地毫不扞格。

「看著講道的顯真師父，完全就是捨去一切煩惱，沒有私欲也沒有執著的高僧。」

聽到這話，顯真覺得臉都要燒起來了。裝模作樣地講經時，他絲毫沒有細想過，但不管誦多少經、宣導多少教義，最根本的自己也不是就得到了變革。只是一個窩囊卻又不肯承認自己的懦弱的幼稚鬼穿上袈裟，自以為悟道罷了。這幾個月調查著關根的案子，面對僧職以外的自己，顯真如此確信。

自從拜入導願寺的門下以來，自己可以說沒有絲毫長進。他反而是矯飾自我，忘掉過去，更加退化了。

「僧侶也是凡人。我一定比凡人更不如。」

「我倒覺得能這樣批評自己，還是很了不起。」

田所半是傻眼、半是放棄地嘆息說。

「我會向上頭說說看。但這個組織對於沒有前例的事非常消極，請不要太過期待。」

看著匆匆離去的田所的背影，顯真自然而然地深深行禮。

用不著說，刑事機關恪守規則，而且總是想要循例行事。實在不太可能只因為一介教誨師低頭拜託，就扭曲慣例。

但田所這個人似乎就如同顯真的期待，在高層也很吃得開，十月一日的時候，他打電話連絡顯真了。

『顯真師父，你今天有時間嗎？』

「如果是去看守所，我可以找理由脫身。」

『這事沒法在電話裡說，也不能用電郵傳過去。我想親手交給師父。』

不用全部說出來，顯真也當下就瞭解田所的意思了。

「我立刻過去。」

顯真反射性地回應，掛斷電話後，才想起兩小時後有信徒家的法事。現在去看守所，回寺院一趟再過去，實在來不及。即使辦完看守所的事再去，趕不趕得上也很微妙。顯真前往辦公室，對夕實說：

「我有急事要去看守所一趟，請替我通知信徒家，說我會晚個三十分鐘左右。」

夕實嘴上應好，表情卻很訝異。在導願寺，信徒家的工作是第一優先。而顯真居然丟下這項首要之務，跑去做別的事，也難怪夕實會滿腹狐疑。

顯真已經拋開了導願寺僧職的威嚴，現在連應該第一優先的業務都不當一回事。自己到底要往哪裡去？顯真懷著這樣的不安，離開寺院。

在看守所，田所一副迫不及待的樣子，正等著顯真。

「抱歉突然把師父找來。」

田所說道，行了一禮，但想行禮的是顯真才對。

「畢竟這沒有前例……這是顯真師父想要的接見紀錄。」

田所交給他的，是一份A4紙張。

「看過之後，請師父記下來，或是抄下來。文件我得還回去。」

之所以如此提醒，果然是因為這是不能公開的文件吧。

「我看看。」

關根從緊急逮捕的川崎警察署移送到東京看守所，是平成二十四年八月二十五日。判刑定讞是兩年後的九月十六日。這段期間，到看守所來看關根的人多達四十五人次，但其中超過一半都是律師服部。計算起來，約是每個月一次。

「果然大半都是服部律師呢。」

「可是每個月只來一次。如果是更熱心的律師，會面的次數會是兩、三倍。」

田所對於這名不怎麼熱心的律師似乎也頗有微詞，口氣聽起來有些貶意。

第二多的是報社、雜誌社、電視台等媒體人員的會面申請。

「因為這被當成中年男子抓狂殺人的案子，也算是喧騰一時。應該是想要拿到獨家訪問，才申請會面吧。」

「表格右邊是會面時間吧？與各家媒體的會面時間是零，這是……」

「表示雖然申請會面，但沒有通過，或是關根本人拒絕會面吧。零代表會面沒有成立。」

顯真的手指逐一滑過會面者的名字。來到第二頁的時候，看到了那個名字。

「黑島龍司」。

顯真張大眼睛，再三確認，但沒有看錯。審判期間的平成二十五年三月八日，和關根會面過一次。

黑島。

「阿龍」。

找到了。就是這個人。

顯真急忙把本人填寫的資訊抄到帶來的筆記本中。住址是東京都多摩市，與關根的關係寫的是「朋友」。

「申請會面的時候，也會比對身分證件等等，所以上面的姓名住址應該是真的。」

「會面時間……五分鐘？」

「這我也覺得奇怪。就算是和朋友閒聊，一般也會聊上更久。五分鐘的話，打完招呼就結束了。」

你替我收拾了我盯上的情侶——就算要說這樣的內容，應該也需要更久一點的鋪陳。那麼這五分鐘之間，關根和黑島說了些什麼？

「會面的時候，刑務官也會在旁邊對吧？」

「你想知道兩人說了些什麼嗎？但是很可惜，沒有錄音，陪同的刑務官一天要處理好幾件會面，無法期待他會記得這五分鐘的內容。」

「可是，這要問過負責的刑務官才知道吧？」

「他去年退休了。」

冰冷的話刺入胸膛。感覺就好像千辛萬苦覓得的希望之光漸漸遠離了。

「顯真師父，這種情況，與其指望陪同的刑務官，直接問當事人比較快。」

不用田所提點，顯真也知道。但即使提問，感覺關根也不會輕易和盤托出。至於黑島，更是好不容易得知了他的全名和住址，連底細都還一片模糊。

「雖然得到的資訊不多，但我能幫的就到這裡了。」

田所打破慣例，特地幫忙說服了長官，卻不知為何顯得慚愧。

「接下來就看顯真師父的努力了。」
「這樣說好像有點晚，但我該怎麼謝您才好……」
「哎唷，請別再向我低頭了。」
田所伸出一手制止，搖了搖頭。
「我低頭根本算不了什麼。」
「這樣對顯真師父的粉絲太失禮了。」
這突兀的詞彙讓顯真忍不住反問：
「粉絲？」
「這要不是顯真師父，我才不會像這樣破例呢。」
田所留下這話，逃之夭夭地離開現場了。
要是在這時候行禮，又會被田所罵了。顯真克制住湧上心頭的感激，火速打手機連絡文屋。
『喂，我是文屋。』
「我是顯真。被文屋先生猜中了。會面者裡面找到黑島的名字了。」
顯真說出獲得田所協助的過程，並報出黑島龍司的住址。
『我抄下來了。我會比對一下前科資料庫。如果裡面沒有，就去這個住址找他本人。』

「要先從有前科的人裡面找呢。」

『他曾經做出類似跟蹤狂的騷擾行為嘛。如果是因為和美園分手才做出這種行動，也不能否定以前就有過類似行為的可能性。』

查詢資料庫一事，只能等待文屋的報告，沒有顯真出場的份。

「可是文屋先生，會面短短五分鐘就結束了，不覺得奇怪嗎？」

『這種情況，我覺得有兩種解讀。』

電話另一頭的文屋徹底冷靜，聽了就讓人安心。

『首先是關根與黑島之間沒有任何共通想法，只是碰個面就結束的情況。除了對塚原美園和兔丸雅司這對情侶心存恨意以外，兩人本來就沒有其他共通點，所以即使會面，也沒有什麼好說的。』

「那另一種呢？」

『另一種是完全相反的情況。兩人見面的瞬間，不需言語，一切便瞭然於心。所以會面時間也極端地短。』

「我不太能理解這是什麼狀況。」

『也就是兩人從以前就認識。關根身後站著刑務官，他們應該不能聊到對彼此不利的內容。』

這番解釋合理到令人意外。

『要去見黑島嗎？我們兩個。』

「當然。不問出他和關根有何因緣，就沒辦法進入下一個階段。」

『可是顯真師父應該也有可以先做的事吧？關根的教誨日就快到了吧？』

不用文屋指出，五天後就是十月的會面日了。

『這五天之間，我得處理別的案子，抽不出空。顯真師父呢？』

「我也是。」

『那去見黑島之前，顯真師父可以先向關根提問呢。』

文屋的語氣溫和，卻帶有強制性。當然，顯真也不打算放過這個難得的機會。

『你做得到嗎？』

「只要對他有好處的話。」

『我等你的好消息。』

掛斷電話後，顯真自問。

只要是有利於關根的事，即使會招來他的厭惡，也無所謂。這是顯真的真心話。

但顯真真的能正確地判斷出，這是否對關根有利嗎？
他與關根的價值觀，是否在漫長的空白期間，已經出現了齟齬？

2

十月六日，面對關根第二次的個人教誨，顯真一反常態地緊張萬分。熟悉的袈裟、熟悉的教誨室。然而空氣卻很僵硬。彷彿半乾的混凝土般包裹住全身。

就像上次說的，顯真請人送了兩冊經典給關根。兩冊都是關於教義原點的著作，但不能期待會像解說書一樣淺白易讀。因為這兩冊也是顯真自己入佛門時拿到的著作。要讀通它們，需要相應的知識和努力。裡面也有許多佛教詞彙，還必須考慮到時代背景，否則難以得到全面的理解。

大學時代的關根雖然優秀，但對宗教生疏。說起來他是偏向理組，而不擅長文組的知識。在教化這樣一個人的時候，選擇《正信偈》和《御文章》做為文本，顯真覺得自己做得很好。

關根提出條件，說他願意讀經典，但顯真必須說出他出家的理由。顯真提不起勁揭露不願回想的過去，但得知黑島這個人的存在以後，他更不希望屈居下風。反過來利用關根對經典的誤讀，來逼問他黑島的事，是否也是個策略？

好了，那個能言善道的男人，會如何解釋親鸞聖人的教誨？顯真沉浸在和老友探討信仰的緊張當中，等待關根。

到了預定的時間，關根被田所帶來了。

「嗨，顯真師父。」

上個月才剛見面，關根卻笑得懷念極了。

「那麼顯真師父，一個小時後我再過來。」

田所刻意冷漠地說，關上教誨室的門。

「好久不見了。」關根說。

「呃，上個月才在這裡見過吧？」

「待在牢房裡，每一天都過得好漫長。真正是度日如年。」

同樣的話，顯真也從一樣是死囚的堀田那裡聽過。堀田說幾乎沒有與人接觸，處在毫無變化的景色、毫無變化的每一天裡，時間感就會逐漸麻痺。

尤其是死囚，行刑宣告會毫無預警地到來。由於時間感麻痺，等待宣告的時間感覺更是綿綿無絕期。這也帶來了讓恐懼增加兩、三倍的效果。

「但是有書可以讀，感覺時間一眨眼就過去了。這本書還你。」

關根說道，遞過來的是《正信偈》。

「我先讀完了《正信偈》，但《御文章》還沒有讀。因為實在沒辦法像讀小說或勵志書那樣輕鬆讀完。」

「光是能讀完《正信偈》就很厲害了。」

《正信偈》這部經典，就像是親鸞聖人的宗教剖白。這是顯真等僧侶在早晚課中誦讀的聖典，全文以韻文詩句的偈文所構成，解讀起來並不容易。交給關根的經典也只有原文及讀音，內容交給讀者來詮釋。當然，說是由讀者解釋，還是有真宗的教義做為根基，因此用自己的方式隨意解釋，也會立刻被駁倒。

「那麼，我會任意翻開一頁，讀出偈文，請說出你的解釋。」

「會說出是哪一頁，還念給我聽嗎？真好心。」

「這又不是聽寫考試。偈文必須以眼讀，以耳聽，才能瞭解其意。我認為要解讀經典，這是最好的做法。」

「請開始吧。」

看著從容不迫的關根，顯真忘了原本的目的，想要試試他的斤兩了。真是可恨的思惟。顯真搖了搖頭，就像要甩掉邪念。

「『歸命無量壽如來，南無不可思議光。』」

這段偈文是《正信偈》的首句，也算是序文，意指遵從阿彌陀如來，陳述敬仰阿彌陀如來的自身之信仰。如果無法理解這段序文，就很難讀懂全篇了。

「這『無量壽』，意思是無量的壽命，對嗎？」

「沒錯。無量的壽命，也就是與數量無關的壽命。」

「雖然是古時的經典，但既然是書籍的形態，表示一開始的詩是序文，也就是在表明決心的內容。」

雖然有點賣弄道理，但著眼點沒有錯。這部分很像大學時代的關根。

「如來是阿彌陀佛，所以也就是說阿彌陀佛的壽命是無量的。下句的『不可思議光』，是我們無法理解的光，也就是靈光、智慧的意思吧。和上句連在一起，這光指的當然是阿彌陀佛的智慧，所以整句是在表明要以阿彌陀佛做為依歸，遵從阿彌陀佛的智慧。」

「答對了。」

這話自然地脫口而出。不甘心與讚賞之情交織著湧上心頭。

「不，與其說是正確答案，這是最理想的解釋。如果一開始不能理解到聖人是如何崇敬、信仰阿彌陀佛，就看不見貫通《正信偈》全篇的堅定信仰了。」

「多謝稱讚。」

「那麼下一句。『成等覺證大涅槃，必至滅度願成就。』」

等覺是「無上正等正覺」的省略。如果不知道這一點，就不可能明白偈文的意義了。附帶一提，「無上正等」意味普遍，而「正覺」意味著徹底的開悟。

然而關根輕易地跨過了這個關卡。

「『等覺』可以解釋為普遍的領悟嗎？」

「……我覺得可以。你居然想得到。」

「裡面有一堆這種省略詞，教人頭大。沒有專門辭典之類的嗎？」

「有是有，但依靠那種參考書，只能得到表層的理解。要皈依佛道，比起理解，更重要的是熟悉。繼續解釋吧。」

「普遍的開悟，不是為了自己本身，而是為了更大的事物。比方說，把它解讀為是為了拯救、引導世人而開悟，比較自然。『涅槃』是除去一切煩惱，從迷惘中解脫的狀態。把這兩者連結在一起，可以解釋成我們之所以能夠脫出迷惘，是因為實現了阿彌陀佛帶來的領悟。」

雖然也有些略嫌獨斷，但從教義上來說，並不算錯。

「大致上算是對的。那麼這句呢？『五濁惡時群生海，應信如來如實言。』」

這段偈文也需要預備知識。親鸞聖人認為他所生活的時代是五濁惡世，亦即劫濁（世間因疫病、饑荒、戰事等而污濁）、見濁（污濁的觀點氾濫）、煩惱濁（煩惱帶來的惡德橫行）、眾生濁（人的樣態污穢）、命濁（自我和他人生命受輕賤的污濁）。當然，這五濁不僅是聖人在世的鎌倉時代，亦是現代共通的世情，也因此其教義能獲得普遍性。

也許是無法連五濁的內容都理解，關根皺起了眉頭：

「五濁是什麼，我無法解釋，但親鸞的時代，戰亂饑荒頻仍，不管是社會還是人心都混亂不堪，所以應該是指這類悲劇吧。不過也因為如此混濁，所以只要相信阿彌陀佛的話，就能變得清明。是不是這樣的意思？」

「『依修多羅顯真實，光闡橫超大誓願。』」

「『光闡』這個詞我沒有看過。『橫超』也一樣。這句很難。」

關根搔了搔頭，但顯真不會上當。關根這個人要是真的遇上瓶頸，就會沉默不語。既然他還在說話，表示他仍然老神在在。

「有光這個字，所以是照亮什麼的意思吧。阿彌陀佛的願望就是本願，那橫超的大誓願，應該是指他力本願吧。『依修多羅』，是依循別的經典的教導嗎？依循別的經典的教導，得知他力本願是真實的，我想是這樣的意思。」

這個解釋，可以給及格分——正當顯真要如此肯定時，闕根忽然發動攻勢：

「這麼說來，這句裡面有『顯真』兩個字呢。難道顯真師父的僧名是從這裡來的嗎？」

尋找破綻，攻其不備。闕根的這套打法，從大學的時候就沒有變。

「一開始我以為你的法名是顯露真實的意思，但讀完《正信偈》以後，我覺得是從這一句來的。是嗎？」

如果不誠實回答，就太卑鄙了。

「沒錯。我剛出家的時候，拿到的就是《正信偈》。就是偈文中的聖人之心讓我銘感五內，而請師父為我取了這個法名。」

「這樣啊。喔，這也很像你的作風。」

「真教人生氣。」

顯真更坦白地說。

「不知不覺間，攻守易位了。我還是學不到乖，又被你牽著鼻子走了。這樣跟以前簡直沒兩樣。我真的一點進步都沒有，太沒出息了。」

「沒進步？怎麼會？你現在是教誨師，而我淪為囚犯了啊。」

然而關根卻在瞬間翻轉兩人這樣的立場，所以才教顯真氣憤，同時也暢快極了。

「『惑染凡夫信心發，證知生死即涅槃。』」

「即然叫『惑染』——染上疑惑，這一定是指煩惱吧。即使是充滿疑惑的凡夫俗子，只要萌發信仰心，生死就能立即進入涅槃……不，這裡的『生死』應該是生死交會處，也就是苦惱，而『即涅槃』應該是指這樣的苦惱立即消失的意思。不，這樣直白地解讀『即』這個字，太粗糙了一點呢。」

顯真再次佩服起關根的慧眼。這段偈文的關鍵，完全就在於這個「即」字。若是沒有確實掌握它的意義，就會陷入天大的誤解。

但關根沒有猶豫太久。

「這個『即』不是『立即』，而是『即是』的意思嗎？那麼就變成苦惱的狀態即是涅槃。看似矛盾……啊，如果用往生來代換涅槃的話，就說得通了呢。只要不斷地迷惑的凡夫俗子萌生信仰，就會瞭解到就是要帶著迷惘往生……是嗎？」

顯真忍不住咋舌。關根看破的部分，也出現在《正信偈》其他的地方，「不斷煩惱得涅槃」

這一句，主旨便在於即使不必斬斷煩惱，一樣可以進入涅槃。關根能得出這樣的解釋，表示他當然一定也理解了這個部分。

「我太驚訝了。」

雖然有些氣憤，但還是應該讚賞關根吧。顯真孤陋寡聞，從來沒見過像關根這樣，初讀就能對《正信偈》有如此深刻理解的人。

「我想得太簡單了，以為這類闡述靈性的內容，可以難倒重視理性的你。」

「我覺得《正信偈》是以非常邏輯分明的思路所構成的。」

關根若無其事地說出令人意外的話，讓顯真一時語塞。

「我想親鸞雖然是個宗教家，但另外一面，也是個罕見的理論家。貫穿《正信偈》全篇的教義，是根基於序文中對阿彌陀佛的熱烈信仰，接下來的偈文結構，是他如何立足於這樣的信仰，邏輯分明地去解決從世情衍生而出的種種問題。」

顯真從來沒有從邏輯的觀點去看親鸞的教誨，因此關根的話聽起來格外新鮮。

「你的意見非常耐人尋味。我會轉告給住持。看來你讀得比我預期的還要透澈。」

「因為我有多到用不完的時間。」

「這也是挖苦嗎？那麼，這是最後一題。『還來生死輪轉家，決以疑情為所止』。」

關根難得陷入了沉思。因為是最後一題，所以特別謹慎嗎？或者對他來說，是第一次遇到的難題？

「《正信偈》裡面，這段文字最為觸動我。我甚至懷疑顯真師父會要我讀這本書，就是想要我讀這一句。」

「你如何解釋？」

「陷入生死及輪轉，也就是迷惘的狀態，是因為停留在猜情——疑心之中。換句話說，之所以會產生迷惘，就是因為只相信自己的想法，更勝於佛祖的教誨。」

「這樣的解釋沒有錯。」

「確實，我這個人自我中心，認為自己的想法才是對的。這一點從認識你的時候就一點都沒變。可是，即使說就是這樣的自我中心讓我犯下罪行，也絲毫不為過。自作孽，不可活，我現在的處境，是只相信自己所造成的理所當然的結果。顯真師父是不是想要這麼教訓我？」

「你誤會了。」

顯真立刻否定。

「我連一次都不曾瞧不起你，也不認為你自我中心。完全相反。對我來說，你總是我景仰的對象。不管是執行力還是判斷力，我都遠不及你。」

「啊，好了好了。」

顯真還想說下去，卻被打斷了。

「應該是我太乖僻吧。就算被當面這樣稱讚，我也沒法坦然覺得開心。」

「這一點也完全沒變呢。」

「我通過考試了嗎？」

顯真支吾了一下，但他不能不肯定關根的解讀力。

「……算你過關吧。」

「那麼，你必須兌現交換條件。請告訴我你入佛門的理由。」

關根的嘴唇微微地泛出笑意。從以前開始，只要在談判或爭論中得勝，他就會露出這樣的表情。

儘管氣憤，但約定就是約定。顯真立下覺悟。

「大學畢業以後，我風聞你和亞佐美結婚了。沒想到她居然會支持你入佛門。因為她曾經公開說她最討厭燒香拜佛那套了。」

「我和亞佐美分了。」

關根漾著笑意的嘴唇僵住了。

「這……抱歉戳到你的痛處了。」

「也不是哪一邊的錯，或是吵架鬧翻，你不用介意。」

「兩邊都沒錯……那怎麼會？」

「結婚第二年，我們有了第一個孩子，是男生。他叫正人，長得和亞佐美很像，個性非常好勝。自從懂事以後，就完全不聽他老爸的話了。處處跟我作對，感覺就像是無限叛逆期。」

但凡事都要頂撞父母的個性，讓顯真覺得就好像看到了小時候的自己。臉雖然長得像母親，但個性完全是遺傳到父親。

正人才剛上高中，馬上就幹出好事來。他被拉去加入的社團，好死不死偏偏是登山社。亞佐美應該是在孩子身上看到了過去的自己，遇到山難，不幸右腳截肢的她臉色大變，強烈反對。

她甚至撂話說「你敢上山，我就跟你斷絕母子關係」。顯真也是一樣。他比別人更清楚山的可怕。最重要的是，他瞭解亞佐美的心情，所以無論如何都沒辦法同意。

然而正人卻倒打一耙：

『可是，如果爸跟媽大學沒有加入登山社，就不會認識了啊！』

顯真一陣意外。正人似乎把父母的相識想像得相當美好。儘管實際上完全不是那種羅曼蒂克的情節。

『爸，拜託啦！』

一開口就沒好話的正人好久沒有向顯真低頭了。腦門對著自己的那顆頭，讓人覺得莫名憐愛。

正人一次又一次低頭求情，顯真也一次又一次拒絕。然而正人的倔強也得到父親的真傳，最終還是年輕人贏得了勝利。雖然亞佐美反對，但顯真還是勉為其難地同意正人入社了。

如今回想，顯真覺得自己真是瘋了。他絕對不該同意的。

正人在高二的春天出事了。在迎新登山活動中，社團前往攀登春季的奧穗高岳，結果包括正人在內的六名登山社成員在山上失聯了。

春季的山林，空氣清爽，沒有一絲危險的氣息，然而從半山腰再往上，氣溫驟降，天氣也變幻莫測。是社團顧問的認知不足，小看了春季的登山。

『我都那樣反對了！』

顯真留下氣急敗壞的亞佐美，火速趕到設置在奧穗高岳山腳的搜索總部。但是過了一天，山上的天氣依舊沒有放晴，搜救隊也擔心二次災害，無法出動。

終於等到太陽露臉，搜救隊出發了。長達八小時的搜救行動之後，找到了滑落雪溪，因受傷和失溫而遇難的登山社一行人。五人受傷，一人死亡。

死亡的是正人。

目睹孩子的屍骸，那種衝擊，顯真至今難忘。有時他會夢見當時，從睡夢中驚醒。

他咬牙切齒，幾乎都快把牙齒咬碎了。

他甚至以為要流出血淚來。

他應該更大力反對的。

他應該支持亞佐美，一起威脅要跟正人斷絕親子關係的。

但是一切都太遲了。

『我都那樣反對了！』

對亞佐美的話，他無言以對。

葬禮的時候，亞佐美從頭哭到尾。那哭法就好像要把往後人生的眼淚全部流光。然後在正人滿七那天，她以槁木死灰的聲音說：

『我要離婚。』

是正人的死讓她太痛苦了嗎？還是無法原諒同意兒子加入登山社的顯真？應該兩邊都是吧。自新婚當初，彷彿為了贖罪而結婚般的疏離感就一直如影隨形。感覺也像是正人的死，讓這樣的空虛浮上了檯面。

顯真自己也身心俱疲，因此不打算挽回。他答應亞佐美的要求，在離婚協議書上簽了字。在只剩下孤單一人的家中仰望著天花板，身體會毫無前兆地顫抖起來。眼頭還沒熱，淚水就先滾出眼眶。不知不覺間，顯真以驚擾鄰居的音量嚎啕痛哭。

他好想失去記憶。如果不可能做到，他想要就這樣從人世間消失。

他完全無心工作，在公司連一般業務都處理不好。雖說遭到喪子和離婚的雙重打擊，但如果毫無用處，也就成了公司的燙手山芋。上司開口要他知所進退，也只是時間的問題。

「所以我叩了導願寺的門。」

這段隱情，除了良然以外，他只對幾名僧侶透露過。時隔許久再次提起，自己的愚昧和幼稚，再次勒緊了他的心胸。

「我是為了逃避痛苦而出家的。即使被這麼解讀也是沒辦法的事，但當時我實在想不到其他的選項。」

沒錯。

自己是逃避了。逃避身為父親應受的懲罰，逃避身為丈夫應該與亞佐美分擔苦惱的責任，遁入信仰。

顯真說到一半時，關根就低下頭去，即使顯真叫他，他也不肯抬頭。

「怎麼了？」

「……太笨了。」

「笨？沒錯。我們讓兒子重蹈自己年輕時犯下的過錯，世上還有比我們更愚蠢的人嗎？」

「我不是那個意思。我是說你跟亞佐美離婚，簡直笨到家了。你不該讓她離開的。如果痛苦，你們應該要共同分擔才對。」

關根恢復了學生時代的語氣。

但也只有一下子而已。

「……冒犯了。我沒有資格對顯真師父的決定說三道四。」

關根應該也沒有想到會是這樣的內情吧。話氣中透露出他的歉意。

或許機不可失。

現在的話，可以問出他的隱情。感覺若是錯過這個機會，就再也難以讓他吐露真情了。

「黑島龍司是誰？」

聽到這個名字，關根臉色驟變。

「平成二十五年三月八日，你和他見面。申請和你會面的不是服部律師就是媒體，但此外的訪客，就只有黑島龍司一個人。而且會面時間只有短短的五分鐘。這五分鐘之間，你到底和他說了什麼？」

「你特地跑去調查這種事？」

「什麼叫這種事？」

一直壓抑的感情翻騰起來。

「如果你沒有在大雪的劍岳救了我，我就不會在這裡了。我這麼做都是為了救命恩人。我不希望你說那種話。」

「不用扯到那幾百年前的事情去吧。」

「可是平成二十五年並不是多久以前的事。告訴我吧！黑島龍司是誰？跟你是什麼關係？」

「知道這些又能麼樣？我已經是死刑定讞之身。」

「我想要洗刷你的冤屈。」

「殺害那對情侶的就是我。我就是承認犯行，才沒有上訴。」

「救了兩條性命的你，不可能輕率地奪走人命。」

「你太抬舉我了，顯真師父。」

關根煩躁地說。

「案發當天，我在公司受了一肚子鳥氣，跑去居酒屋藉酒澆愁，喝得爛醉。然後我去公園閒晃醒酒，那對情侶嘲笑我的鼻子，我一時火大，抽出刀子，回過神時，兩個人都倒在地上了。著了魔這形容很方便，任誰都有不爽失控的時候。我就是會為了這點雞毛蒜皮的理由動刀殺人的傢伙。雖然那對情侶真的很倒楣。」

「你沒有回答我的問題。黑島龍司是誰？」

「別煩我了。」

「我想挽救你的性命。」

顯真往前踏出一步。他很不安，覺得要是在這時候被關根拉開距離，就再也無法靠近他了。

「否則我又要沉淪在後悔當中。」

顯真自認為是在吐露真心，但關根卻說了意外的話：

「顯真師父，你能救的只有靈魂，沒辦法連性命都拯救。你兒子的事，已經讓你學到教訓了吧？」

正當顯真忍不住要反駁，教誨室響起了敲門聲，田所探頭進來：

「顯真師父，時間到了。」

「抱歉，可以再給我多一點時間嗎？」

「不好意思，就算是教化課程，也希望可以恪守時間。」

田所微微行禮後，帶著關根離開房間。不知是否心理作用，關根彷彿鬆了一口氣，乖乖被帶走了。

只留下充滿挫敗的顯真。

3

十月十一日上午七點，顯真和文屋在多摩中央站南口前會合。

「三番兩次這樣麻煩您，真是抱歉。」

顯真行禮說，文屋難得困擾地皺起眉頭：

「可以不要再這樣了嗎？」

「但是，因為我個人的私情，把文屋先生給捲了進來……」

「我現在也是勢成騎虎，只好做到底了。都到了這個地步，已經是我自己的意志了。雖然富山把一堆案子塞給我，想要把我綁住啦。再說，因為查到黑島龍司這個人，現在也不得不重新審視關根的案子了。」

「可是，今天您也是利用難得的休假……」

「說到休假，顯真師父也是一樣吧？自己經手的案子可能是冤案，我可沒法坐在家裡發呆。」

文屋的側臉前所未見地險峻。

「應該在偵訊室裡自白的嫌犯居然是清白的。你想像過身為刑警，得知這個事實，會是什麼感受嗎？」

多摩中央站前的帕德嫩大道行人稀疏。天橋路面寬闊，所以更顯得空疏也說不定。

「老實說，和顯真師父展開調查後，我開始做起惡夢來……啊，怎麼都在講我的事？我可以說嗎？」

顯真不好露骨地說他很感興趣，默默點頭。

「他就是真凶沒錯——逮捕嫌犯，移送檢調時，我都滿懷這樣的確信。反過來說，若是沒有確證，是絕對不會送交檢察官的。日本的刑事審判的定罪率高達百分之九九・九，數字這麼高，是因為檢警雙方都只會起訴確定絕對有罪的案子。因此移送檢察官後，我們也可以放下肩頭重擔，覺得這下案子就結束了、我們為被害者申張正義了。但如果抓錯人的話……」

文屋頓住了口。就彷彿接下來要說出口的話，是某種可怕的咒文。

「就等於是誣賴了清白的人，懲罰了無辜的人。這是以國家權力剝奪一個人的名譽和人權的行為。不光是這樣而已。因為抓錯人，會讓真凶逍遙法外。換句話說，這是雙重的罪惡。自己居然協助了這樣的惡行，我連想像都不願意。」

「可是，文屋先生像這樣陪我調查。」

「因為我已經知道了有冤案的可能性。雖然也可以鴕鳥地裝作沒看見，但對我來說，那才是最糟糕的做法。」

不是挖苦，而是純粹的疑問湧上心頭，因此顯真問道：

「為什麼呢？這不是愛說教的僧侶，而是身為市井小民的好奇心，逃避麻煩事，並不是什麼必須受譴責的行為。如果攪和其中，有可能害自己受罰，當然更是會逃避了。」

「顯真師父，這個國家的司法制度，是不會承認過錯的。」

那語氣有些自虐。

「因為一旦承認過錯，就再也沒有人會相信警察的偵查權和法院的判決了。警方、檢方，還有法院，都很難承認過錯。只有在面對無可抵賴的證據，進退維谷的狀況下，才會好不容易擠出一句『深表遺憾』。然後既不會向蒙上不白之冤的人道歉，也不會補償他們受損的名譽。」
「……沒有任何補償嗎？」
「是有刑事補償法。拘留、拘禁的情況，會在一天一千圓以上，一萬兩千五百圓以下的範圍內，支付法院裁定的金額。或是根據拘束的種類、期間及財務上的損失，精神、肉體上的痛苦，檢警的過失等等，支付綜合評估後的金額。不過說穿了，就是想要用金錢的力量，叫人別再計較的意思。但就算冤屈洗刷了，世人的偏見依然存在，而且失去的歲月也永遠不會回來了。」
「但您沒必要一個人扛起這樣的贖罪。」
「憑我一個人，不可能彌補得了。我只是覺得視而不見，會扼殺自己的良心。會讓我失去繼續當一個人、當一個刑警的自信。自己的知識和判斷無法信賴，也是重要的理由，但比起這些，我更是感到害怕。」
「害怕什麼？」
「我無法想像，誣賴一個清白的人，居然可以不必付出任何代價。當然，法律上並沒有規定，但我害怕遭到法律以外的力量懲罰。這才是顯真師父的業務範圍，被稱為報應的東西。」
顯真完全沒想到會從平日瀟脫超然的文屋口中聽到「報應」這兩個字。
「佛祖並非毫無慈悲。」

文屋聞言，看向顯真苦笑：

「我就猜顯真師父會這麼說。但我信仰的神，比佛祖更要嚴厲多了。祂的信念不僅是因果報應，更是殺一儆百。」

顯真依稀理解了。文屋信仰的，是自身內在的律法吧。

「所以我必須刨根究柢才行。我在五年前做出的判斷是對的，還是錯得離譜？」

黑島龍司的住處，是多摩中央地區邊陲的「富士新公寓」。看到複合商業設施和大型店鋪林立的街景，顯真猜想黑島的住處肯定也十分時尚，結果似乎猜錯了。

「政府主導的多摩新城開發案在二〇〇六年結束，現在已經交給民間了。民間開發的話，無可避免會追求利潤至上，因此新落成的高層公寓林立，同時卻也有一些區域從開發被拋下了。我事先查了一下，黑島住的地方，好像就在那樣的沒落地區。」

顯真跟著文屋往前走，確實如他所說，偏離成群的高樓公寓的地點，散布著約三層樓高的中層住宅。「富士新公寓」是看似約有三十年屋齡的木造老公寓，對比站前的繁華，實在破敗了許多。

「他的房間應該在二樓。」

看了一下一樓的信箱，牌子上寫著「二〇二號　黑島」。走上通往二樓的鐵梯。刺耳的鏘鏘聲響，更強調了建築物落魄的印象。

文屋站在二〇二號室前，按下門鈴。但按了兩三次，都沒有人應門。

「這個時間，他應該會在才對。」

文屋接著拜訪兩側的住戶。二〇一號室無人，二〇三號室有一名貌似學生的男子探頭出來。

「你說隔壁嗎？我們沒什麼往來，我不太清楚，但好像是上夜班的吧。有時候我會看到他傍晚出門。」

上夜班的話，不是差不多該下班回來的時間了嗎？

「我因為職業關係，已經習慣等人了，但顯真師父要怎麼辦？」

「我也一起等。」

回答的瞬間，顯真發現對方早已料到他的回答。文屋隨即走下階梯，離開公寓。顯真奇怪他要去哪裡，只見他在設置於一群公寓中央的小公園長椅坐了下來。

「從這裡可以監視『富士新公寓』。」

文屋好像一到黑島住的公寓，就將這處公園列入監視地點清單了。即使這是刑警的職業習慣，也教人敬佩。

「可是，我們不認得黑島龍司。」

「只要盯著有誰檢查信箱之後，往二〇二號室走就知道了。像這樣坐在長椅上，看起來就像跑業務跑累了正在休息的上班族，對吧？」

「可以嗎？我身上穿的是袈裟呢。」

「看起來一定就像疲憊不堪的上班族正在向和尚訴說煩惱。」

「都還沒中午呢。」

「唔，可以解釋為很閒的上班族巧遇敬業的和尚。」

確實，文屋的外表看起來不像高薪菁英上班族，自己也不像是主持寺院的高僧吧。不過行人真的很少。才早上七點多，趕往車站的上班族和粉領族也稀稀落落。

「多摩新城本身已經高齡化了。」

就像要回答顯真的疑問，文屋娓娓道來。

「聽說第一期遷入是一九七一年，所以已經過了將近半個世紀了。剛遷進來當時的年輕夫妻，現在也都陷入老老照護的困境了吧。在這裡出生的小孩討厭老舊的住家，不停地往外遷出，留下來的只剩下老人。當然，正值壯年的人也少了。」

落魄的印象不只是老公寓，而是籠罩了四下一帶，原來理由就在這裡嗎？

「但黑島還是住在這裡呢。他還算年輕吧？」

「因為比起都心二十三區，這裡房租很便宜。尤其這一帶是獨居老人住得起的水準，所以收入不怎麼高的年輕族群好像也流向這裡來了。」

「您真是清楚。難道以前住過這一區嗎？」

「我趁昨天向不動產業者打聽過了。」

一起行動的時間久了，對文屋的印象也逐漸改變了。一開始顯真覺得他很不像警察官，但現在只覺得他是位非常優秀的刑警。

「從相當久以前，多摩新城的貧民窟化就成了個大問題。就和少子高齡化嚴重的極限村落是一樣的道理，居民高齡化的巨大集合住宅區，也會逐漸陷入窮困。」

「也是吧。」

「而貧窮很容易淪為犯罪的溫床。」

「您是說，多摩新城也是其中之一嗎？」

「不。只是即使有著『新城』這樣光鮮的名稱，犯罪和惡意還是會平等地滋生出來。一想到說穿了，無論何時何地，人類的活動就是會生出類似的邪惡與禍事，總覺得空虛極了。」

兩人坐了一會兒，一段時間後，一名青年走近公寓。天氣已經轉涼了，青年卻只穿了一件T恤，彎腰駝背地走著。那一副就是夜班剛下班的步態顯現出疲勞。

「文屋先生，那個人……」

「不要盯著他看。」

青年在信箱區打開二〇二號室的信箱，從裡面取出幾份郵件，前往階梯。

「走吧。」

文屋很自然地站了起來。和手忙腳亂的自己果然不同。

「這個距離的話，稍微加快腳步就可以跟上。」

這不是忠告，而是指示吧。顯真克制著興奮的情緒，跟上文屋。

就在青年打開二〇二號室房門的前一刻，兩人追上了他。

「不好意思。」

文屋出聲，青年一臉疲倦地轉向這裡。看上去約莫二十五歲。眼睛瞇著，是因為文屋和顯真十分可疑，或只是單純地很睏？

「不好意思，請問是黑島龍司嗎？」

「我是。」

文屋立刻打開警察手冊出示警徽，黑島頓時瞪大了眼睛。

瞬間，顯真興起一股奇妙的似曾相識感。

這張臉他看過。

文屋似乎也有同感。他訝異地揚起一邊眉毛。

「警察找我有什麼事？」

「有些問題想要請教一下。」

「等一下，你剛才叫了我的名字，那就不是單純打聽事情，而是找我本人有事吧？」

應該是察覺到危險，黑島的語氣驟變。即使是顯真看來，也覺得他似乎有些戒備起來。

「我蒙上了什麼嫌疑？」

「並不是為了什麼犯罪嫌疑而找上你。」

文屋不著痕跡地將左腳抵在門板下。如此一來，就算黑島拉門把，也無法立刻開門。

「平成二十五年三月八日，你前往東京看守所，和受刑人關根要一會面。」

不是質問，劈頭就是斷定的口吻。顯真不知道這是刑警的做法，還是文屋的作風，但這種說法截斷了對方的後路。

「你和關根是什麼關係？你和他見面，說了些什麼？」

這也是直指核心的質問，因為後路被截斷了，難以迴避。不出所料，黑島露出困惑的神色。

「會面申請書上填寫的關係是『朋友』，但你們年紀相差很多。你們到底是什麼關係？」

「跟你無關吧？」

「這是警方辦案。」

「關根應該已經判刑定讞了。」

黑島做出反抗，但就連這樣的反應，也正中文屋的下懷。

「沒錯，他已經死刑定讞了。但你和他會面，是在判刑確定之前，然而你卻知道他死刑定讞，表示你一直在關注關根要一的審判。你們不只是普通的朋友，你對他就是有那麼大的興趣。」

「他犯下的案子那麼轟動，他會被判什麼刑，社會大眾都很感興趣。」

「你還沒有回答我的問題。你和關根是什麼關係？對方是因為殺人嫌疑而遭到逮捕、監禁的嫌犯。不是親人，只是普通認識的朋友，不可能只因為好奇或一點興趣，就申請會面。」

「關根的案子已經結案了吧？」

黑島繼續抵抗。

「既然已經結案了，警察應該不會再調查了。如果不是正式辦案，我也沒有義務回答吧？」

以情急之下想到的抗辯來說，條理分明。對於這番說法，就連文屋也難以反駁的樣子。

「總不會事到如今，他才要主張自己無罪吧？」

「不是……」

「那我跟警察沒什麼好說的。回去啦。而且警察帶著和尚做什麼啦？」

顯真想，總算輪到自己上場了。

「貧僧是闞根要一的教誨師，法名顯真。」

「什麼教誨師？」

「向死囚講述佛道的僧侶。」

「和尚跟警察混在一起，到底要做什麼？」

「闞根或許是冤枉的。」

「一審判決出來以後，他也沒有上訴啊。這種人怎麼會是冤枉？就是本人承認有罪，才沒有上訴吧？」

「他一定有某些苦衷……」

「但他都找你教誨了，表示他已經接受死刑了吧？」

完全奈何不了他。黑島踹開文屋抵住門的腳，硬是進入房間裡了。

「我話還沒說完！」

房門關上後，文屋仍不停地敲門，但好像從裡面鎖上了，門一動也不動。當然，對呼喚也沒有任何回應。

「好像有點操之過急了呢。似乎選錯進攻方法了，真遜。」

文屋無奈地搖了搖頭，離開房門。

「重新來過吧。繼續賴在這裡，感覺也不會有進展。」

文屋說著，向顯真使眼色，顯真決定配合。不知是否心理作用，文屋走下樓梯時，故意把腳步踩得震天價響。

「要讓他以為我們已經走了。」

「還要再來呢。」

「不，先讓對方卸下防心。」

離開公寓後，文屋環顧四周，抬起目光。

「哦，那裡不錯。」

文屋走去的方向，是一棟六樓公寓。

「是這一帶感覺視野最好的公寓。我們上去那裡的頂樓吧。」

「要監視黑島對嗎？」

「沒錯。人很難注意到上方的視線。所以反過來說，由上往下的視野，最適合監視。」

顯真瞄了一眼公寓頂樓，恍然大悟。確實，若非有特別的理由，否則人在日常生活中，很少會往上看。

公寓雖舊，但還有電梯。進入電梯箱後，文屋便壓低聲音問了：

「顯真師父，你發現了嗎？」

文屋果然也想到一樣的事了。

「嗯，我發現了。倒不如說，我大吃一驚。」

顯真說著，想起黑島的臉，佩服自己居然沒有當場驚呼出來。

黑島長得和關根非常像。不，不只是像而已，簡直就是二十多歲時的關根的翻版。

「關根有年紀相差很多的兄弟嗎？」

「不，我沒有聽說。我記得他應該是獨子。」

「我想也是。逮捕那時候，我也查過關根的親屬關係，所以記得。當時他的父母已經過世，他也沒有結過婚，所以應該是孑然一身。如果不是年紀相差很遠的兄弟，那就是私生子了。」

「關根的孩子……」

「若是私生子，和關根會面的時間只有短短五分鐘就結束，也可以解釋得通了。只是看到彼此的臉，就知道是父子了。是私生子，父親也不知道有這樣一個兒子的話，那也沒什麼話好說的吧。」

「是這樣嗎？」

「如果得知突然出現在眼前的青年是自己的親骨肉，能提出的問題，也只有母親的消息了。如果只有這點話好說，五分鐘就談完了。」

「還不一定就是這樣吧？」

「有幾個方法可以確認。」

來到最頂樓後，文屋在通道盡頭停下了腳步。從這個位置，可以看到黑島的房間。

「只要他一出門，就跟上去。」

但文屋的期待落了空，三十分鐘、一個小時都過去了，黑島的房間仍然沒有任何風吹草動。

「他是警覺起來，打算暫時按兵不動嗎？」

文屋自言自語地喃喃道，倏地轉過身去，按下電梯按鈕。

「要撤退了嗎？」

「再繼續盯下去，也只是浪費時間。如果是正規辦案，會有人輪班，但只有我和顯真師父的話，必須更有效率地行動才行。」

顯真詢問，文屋說要查詢黑島的戶籍，並去他上班的地方打聽。

「要怎麼找到黑島上班的地方？東京看守所的接見資料上，也沒有列出訪客的任職單位。」

「有租屋申請書。他住的公寓，信箱旁邊貼了管理公司的連絡方式。簽約的時候，不只是租客的上班地點，還需要保證人的連絡方式。這年頭愈來愈多是找保證公司代替保證人，但那類老公寓，不一定是這樣做。管理公司一定有留下資料才對。」

不光是看信箱上的姓氏，連管理公司的連絡方式都注意到了，顯真再次佩服不已。

「您看到的細節和我完全不一樣呢。」

「有一半是職業病了。好了，走吧。」

管理公司的營業所同樣位在多摩新城內。或許是警徽的威力，雖然沒有事先連絡，但文屋一說出身分，負責人立刻飛奔而至。

「『富士新公寓』是嗎？有的，申請書和契約書應該都有保管。」

「能不能請你協助辦案？」

文屋說，原本應該要先提出照會，然後對方才會公開資料。但這家管理公司對警方十分配合，立刻將文屋和顯真請到別的房間。不過穿著袈裟的同行者似乎還是很稀罕，負責人頻頻偷瞄顯真。顯真後悔調查的時候應該穿著一般衣物，但為時已晚。

「每個房仲商都這麼配合嗎？」

在其他房間等待的時候，顯真問道，文屋若無其事地回答：

「不，我想應該是因為他們現在有如驚弓之鳥吧。上個月這裡的員工因為違反宅建業法，被函送檢調。只要被抓住一次把柄，組織就會徹底示弱。」

「您該不會是預料到這一點，所以才沒有事先知會就直接上門吧？」

文屋只是唇角微笑，沒有應答。

不到五分鐘，負責人就抱著檔案過來了：

「二〇二號室的文件都在這裡了。」

顯真和文屋一起查看租屋申請書。姓名、年齡、任職單位、年收、有無保證人，以及緊急連絡人。雖然都是兩人極感興趣的項目，但最重要的保證人一欄卻是空的。

「沒有保證人，也可以簽租約嗎？」

文屋非常平靜地問，但負責人焦急形於色地說：

「這名租客好像沒有兄弟姊妹，找不到可以當保證人的人。因此我介紹保證公司給他，但他說沒錢支付每年的保證費用，所以當成特例處理，一般是簽兩年約，但他是每一年重新簽約。」

顯真的視線移向緊急連絡人。上面的資料和上班地點一樣。可以推測出職場即使願意成為緊急連絡人，也不願意擔任保證人。

任職單位的欄位填寫的是「茅場運輸」。

「其實他上班的地點，也是每年換約的理由之一。」

也許是在恐懼驅使下，負責人連沒有問他的事情都說出來了。

「這家『茅場運輸』的離職率很高。不過幸好二〇二號室的租客好像現在都還在那裡上班。」

簽約日是六年前的四月。是關根犯案之前。

「是所謂的血汗公司嗎？」

「我們是管理公司，所以為了維護房東的權益，會盡量蒐集各種資料。在離職率高的職場上班，光是這樣風險就很大了。」

應該是得到必要的資料了。文屋道謝之後，立刻動身離開，彷彿表示再坐下去也沒用。

「下一站是『茅場運輸』。黑島上班的營業所一樣在多摩市內，搞不好意外地很近。」

「您總是像這樣東奔西走嗎？」

「平常比這忙多了。一個刑警要處理的案子，數目可不是鬧著玩的。」

兩人從管理公司前面搭計程車前往。就像文屋說的，幾分鐘就到了「茅場運輸」。

運輸公司的營業所或許都大同小異。雖然是對客窗口，樓層各處卻都塞滿了堆積如山的貨物。塵埃飛揚，放在角落的空氣清淨機隆隆運作著。

「這次也沒有預先知會就來了呢。」

「如果剛才的負責人說的是真的，這好像是一家有點血汗的運輸公司，所以或許會對警徽特別敏感。而且最近也有違反勞基法演變成刑事案件的例子。」

文屋的預測在這裡也成真了。兩人在櫃台告知來意，名片上印著營業所所長頭銜的男子便十萬火急地衝出來接待。

「敝姓新垣，多摩營業所所長。請問敝公司的黑島犯了什麼錯嗎？」

一開始就懷疑自家員工，態度令人反感。但換個角度來看，也有可能黑島這名員工原本就前科累累。

「還是他向勞動基準監督署申訴？網路上的確是有人說我們公司的上班形態違反勞基法什麼的，可是我發誓，包括我們營業所在內，絕對沒有那類違法情事……」

「不是，他只是某個案子的證人，並沒有蒙上什麼犯罪嫌疑。不過我們想要求證一下，他做為證人是否值得信賴。」

「哦，原來是這樣啊。」

新垣的肩膀放鬆下來，就好像放下了心頭一塊大石。

「黑島在這裡做了六年，已經是不折不扣的老鳥了。他工作態度很認真，是晚輩的好榜樣。」

「除了工作態度以外，有沒有什麼特別值得留意的地方？」

「沒有呢。」

新垣的態度一百八十度翻轉，看似已不再嚴肅當回事。比起員工的信用，公司的信用更重要太多了吧。

「他都會確實照表休假，也不會無故缺勤或遲到。從這個意義來說，他也是個模範員工。」

「可是工作六年，總會遇到家人過世或生病的狀況吧？」

「這一點我們不擔心。因為面試的時候，他說父母都已經不在了，舉目無親。」

這等於印證了從管理公司那裡得到的資料。房仲商的租屋契約不用說，求職的時候，也很少有人會謊報資料。

「你們營業所有沒有出缺勤紀錄？」

「當然有。」

「我想看一下黑島先生以前的出缺勤紀錄。」

「以前……多久以前的紀錄？」

「這個嘛，隨便抽段時間好了，平成二十四年夏季……有沒有這段時間的紀錄？我記得那年夏天異常高溫，對宅配物流業者來說非常辛苦。」

顯真在一旁聽著，不禁對那假惺惺的說詞苦笑。說到平成二十四年夏季，不就是關根犯案那段時期嗎？

「五年前對嗎？那應該還在。請稍等一下。」

新垣一說完，立刻返回事務所裡面，不到五分鐘就抱著檔案回來了。

「這是您要的出缺勤紀錄。」

顯真知道要看哪裡。也就是確認案發當天，八月二十三日，黑島有沒有上班。

文屋的手指從八月一日的紀錄依序往下滑。十日、十五日、二十日，然後是二十三日——兩人的眼睛釘在了上面。

二十三日案發當天，黑島的班表雖然是夜班，實際上卻是休假。

顯真與文屋對望。不需要言語，也明白對方想要說什麼。

案發當天，至少在公司這裡，黑島的不在場證明不成立。

4

第三天正午過後，文屋打電話來了。

『查到黑島的戶籍了。』

文屋居然只花了兩天就找出黑島的本籍地，並調到戶籍謄本了嗎？

「請告訴我。」

『他的本籍地在靜岡縣濱松市中區，平成六年五月十日出生。母親名叫黑島美和子，父親的名字是空欄。果然是私生子。』

「父親沒有認領嗎？」

『既然是空欄，應該沒有認領。』

文屋簡單說明戶籍與認領的關係。

如果法律上沒有夫妻關係，母親在進行出生登記時，小孩子會歸入母親的戶籍。此時孩子的「父」欄會是空白，但如果父親認領，母親的戶籍就會填入父親的姓名，記事欄則會註記認領日、認領者姓名及認領者的戶籍。同時父親的戶籍的記事欄也會登載認領日、認領的孩子姓名及戶籍。換句話說，是以父親與母親雙方的記事欄互相補充。

『雖然不清楚有沒有申請認領，但不管怎麼樣，黑島在法律上仍然沒有父親。這樣說雖然不好聽，但感覺他此後的經歷，都因為沒有父親而蒙上了陰影。』

光是從戶籍上的資料，也可以推測出黑島龍司的人生難說是一帆風順。

出生在濱松市的黑島，六歲就失去了母親。黑島美和子在平成十二年過世，死因不明。身為私生子的黑島龍司度過了怎樣的少年時期，不得而知，但從他短短五年內換了三次住址的事實，不難想像一定是處在顛沛流離的環境之中。

『美和子有兩個哥哥，她過世以後，黑島龍司好像被這兩個兄弟推來推去。』

滿十六歲以後，黑島龍司便搬到水戶市，接著遷到八王子市。說到十六歲，是高中一年級。從這段時期眼花繚亂的搬遷紀錄來看，他有可能高中輟學。

『你猜對了，他高中沒有讀完。後來我從「茅場運輸」那裡要到履歷影本，上面也寫了這件事。當時正值不景氣的谷底，高中輟學的黑島，在求職的時候應該費盡了辛苦。他在小工廠和運輸公司來來去去，在這段時期取得了駕照。』

「可是從黑島的經歷，看不出和關根的關聯。」

『關根在大型家電廠商「筑波」上班。你知道「筑波」的總公司在濱松市嗎？黑島的出生地也是濱松市。關根和母親美和子，應該是在那時候認識的。』

從戶籍就能推測出這麼多細節，顯真佩服不已。但另一方面，探查朋友祕密的行為，依然伴隨著罪惡感。

『雖然沒有決定性的證據，但我認為關根要一和黑島龍司應該是父子。』

「我也同意。」

『黑島在案發當天休假這件事，也讓人在意。顯真師父主張關根是無辜的，難道你早就預測到他可能有像黑島這樣的私生子嗎？』

文屋實在是太抬舉他了。

「不，只是知道有黑島這個人以後，我更強烈地認為關根是冤枉的了。關根應該就是在包庇黑島。」

『換個說法，這意味著五年前殺害情侶檔的凶手是黑島。』

半晌間，顯真窮於回答。他希望關根是無辜的，但也憂心認定只見過一面的青年就是真凶，是否過於武斷了？

「我並沒有這麼說。但關根是會犧牲自我拯救別人的人。如果要救的是自己的兒子，即使他會主動頂罪，也一點都不奇怪。」

『……為人子女、為人父母，這個理由說服力十足。那麼接下來的問題是，關根和黑島美和子之間有過怎樣的一段。前些日子會面的時候，關根好像不肯說出黑島的事是嗎？』

「對，拒人千里之外。」

『那，即使是對顯真師父，他應該也不肯說出是如何和美和子相識、生下私生子的了。』

想到自己的無用，顯真咬住了下唇。如果自己有即使用逼的也能讓關根吐實的能力，就不用麻煩文屋了。應該也不必浪費時間調查黑島的事了。

『既然本人不肯說，只好我們自己調查了。』

對比自己的無用，文屋可靠極了。顯真再次痛感到，刑警果然是犯罪調查的專家。

「每次和文屋先生說話，總教我對自己的無能厭惡極了。」

『你是說辦案能力和問案手法嗎？我說顯真師父，你這是無理強求。首先，沒有信徒期待和尚擁有媲美福爾摩斯的推理能力吧？同樣地，只會口若懸河地說經講道的刑警，在現場只會礙事。不同的職業、不同的人，要求的能力本來就不一樣。』

顯真一陣意外，文屋這話應該是隨口一提，但對自己而言，卻是有可能成為羅盤的金言。

「下次教誨的時候，我會再次試著說服關根。」

『這樣還不夠。如果他真的是冤枉的，就必須聲請再審，也得找律師才行。顯真師父認為以前的那位服部律師就行了嗎？』

「坦白說，那位律師我感覺不到熱忱。」

『也需要足以聲請再審的新證據。必須尋找是黑島犯案的物證。雖然不到前途多難，但有許多必須跨越的關卡。』

「有關卡可以跨越還好。因為如果沒有找到黑島，連跑道在哪裡都不知道。」

說著說著，顯真想到一件事。

洗刷不白之冤、聲請再審。雖然這樣的主張冠冕堂皇，但對於負責案子的文屋來說，不是形同以下犯上的行為嗎？

「先不說我了，文屋先生不會有問題嗎？如果正式聲請再審，承辦案子的您，不會被同事排擠嗎？」

『現在再來擔心這個也沒用。前些日子我也說過，涉入這件事的時候，我就等於是窩裡反了。』

文屋本人說過，當他開始重新調查以後，就被上司富山明裡暗裡進行各種惡意刁難。如果聲請再審的話，顯而易見，不是刁難就可以沒事的。

『顯真師父說不要說你，但你自己也遇到各種有形無形的阻礙吧？我對宗教界完全不熟，但內部的規範，比警察還要嚴格不是嗎？我們已經是一蓮托生[註七]……啊，這是顯真師父那邊的用詞呢。』

「在佛典中，一蓮托生意味著死後在同一朵蓮花上轉世。」

『這樣啊，第一次聽到解釋。不過無論如何，我們的行動和命運都是共同體了。我已經做好覺悟了，不勞擔心。』

平靜的語氣中，感覺得到堅定的決心。顯真悟出早已過了自己能插口干預的階段。

「十一月初有第三次的教誨。我想在那之前竭盡一切努力，好說服關根。當然，是在僧侶辦得到的範圍內。」

『那麼，我會在警察辦得到的範圍內努力……啊，差點忘了重要的事。其實關於遇害情侶，我查到了新的線索。不，也不算新嗎？』

模稜兩可的說法勾起好奇。

『情侶命案曝光後，關根立刻就投案了，所以警方沒有深入追查兩名被害者的背景。雖然我們拜訪了兩個家庭和死者的上班地點，但沒有調查更多。因為資料庫也顯示沒有前科。不過其

註七：來自佛教的日文成語，有休戚與共之意。

實死者並非毫無污點。』

「和犯罪有關嗎？」

『兔丸雅司這個人稱不上清白。』

顯真感到意外。因為母親不用說，連職場上司也對兔丸有著相當正面的評價不是嗎？

『平成二十二年十月四月，一名住在足立區的女子因為駕駛失誤，衝撞通學路上的小學生隊伍，你有印象嗎？』

顯真回溯記憶，但想不到文屋提到的交通意外。

『受害小學生受了輕重傷，不幸中的大幸是，沒有人死亡。不過開車的女子綠川綾乃頭部遭到重創過世。進行司法解剖後，她的體內驗出高濃度的ＴＨＣ，也就是抽了大麻後，在神智不清的狀態下開車。』

「這件事和兔丸有什麼關係嗎？」

『負責這個案子的是千住署，他們卯起來追查駕車的綠川綾乃是怎麼取得大麻的。因為即使大麻使用者自取滅亡，只要藥頭還在，類似的案子和事故還是會層出不窮。千住署查到的幾條管道之一，就是兔丸。』

「意思是，兔丸雅司做過藥頭嗎？」

『他也是綠川綾乃接觸過的藥頭之一。當時兔丸就在「鈴丹」擔任市場行銷專員，所以有管道私吞醫療大麻，外流牟利。千住署盯上了他的業務內容。』

「但是他遇害的時候，並沒有這樣的資訊公開啊。」

『因為最後由於罪證不足，沒有起訴。所以警方的資料庫裡面也找不到。不過我向負責該案的千住署刑警詢問，他說依他之見，兔丸絕對有私吞外流。如果他的心證是對的，那麼兔丸絕對不是個無辜的人。』

接下來的星期日，顯真請常法代他主持原本預定的法事，再次拜訪多摩新城。上次的調查中，他已經掌握了黑島龍司的班表。只要上午時間盯著公寓，有很高的機率可以碰到他。

上午八點，顯真在「富士新公寓」前面蹲點，結果黑島真的從對面走來了。

黑島一見到顯真，便露骨地擺出臭臉。

「和尚又跑來啦？今天沒跟那個刑警一起？」

「今天只有我一個人。」

「管你是一個人還是兩個人，我都沒什麼好說的。」

黑島就要穿過旁邊離去，顯真情急之下抓住他的手。

「嘿，給我放手喔。就算你是和尚，我也不會客氣。」

「恕我冒昧，但我調查了你的過去。」

這句話讓黑島停下腳步。

「只是稍微調查，就能推測出你的身世非常坎坷。」

「你有什麼權利亂查別人的事？這不是和尚的工作吧？」

「只要能救關根，就算被罵成是破戒和尚也無所謂。」

「莫名其妙，和尚幹麼一直執著於一個死刑犯？再說，這跟我又沒關係。」

「有關係，你和年輕時候的關根簡直就像同一個模子印出來的。」

「年輕時候……難道你是關根的朋友？」

「我們大學是同一個社團的。」

「難怪，原來不只是教誨師和囚犯的關係。」

黑島用力甩開被抓住的手。

「沒想到那傢伙居然會有和尚的朋友，真教人驚訝。我一直以為物以類聚，他身邊沒一個好東西。啊，也有可能是個爛和尚嘛。」

「你是關根的兒子，對吧？」

說出口後，顯真後悔了。如果文屋在場，一定會皺眉頭。自己為什麼說話技巧爛成這樣？顯真真是厭惡自己。演說訓話那些他得心應手，但說穿了那只是單方面地喋喋不休，不可能有助於增進溝通技巧。

如同他所擔心的，黑島展現出十足戒心。

「你少開玩笑了！」

「我沒有開玩笑。你是關根的兒子，只是戶籍上沒有他的名字而已。」

「就是沒有他的名字！」

瞬間，黑島的聲音淚濕了。

「你一定不知道，光是戶籍的父親欄是空白的，就會讓人活得有多辛苦吧？」

瞪著這裡的眼神顯得童稚極了。

「關根是個責任心很強的人。如果他知道美和子女士有了身孕，不可能會置之不理。一定有什麼隱情……」

「我管他有什麼隱情，重要的是他拋棄了我跟我媽，超過二十年都對我們不聞不問！事到如今才跑來說他是我爸？少鬧了！」

不知不覺間，連措詞都變得童稚起來。現在是讓他好好傾吐一切的最好時機。

「找個地方好好談一談好嗎？」

「不用。我不想讓你進我住的地方，被別人聽到我也不在乎。隨便找個地方坐就夠了。」

黑島就像他說的，往公園長椅走了過去。巧的是，就是顯真和文屋坐著談話的同一張長椅，但黑島當然不可能知道。

「因為你太纏人了，所以我才跟你談一下，可是下不為例。講完這次，不要再出現在我面前了。」

「好的，我不會再來打擾。」

「活得辛苦的不是我，是我媽。」

坐下來後，黑島緩緩地開口說道。

「我從懂事的時候就沒有爸爸，所以無所謂，反而是我媽處處想太多。每次我在學校鬧出什麼事，她就唉聲嘆氣，說都是因為我沒爸爸的關係。明明就算班上的人說我沒爸爸，我也不痛不癢。」

這似乎不是謊言。宣告說沒父親也無所謂的口氣，聽起來甚至是驕傲的。

「只要是單親家庭，每個班上都會有人拿這件事大作文章。那些人非要把別人踩在腳底下才能安心。我被同學捉弄，也被打過。」

「老師沒有制止嗎？」

「老師裝作沒看見。因為萬一霸凌曝光，老師就要負責嘛。可是比起這些，家裡只有我媽一個人賺錢這件事問題更大。你看過我的戶籍，知道我媽很早就過世了吧？」

「你六歲的時候過世的呢。」

「是過勞死。沒有專門技能和執照的女人，光靠白天做工時人員，根本沒辦法過日子。當時我又正值成長期，特別花錢。」

「那，她是不分日夜都在工作嗎？」

「從我上小學以前就一直這樣。不過特種行業似乎從以前就在做，好像很習慣了。所以我和我媽能相處的時間，每天就只有一下子而已。」

顯真不好同情地說那是孤獨的少年時代。因為本人的口氣散發出一種爽快感。

「我媽跟親戚本來就很疏遠。應該也是看不慣我媽做特種行業吧，我舅舅他們對我媽沒有任何援助。我媽病倒的時候，也完全沒來探病。跟那種人怎麼可能處得好？」

會被親戚推來推去，似乎不光是養育的一方有問題。

「葬禮也冷清得要命，來的只有附近鄰居跟幾個親戚而已。當然，我爸連個致哀的電報也沒有。不過他也不用來啦。如果他來參加葬禮，只會讓棺材再多一副吧。」

「可是，你舅舅他們收養了你……」

「意思是叫我應該逆來順受嗎？告訴你，那兩個王八蛋舅舅，都是自己做生意的。大舅舅是搬家公司，小舅舅是印刷行。他們說不工作的人沒飯吃，除了上學的時間以外，我都被他們當牛馬操。簡而言之，就是免費童工啦。因為工作實在太累了，我上課都在睡覺。這種德行，根本不可能升學，所以我學校讀到一半就跑了。可以逃出那兩個爛舅舅的魔掌，我是很慶幸啦。好啦，身世說完了。」

黑島站了起來。

「我一直是一個人活到現在的。我從來沒有想念過什麼父親。我爸反而是把我媽折磨死的仇人，我怎麼可能會想救那種人？」

「關根是在包庇你。」

「這話的前提是我是殺人凶手吧？這才是去你媽的胡說八道。你有什麼證據血口噴人？」

「關根不惜頂罪也要救助的對象，就只有你了。」

「這話太矛盾了吧？要是我對他真的那麼重要，為什麼他那麼多年都不顧我的死活？」

「這……」

「首先，就算關根是清白的，他也是主動替人揹黑鍋吧？既然如此，成全他的願望，才叫慈悲為懷吧？」

顯真詞窮了。確實，順從本人的心意，或許才是慈悲。

但除了僧侶顯真以外，這裡還有個不成熟的凡人高輪顯良。

「沒事的話快滾吧。我才剛上完夜班，累死了。」

「我會再來。」

正要離開的黑島一臉錯愕地轉頭：

「喂，你剛才不是說你不會再來煩我嗎？」

「僧侶的世界有句方便的話，叫做『謊言也是一種方便』，這句話來自於《法華經譬喻品》中，三車火宅的故事……」

「隨你的便！」

黑島頭也不回地走掉了。

沒錯，我會照我的心意做——顯真在內心回應。

即使這是關根的願望，顯真還是無法眼睜睜地送他上刑場。即使被質疑身為教誨師的良知也無所謂。被指責做為僧侶，已經脫軌，他也早有心理準備。教誨師會的震怒、良然法師的斥責，他都不害怕。

他現在害怕的，就只有目送毫無罪責的人踏上死亡。

從多摩新城回來後，要做的事仍然堆積如山。為了聲請再審，必須找到可靠的律師才行。雖然前提是文屋必須掌握證明闢根清白的證物，但先找到律師候補，也不是壞事。

說到顯真認識的律師，就只有服部，但顯真絲毫不打算再委託他。顯真趁著寺院工作的空檔，前往拜訪東京律師會。凡事都是如此，比起打電話，親自跑一趟才能得到更好的結果。

東京律師會位在千代田區霞之關的律師會館六樓。

顯真對櫃台小姐說想要介紹律師，結果小姐說必須先說明要諮詢的內容。

「是勞資糾紛嗎？消費問題嗎？還是遺產繼承問題？」

「還會特別分類嗎？」

「每一名律師都有擅長的領域。委託熟悉該領域的律師比較好。」

顯真說是聲請再審，女職員訝異地看向他，說：

「再審的話，應該有原本的委任律師吧？」

「我想委託其他的律師。」

「或許您不清楚，但再審不是那麼容易就會通過的。除非有審理時沒有的新證據，否則法院是不會受理再審的。」

「我想要以有新證據的前提委託律師。請介紹好的律師給我。」

「介紹律師是律師會的工作，但還沒有新證據的時候，就指派律師，這……」

「那麼，在正式委託前，請告訴我哪位律師比較厲害。」

「隸屬本律師會的律師都很優秀。」

「剛才您不是說律師各有擅長的領域嗎？」

女職員好像不高興了，她抽出立放在眼前的檔案夾。顯真偷瞄了一眼，似乎是所屬律師的清單。

「請教一下……委託費和酬金，會依據律師的能力而不同嗎？」

「平成十六年開始，律師的酬金已經自由化，因此不同的事務所和律師，酬金確實多少有高有低。但完全只是多少的程度，不會差到兩倍或三倍，都在行情的範圍內。其中也有些律師名聲不太好，明明不擅長法庭攻防，卻索取過高的酬金。」

顯真先請對方介紹了五名擅長刑事案件的律師。接下來只要前往拜訪這五人，找合意的對象諮詢就行了。

但是在那之前，他希望能接到文屋的好消息。如果文屋沒有連絡，顯真也無法有更進一步的行動了。

顯真離開律師會館時，五條袈裟裡傳出手機鈴聲。他期待會是文屋，但手機螢幕顯示的名字卻是「田所刑務官」。

「喂，我是顯真。」

『我是田所。現在方便講電話嗎？』

「可以，請說。」

『這事本來不該透露，但因為顯真師父實在太熱心了……這完全只是風聲，法務大臣好像最近會簽署死刑執行命令書。』

顯真因為工作關係，聽聞現任法務大臣是保留死刑論的急先鋒，所以他有了不祥的預感。

『我聽交情不錯的司法記者俱樂部的記者說，好像預定要一口氣簽署六名死囚的行刑命令，其中有關根的名字。』

瞬間，顯真聽不到任何聲音了。

「什麼……？」

『顯真師父應該知道，一旦簽下執行命令書，五天以內就會行刑。我希望顯真師父做好相應的準備……那麼，再見。』

電話單方面地掛斷了，就彷彿害怕聽到顯真的答覆。

顯真站在馬路正中央，動彈不得。

五、伏誅者的祈禱

1

短命而終的上一個政權，當時的法務大臣基於信仰上的理由，拒絕簽署死刑執行命令書。其背景與世界性的廢死風潮不無關係，但遭到許多國民及專家學者指責是瀆職。現任法務大臣是保留死刑的支持者，這固然是原因之一，但顯真從以前就聽說過，他想要和拒絕簽署命令的前任法務大臣做出區別。

這次同時決定執行六名死囚的死刑，詳細理由並未公開。身為一介僧侶的顯真不可能知道背後緣由，但只為了政治上的考量，造成關根的行刑提前，他實在無法接受。

顯真坐立難安，立刻連絡文屋。他明白對方也忙於正常職務，但除了文屋以外，顯真實在沒有人可以商量了。

『這太突然了。』

文屋似乎也是第一次聽說，在電話另一頭語氣驚愕地應道。

『顯真師父，你應該沒有連執行日都聽說吧？』

「沒有。田所刑務官好像也不知道那麼多。」

『即使聲請再審，也不構成停止死刑執行的要件。但除非是極凶殘的重案，或許聲請再審可以成為讓法務大臣回心轉意的材料。』

這說法實在不夠可靠，但不讓人抱有無謂的期待，很像文屋的作風。

「必須趕快聲請再審才行。文屋先生認識可以信賴的律師嗎？」

顯真希望由服部以外的律師來負責。服部一看就毫無幹勁，就算找到新證據，他是否願意幫忙聲請再審，也是一大疑問。若要賭上關根的生死，他想要交給更願意熱心協助的律師。但由於沒有人脈，就算顯真來找，也遲遲找不到合適的人選。

但問出口後他就後悔了。對於文屋這些警察官來說，努力減輕犯人罪責的律師，不正是他們的不共戴天之敵嗎？

『坦白說，我很難回答。』

不出所料，文屋的語氣也有些陰鬱。

『對於律師，我們警方的觀點和一般人不同。所以若是我們認定是強敵的律師，應該就是最佳人選吧。』

儘管語帶諷刺，但聽那聲氣，似乎心裡有底。

「您認識哪位強敵律師嗎？」

『那個人是個大名人。在定罪率九十九・九的現狀下，剩下的百分之〇・一的無罪，感覺就是他一個人贏得的。』

「請務必介紹那位律師給我。」

『我是知道他的連絡方式，但他開價非常驚人。委託費和成功酬金加起來，隨便都超過一千萬圓吧。闞根和顯真師父有辦法付出這筆錢嗎？』

這個金額太不現實了。良然那樣的住持姑且不論，但這超過了一介基層僧侶兩年以上的年收。掠過腦際的是募款和借貸，但不管怎麼樣，都不是可以立刻拿出來的金額。

『如果師父在考慮借錢的話，還是算了吧。』

文屋彷彿看透他內心地說，顯真說不出話來。

『聲請再審的關鍵，比起律師的好壞，更在於能否找到足以再審的新證據。而論到犯罪偵辦，比起律師，我們刑警技高一籌。』

「文屋先生願意繼續調查嗎？」

『既然找到了黑島龍司這個人，也無法視而不見。不過同時也必須找到律師才行，律師這裡可以交給我嗎？我認識一位支持廢死，而且為人誠懇的律師。他不像我剛才說的守財奴律師那樣，會獅子大開口，所以顯真師父也不用煩惱資金的問題了。』

「那我要做什麼好？這樣聽來，只有文屋先生四處奔走，我坐在一旁納涼，實在於心不安。」

『顯真師父有重要的任務必須達成。而且是兩個任務。一個是說服關根要求聲請再審。然後這是最困難的，就是設法從黑島那裡問出自供。』

確實，後者是個難題。但比起僧侶，這不是刑警的任務嗎？

「讓人自白，這對我來說太困難了。」

『我不這麼認為。』

顯真覺得彷彿被文屋當面訓斥了。

『我們警察官只能用壓迫嫌犯、逼問到底的方法問出自白。因為在第一線，這是快也最有效果的方法。但教誨師在教化受刑人的時候，不會強迫逼問吧？』

「當然了。教義這種東西，不是可以強加於人的。」

『我認為要說服黑島，教誨師那套方法才有效果。比起害怕犯罪曝光的恐懼，訴諸罪惡感和倫理觀的做法更好。這是我做不到的感化。』

即使只是戴高帽，但既然從嫌犯口中問出自白的專家都這麼說了，應該有相應的勝算才對。

死刑執行已進入倒數計時，不是為自己的無能找藉口的時候。既然文屋如此要求，顯真就應該全力以赴。

「我明白了。一名僧侶能有多少貢獻，我實在沒把握，但我會盡力一試。」

距離下次教誨還有時間。若是在那之前，法務大臣簽下死刑執行命令書就完了。而且要和死囚會面，還得透過手續申請。

與文屋商量之後，兩人決定著手申請和關根會面，同時先處理詢問黑島的事。

隔天，顯真在多摩中央站和文屋會合。

「今年的年假所剩不多嘍。」

雖是玩笑的口氣，但為了顯真，文屋的休假泡湯，是千真萬確的事實，因此顯真自然而然低下了頭。結果文屋甩了甩手，就像在叫他別在意。

「說笑的。顯真師父才是，應該為這件事耗了相當多的時間吧？」

這早已超越了教誨師的工作範疇，現在完全是出於個人情感在行動，因此顯真無話可說。

「這個時間的話，黑島應該已經下班，回家休息，為隔天的夜班做準備。」

文屋說在拜訪黑島的職場時，他已經把黑島的班表查得一清二楚了。因此除非「茅場運輸」的班表有變，否則應該都可以抓準時間見到黑島。

「和黑島談話之前，有件事希望你知道。是關於他的母親黑島美和子。」

「她在黑島六歲的時候，因過勞而逝世吧？」

「那是胡扯。」

不過口氣聽起來不像在責怪黑島。

上午十一點二十分，兩人在住處門口守株待兔，黑島現身了。黑島一發現兩人，立刻露骨地皺起眉頭：

「你這個和尚，居然撒謊。你說過不會再來煩我的。」

「我也說過，撒謊是一種方便。」

「你們夠了喔。我跟你們不一樣，是靠著賤賣自己的時間換錢的低薪族好嗎？」

黑島想要穿過兩人旁邊離開，被文屋抓住手臂。

「說到低薪，讓人同情，因為我也是同病相憐。但顯真師父想要找你談話，理由與他的職務無關。」

「什麼和職務無關，他不就是為了關根在這麼做嗎？」

「原本教誨師的工作，是讓死囚的心靈得到平靜。我從來沒有遇到過像顯真師父這樣，想要為死囚洗刷冤情的僧侶。」
「你們實在學不乖欸。」
「人命關天。僧侶不是只為死者服務而已。」
「你到底是哪個宗派的？比新興宗教的傳教還惡劣耶。」
「他們會在家門前說法嗎？你想的話，我可以這麼做。」
顯真連自己都覺得這太霸道了，但他老早就拋開面子、客氣那些虛套了。他已經打定主意，除非從黑島口中問出真相，否則絕不離開。
「誰受得了在這種地方被抓著訓話啦？媽的！」
黑島齜牙咧嘴地說，抓住門把。
「給你們一分鐘，一分鐘後就滾。」
「一分鐘連說明狀況都不夠。最起碼也得要三十分鐘。」
「十分鐘。」
「二十分鐘。」
「那十五分鐘。要是超過這時間還不罷休，我就把你們轟出去。」
黑島平日送貨，身體鍛鍊得很強壯。他一定是認為自己可以輕易把顯真和文屋轟出去。

「謝謝。」

顯真說道，和文屋一起走進黑島開門的住處裡面。

「我可沒說要讓你們進去。」

正當顯真要跨上木板地，被黑島警告了。顯真無奈，只得和文屋一起站在脫鞋處。黑島坐在房間中央，瞪著這裡。

「好了，你們這次來又想幹麼？」

「我相信關根是清白的。」

「還在說？別做白日夢啦。殺害情侶的凶手就是關根。死刑判決合情合理，本人也接受了。」

「我瞭解你憎恨關根的心情。」

「是啊，我上次也說過。因為沒有父親，我們母子過得真的有夠慘。」

「對。但你撒了一個謊。對你來說只是方便，但對於即將走向絞刑台的人來說，是殘酷的背叛。」

「太誇張了吧。」

「你的母親黑島美和子女士，不是因為過勞逝世的。」

瞬間，黑島的表情僵住了。

「因病逝世這一點是一樣的吧。但她並非死在醫院的病床上，而是在栃木監獄中離世。死因也不是過勞，而是肺炎。」

「……吵死了。」

「她表示身體不適，睡夢中病情加劇，隔天一早被發現死亡，對吧？」

「吵死了、吵死了！」

黑島搖著頭，就像拒絕聆聽他們的話。顯真覺得這也難怪。站在黑島的立場，母親過世的狀況完全就是一場惡夢。

黑島美和子是竊盜慣犯。之所以染指竊盜行為，是因為即使日夜不休地上班，生活依舊窮困，又或是為了發洩壓力，並不清楚。但從留在警方資料庫的紀錄來看，她多次竊盜食材和生活用品這類商品，也多次被逮捕，最後終於被判處徒刑。那是黑島龍司五歲時的事，隔年美和子就病死獄中了。

「你會恨關根，不光是因為他害你們變成單親家庭而已。母親竟病死獄中，你覺得這也是關根害的，對吧？」

顯真說到一半，黑島便低下頭去，不肯露出表情。但沉默代表了肯定。

片刻沉默之後，他發出喃喃自語般的細微聲音：

「你們絕對不會懂的。」

聲音就像鬧脾氣的小孩。

「光是沒有父親，就足以成為霸凌的對象，而且連母親都死在監獄裡。不光是親戚和班上同學，只要是聽說過我的事的人，每個人都露出看到一坨狗屎的眼神。」

緩緩抬起的眼睛，充滿了暴戾之色。

果然是鬧脾氣的孩子的眼神。即使身材壯碩，感覺他的精神從遭到迫害的少年時代開始，就沒有什麼成長。

「他毀了被刺死的情侶、我媽和我的一生。那種人被判死刑是理所當然。」

「世上沒有該死的人。」

「會面的時候，他完全沒有向我求情。他承認自己犯的罪，只想被處死。」

「他會擁抱死亡，不是因為承認自己犯了罪，而是因為他認為被監禁在牢獄裡，走上絞刑台，是他應得的懲罰。」

「不是一樣的嗎？」

「不一樣。他是清白的，卻想要替別人頂罪。因為他害黑島美和子死在獄中。」

黑島錯愕地看顯真：

「因為害我媽死掉，所以自己也想死在監獄裡？這太扯了。」

「沒錯，我也覺得很扯。但關根就是這種人。只要是為了別人、為了贖罪，他可以毫不猶豫地犧牲自我。」

「我不信。」

「真的。我以前也被他救過一命。如果不是他犧牲自我，這世上就不會有高輪顯真這名僧侶了。」

關根說出大學時代，在大雪的劒岳為關根所救的往事。黑島臉對著這裡，但他是否真的聽進去了，顯真很沒把握。

顯真說完後，黑島冷哼了一聲，看來他聽進去了。

「真不敢相信是同一個人。搞不好和尚認識的關根，跟我認識的關根不是同一個人。」

「美和子女士生前是怎麼形容關根的？」

「別人家都有爸爸，我們家卻沒有，所以我常問我媽。但她不肯告訴我太多。不過從她的態度，我大概看得出來。那不是雙方同意的。我媽一定是被拋棄的。」

「令堂沒有明白地這麼說過，卻一口咬定是如此，這樣不公平。」

「我就是要一口咬定。我還有這點權利吧？」

黑島如此誇口，但聽在顯真的耳裡，就像在逞強。

顯真猶豫接下來要說什麼。曉諭、說服這些話，只有對方願意聆聽的時候才能發揮效果。對於從一開始就摀住耳朵的黑島，到底能說什麼、又該怎麼說？

正當顯真躊躇不決，保持沉默的文屋開口了：

「其實從一開始，就有關根並非真凶的可能性。」

顯真第一次聽到。

黑島應該也很意外，他反射性地看向文屋。

「因為凶器的刀子上，除了關根的指紋以外，還驗出了另一份指紋。但還沒有比對出指紋是誰的，關根就全面自白了，因此一直沒有查到指紋的身分。但資料保存下來了，隨時都可以拿去比對。黑島龍司先生，那也有可能是你的指紋。」

「關根不是供稱刀子是他的嗎？」

「拿來當成凶器的登山刀，是很偏重個人愛好的物品。產量不多，考慮到用途，銷售通路也有限。要從廠商查到銷售店面，再從店面查出末端消費者，確實麻煩，但並不困難。順帶一提，五年前的八月二十三日，那天你沒有上班。」

平淡的語氣中仍帶有壓迫感。感覺黑島似乎退縮了一下。

「五年前的情侶命案，是我們川崎署經手的案子。如果關根是抓錯的人，川崎署的名聲將會掃地。這並非十幾二十年前的舊案，因此目擊證詞也尚未風化。為了洗刷抓錯人的污名，包括我在內的一課全體人員，必定會像獵犬一樣卯起來揪出真凶，逼他徹底吐實。即使偵訊手段有些過火，這回上頭應該也會睜隻眼閉隻眼。」

這完全就是委婉的恫嚇。黑島似乎想要虛張聲勢來掩飾恐懼。顯真忍不住向文屋投以抗議的目光。事前兩人的作戰計畫中，不是說好文屋不會恐嚇逼問，由顯真訴諸黑島的罪惡感和倫理觀嗎？

文屋應該也想起來了。他露出「糟糕」的表情，以眼神賠罪。

「你們回去啦。」

黑島尖聲對兩人說。

「早就超過說好的十五分鐘了。回去啦！不要再來了！」

黑島沒有站起來，對著顯真和文屋叫囂，但坐著的身影顯得格外嬌小。對方的心房徹底緊閉起來了。什麼樣的箴言金句，都無法打動他的心胸了。

「沒錯，我們之前說好十五分鐘的。沒辦法，我們告辭吧。」

文屋似乎依依不捨，但就是他害得計畫不得不變更，因此也只能聽從顯真的話。

然而一背對黑島，後悔便湧上心頭。這樣一事無成地回去，比小孩子跑腿還沒用。文屋也就罷了，說到顯真，他絲毫沒有達成自己應盡的職責，就灰溜溜地敗逃。

什麼話才能打入黑島的心坎？在跨出短短一步的時間內想到的，是連自己都受不了的陳腐吶喊。

但他還是遲疑能不能說出來。但如果不說出來，不管是自己還是黑島，或許都會後悔一輩子。

顯真立下決心，再次轉向黑島：

「這是極機密的消息，聽說最近法務大臣就要簽署關根的死刑執行命令書了。」

「什麼？」

黑島呆住了，顯真不理會，繼續說下去：

「一旦簽下執行命令書，五天以內就會行刑。當然，關根死後還是可以聲請再審，但也只能恢復他的清白，無法讓他再次復生。」

顯真不知道面對黑島的自己是什麼樣的表情，但他自覺到自己正盡可能壓抑著感情。

「關根揹負著別人的罪，即將踏上黃泉。我明白你怨恨關根的心情。但世上真的有什麼罪，是必須以自身的性命去彌補的嗎？我非常懷疑。然後，如果關根的死沒有正當的理由，又會讓默默地把他送上絞刑台的人留下什麼樣的虧欠？」

顯真覺得這些傾訴太散漫無章了。但他還是非說不可。

離開公寓後，他立刻問文屋：

「指紋的事，我怎麼都不知道？這麼重要的線索，為什麼都沒有告訴我？」

「顯真師父，小聲點。」

文屋警告，顯真壓低了聲音，卻仍怒氣未平。

「凶器上不只一種指紋，警方卻沒有徹底調查，就把關根移送檢察官嗎？這太草率了！」

「凶器上面只有關根的指紋。」

顯真一陣啞然，立刻就理解了文屋的用意。

「原來是幌子嗎？」

「對方也撒了謊，所以算是扯平了。我是想要知道，如果得知凶器上面有關根以外的指紋，他會有什麼反應。」

「他好像受到不小的驚嚇。」

「豈止不小，是大受驚嚇。」

「不愧是刑警。當您脫離一開始說好的策略時，我真是急壞了，不知道究竟會怎麼樣。」

「最後那段話，那是顯真師父的真心嗎？」

「咦？」

「你說你不認為世上有必須用自己的性命去彌補的罪責，你真心這麼認為嗎？這是在支持廢死。難道你是在教誨的過程中，開始同情起死囚來了嗎？」

「不是的。」

與文屋爭論，不是顯真的本意，但若是任由他誤會，也教人心有疙瘩。

「我不否定，與即將走上死刑台的死囚說話時，內心確實是波瀾起伏。但那並非出於同情，而是因為痛感到人命的渺小。」

「即使當了那麼久的僧侶，顯真師父還是會迷惘嗎？」

「我只是披著袈裟的不成熟的俗人。連黑島一個人都說服不了。」

死刑制度應該保留，或是廢除？只不過是一介和尚的顯真，沒有談得上主張的精闢意見。而且他身為教誨師，也不好輕率發言。

不過，就關根的案子而言，死刑制度的存在令人咬牙切齒。死刑就像顆定時炸彈。除了法務大臣以外，沒有人知道何時會簽署發令，只聽得見倒數的聲音。那聲音讓顯真和文屋焦急。

他們有種被倒數聲催促，從後方被追咬的迫切感。

現在這瞬間，法務大臣也有可能正在簽署執行命令書。若是如此，關根的生命就宛如風中燭火。

顯真不要求死刑消失。

但他想要時間。想要找到足以洗刷關根冤情的證據的時間。

「文屋先生，接下來要怎麼辦？」

「不待我們行動，對方就主動上門了。」

聽到文屋的耳語，顯真回頭，看見黑島從後面追了上來。

「等一下！」

兩人不可能說不。顯真和文屋不約而同停下腳步。

「看來你還有話要說？」

文屋試探地說，黑島瞪了過來。

「站在路上談也不是個事，找個地方坐下吧。」

剛好附近公園有長椅，兩人在黑島左右坐了下來。坐定之後，好半晌之間，黑島都沒有開口。

就在顯真開始不耐煩的時候，黑島總算說話了：

「剛才你恐嚇說警察會像獵犬一樣窮追不捨。」

「不是恐嚇，是真心話。」

「你還說面子掃地的警察，會不擇手段偵訊。」

「要是嫌犯閃躲，就會緊咬不放，若是保持緘默，即使用逼的，也要對方開口。這是理所當然的應對。」

「要是主動說出來，待遇就會不一樣嗎？」

「如果是主動投案，警方的心證會好很多。」

黑島仰望了天空一下，接著轉向文屋：

「反正只要查一下就知道了，所以我就說了，凶器的登山刀是我的。」

瞬間，顯真心跳加速。

黑島果然是真凶嗎……？

然而下一句話卻讓人莫名其妙。

「可是我沒有殺他們兩個。」

「我不懂這話的意思。」

「五年前的八月二十三日，我跟蹤美園。我想要再跟她好好談一談，和她復合。但是美園在路上和兔丸碰頭，兩個人開始卿卿我我。我鼓起勇氣，心想就算被美園告跟蹤騷擾也無所謂，無論如何都想和她重修舊好，他們兩個卻完全不知道人家的痛苦……」

「如果想要和她復合，怎麼會帶著刀子？」

「我打算如果她不理我，即使威脅她，也要她聽我說。他們兩個去燒烤店吃喝了一頓，然後去了菅谷公園，在晚上沒有人影的公園裡打情罵俏起來。我在後面看著，都快氣得七竅生煙了。」

「所以你刺殺了他們兩個嗎？」

「如果只是打情罵俏而已，我一定也會覺得很蠢，直接回家。可是他們說著說著，居然聊到我頭上來了。他們兩個嘴巴很賤，說什麼我自作多情、以後一定會犯罪，我聽了實在氣不過，衝到他們兩個面前。」

辯解開始變得激烈。那口氣就好像在說他毫無預謀。

「是兔丸先動手打人的。他想要在美園面前逞英雄吧。我們扭打起來，注意到的時候，我手上的刀子已經插進他的胸口了。那種的，就叫做嚇到腦袋一片空白吧。我是第一次刺傷人，所以整個人都慌了，旁邊的美園想要尖叫，我想威脅她閉嘴，可是一樣一時失手刺到她了。兩個人都倒在地上打滾，我見狀嚇壞了，拔腿就跑。這就是全部的經過。」

「刀子呢？」

「應該掉在兩人倒地的附近。」

「我要帶你去警署，你可以做出相同的陳述嗎？」

「可以，可是我沒有殺他們。」

「什麼意思？」

「兔丸跟美園，我都只有刺一刀而已。而且那時候他們兩個都還活著。」

顯真總算漸漸瞭解狀況了。

「後來我才知道，他們兩個都身中好幾刀。一定是我逃離現場後，關根跑來，又補了他們兩個幾刀。他給了他們致命的一刀。沒錯，我可能犯了傷害罪，但殺人的還是他啊！」

原以為敞開的心房又關上了。

「那，你為什麼去見收監的關根？」

「我在新聞看到殺害情侶的凶手投案，嚇了一大跳。我一直以為人是我殺的，卻冒出一個不認識的傢伙出來頂罪，所以我才想見見他。」

「你是在那時候得知案子的全貌的嗎？」

「對。他說，他發現兩人的時候，兩人都還有呼吸。我問他為什麼要刻意補刀，結果他居然說他是我爸。那個王八蛋，他以為這樣做，就可以一筆勾銷他拋棄我媽的罪。」

「所以你就心安理得了嗎？」

「殺死情侶，完全是那傢伙的意思，我可沒拜託他。我丟下一句『隨便你』就走了。」

顯真和文屋對望，文屋一臉苦澀，顯真的表情肯定也半斤八兩。

「黑島龍司先生，麻煩你跟我到川崎署來一趟。」

2

黑島向川崎署投案後的供述內容，和他告訴顯真及文屋的一樣。他作證紀錄資料中的登山刀是他的，還說出購買刀子的刀具行。

菅谷公園的情侶命案早已審理結束，黑島的新證詞儘管帶來了衝擊，但要顛覆關根的死刑判決，仍嫌不足嗎？不過黑島的證詞，還是很有可能大大地扭轉法官對關根的心證。

黑島投案的同一時刻，顯真拜訪了文屋介紹的律師事務所。

虎之門二丁目的住商大樓四樓，門上掛的牌子寫的是「江神法律事務所」。顯真事前已經預約，立刻就見到了對方。

「高輪顯真先生對嗎？我在等您。」

江神幸四郎這名律師外貌知性，同時散發出好勝的氣質。

「我當律師這一行很久了，但這是第一次有僧職人員來諮詢。」

「為什麼呢？」

「這我就不清楚了。我想應該是因為宗教是六法全書以外的法律吧。」

江神請顯真在會客區椅子坐下，顯真依序說明關根得到的判決、他的為人、自己成為關根的教誨師的經緯，以及得到黑島龍司的新證詞等內容。聽完之後，江神佩服地哼了哼鼻子：

「所以他的教誨師顯真師父四處奔走，想要讓他聲請再審，是嗎？可是教誨師這個工作，必須這麼為死囚拚命才行嗎？」

「關根也是我的大學朋友。」

「原來不只是教誨師和死囚的關係嗎？我瞭解了。」

江神沒有再深入追問，顯真鬆了一口氣。劍岳的那件事，是顯真與關根個人的記憶，不是可以隨便對任何人披露的。

「如果每位教誨師都像顯真師父這樣，死囚應該也很幸福吧。」

真的是如此嗎？顯真自問。讓注定被處死的人獲得心靈的平靜，這樣的大義是很冠冕堂皇，但是讓死囚領悟到生命的尊貴和罪惡感之後再將其處死，以不同的意義來說，不是也很殘酷嗎？既然都要殺的話，讓他們在倫理和道德觀都不成熟的狀態下被處死，是不是還比較慈悲？

剛開始教誨工作時從未有過的想法，隨著教誨的次數漸多，逐漸浮上心頭。看見在教誨的開始和最後心境大不相同的死囚，這樣的想法更是強烈。他會隱藏疑問，繼續執行教誨師的工作，也是因為他期待持續做下去，或許可以得到解答。

「是否幸福，是由本人決定的。」

「律師也很類似。律師最大的目的是維護委託人的利益，但什麼才是委託人的利益，只有本人——有時候連本人都不清楚。即使迷惘也無濟於事，所以我就是嚴肅地繼續做好份內工作。」

不論任何領域，能夠進入達觀的人都僅有一小部分，其他的絕大多數都是在迷惘之中過著每一天。一想到江神也是其中之一，顯真便感到親近。

「好了，我大概瞭解狀況了。有兩個課題，首先，黑島的新證詞真的能讓死刑犯關根的聲請再審通過嗎？」

「江神律師覺得如何呢？」

「從您的描述聽來，可以解釋為共犯，尤其是共同正犯。這種情況，必須釐清黑島和關根彼此之間是否有串通及共同下手的事實，但不管怎麼樣，都必須從兩人身上問出詳細的供述。不過，即使兩人真的是共同正犯關係，能否據此贏得減刑，又是另一個問題。因為死刑犯關根奪走了兩名被害者的性命，這個事實並沒有改變。」

「這樣啊……」

顯真一陣失望。

江神明言維護委託人的利益是他最大的目的，既然他都這樣說了，一定不是謊言。倘若無法期望減刑，聲請再審豈不是毫無意義嗎？

「我只是說明這是不同的問題。死刑犯關根和黑島龍司是父子，對嗎？」

「是的，應該就是。雖然並未進行ＤＮＡ鑑定證明。」

「即使沒有證明，只要兩人都有這樣的認知就行了。這樣一來，死刑犯關根是為兒子頂罪的觀點，或許可以改變事實認定。此外，黑島出面作證，也有可能改變死刑犯關根的想法。並非全是讓人悲觀的材料。」

「您說的另一個課題是什麼呢？」

「就是死刑犯關根本人是否有聲請再審的意願。」

顯真窮於回答。在現階段，他無法斷定關根想要聲請再審。因為從關根先前的態度來看，完全就是在主動走向絞刑台。

「除了本人以外，檢察官或法定代理人可以聲請再審。但我認為最為妥當的做法，還是由受刑人本人提出聲請。」

「關根是死囚，和本人連繫的機會有限。」

「也就是說，本人還沒有這個意願，是嗎？就顯真師父的觀察，死刑犯關根是有自殺願望嗎？」

「與其說是自殺願望，他有強烈的自我犧牲精神。他是那種看到眼前有小孩子快被車撞了，會不顧一切撲上去救人的人。」

江神聞言，訝異地看向顯真。

「我說了什麼冒犯的話嗎？」顯真問。

「剛才您說您和死刑犯關根是大學朋友，對吧？恕我又重提這件事，但你們似乎不只是一般的朋友交情。如果是與本人的性格有關的事，請務必告訴我。或許可以成為說動滿腦子只有明哲保身和因循苟且的法官的材料。」

被逼迫回答，顯真躊躇了一下。但只要能對再審有任何一點幫助，實在不是隱瞞的時候。很快地，顯真說出兩人在登山社認識，他在大雪的劒岳被關根救了一命的事。

聽完之後，江神的眼睛亮了起來：

「為什麼不一開始就說出這件事？」

連音調都提高了好幾度。

「聽到這種事，身為律師，我一下子摩拳擦掌起來了。雖然我並不是看委託人的個性來挑選工作，但如果能拯救一個無名英雄，身為一個律師，再也沒有比這更幸福的事了。」

「謝謝律師。那，酬金的部分……」

不久前顯真才聽到成功酬金一千萬圓的數目。他提心吊膽地確認，但江神提出的金額幾乎令人傻眼。

「委託費十萬圓，酬金等聲請再審通過之後再討論，其他就是交通費等實際開銷。啊，酬金以死刑犯關根和委託人顯真師父負擔得起的範圍為限就行了。一般約是年收的四分之一。」

這樣的話，也不用負債了。關根自己在被逮捕時，應該也有一些存款才對。

「這個金額會有問題嗎？」

「不會，反而是門檻很低，太好了。」

「不能否認，一般人在委託律師時會裹足不前，是因為有費用很高的成見。雖然要是律師會多多宣傳一點就好了，但不巧的是，擅長公關宣傳的人才似乎不多。」

「和尚也是一樣的。我認識許多同行，但在宣傳方面有長才的人，難得一見。」

江神露出柔和的笑容：

「律師和宗教家經常被稱為聖職者。這該說是光環，還是麻煩呢？不知不覺間，被塑造出一種職業上的假象。世事總是難以如意呢。」

「完全同意。到現在還是有許多人以為僧侶不能娶妻吃肉。」

「人的成見就是這樣的。對死囚的觀點也可以說是一樣吧。」

忽然間，江神的眼睛浮現哀憫：

「我曾在刑事案件中贏得無罪判決。被告和支持者都很感謝我。但並不是說，被告就此徹底從惡夢中解脫了。在定罪率百分之九十九．九的這個國家，一旦成為刑事被告人，人們看待的眼神就會固定下來。即使努力聲請再審，贏得無罪判決，依舊人言籍籍。我有一名委託人出獄以後，仍然受到周遭的成見和偏見所阻礙，無法過著正常的社會生活。」

顯真覺得應該也有這樣的情形。即使從事教誨工作——不，正因為從事教誨工作，有時人的成見與惡意，會更赤裸裸地浮現出來。

「這一點不用擔心。」

身為委託人，顯真必須明確斷定這一點才行。

「關根不是那種會屈服於成見或偏見的人。請律師只要專注於聲請再審能否通過就行了。」

「那麼，契約成立。一起攜手奮鬥吧！」

顯真以雙手緊緊地握住江神伸出來的手。

隔天十八日，顯真前往東京看守所。迎接他的田所毫不掩飾困擾的表情。

「顯真師父，你這樣不行啦，教誨依規定每個月只有一次。」

「真的很抱歉。」

田所還沒抱怨完，顯真便深深行禮。和尚的腦袋似乎意外地頗有價值，只要在對方抗議前低下頭來，幾乎都能有先聲奪人之效。順帶一說，田所的古道熱腸，他也計算進去了。自從涉入關根的案子以後，顯真所學到的處世之道，大大地背離了聖職人員，但如果能拯救一條性命，威嚴和面子那些，又算得了什麼？

「……恕我直說，顯真師父整個人變得奸詐了呢。」

「真的很抱歉。」

「這次會面的名目，我就當成因為教誨師的行程關係，將下次的教誨課提前。但我並沒有太多的裁量權，所以拜託師父，這種強人所難的要求僅此一次，下不為例啊。」

「感激不盡。」

顯真在教誨室等著，不久後關根被帶來了。

「顯真師父，怎麼了？六日不是才剛見過嗎？」

「你居然連日期都記得。」

「死刑犯的每一天都很寶貴。」

「今天的教誨，不是要拯救你的靈魂，而是要拯救你的性命。」

顯真激動地說，但關根本人一副興趣缺缺的態度。不過下一句話，讓他有了一點反應：

「我在計畫讓你的案子聲請再審。」

「你缺乏邏輯的個性，和學生時代一點都沒變呢。我的案子有物證，我自己也都承認行凶了，有什麼好再審的？」

「你就算會在衝動之下救人，也絕對不可能殺人。」

「上次我們也有過一樣的對話吧？請適可而止，不要用沒有結果的廢話浪費我寶貴的時間。」
「前些日子，我去見了黑島龍司，問出他知道的一切事實了。」
關根的表情僵掉了。反應和黑島非常像。
「黑島龍司是你的兒子。案發當天，在菅谷公園刺了兔丸雅司和塚原美園的人是他。你接著出現在現場，在刀子留下指紋。這當然是為了替黑島頂罪。」
「你有什麼證據……」
「你還記得那把凶器登山刀的形狀嗎？」
「那是我的東西，我當然記得。」
「那麼，那把刀是在哪裡買的？」
關根語塞了。要趁勝追擊，就只有這個機會了。
「那把刀不符合你的品味。一開始看到案件資料時，我就覺得奇怪。」
「案件資料……你連那種東西都挖出來看嗎？」
「當然了。只要是為了救回我的救命恩人，不管是垃圾還是什麼，我都要挖出來看。」
「這話一點都不像出自德高望重的僧人之口。」
「既然說到德行，我要問你，你為什麼拋棄了黑島美和子？如果你沒有拋棄她，不管是你的人生還是黑島龍司的人生，應該都會和現在大不相同，你們父子應該也不會被扯進殺害情侶這種犯罪。」

顯真清楚這實在不是一名教誨師該說的話。但他也明白，事到如今，即使賣弄教義，也無法說動關根的心。

而他粗暴的指責確實有了效果。

「我以前念書的時候應該就說過很多次了，假設性的問題沒有意義。」

關根的語氣改變，代表他的自制心潰堤了。外殼出現裂痕的現在，是說服的絕佳機會。

「這並非毫無根據的假設。我也打聽過黑島在職場的風評了。他是物流公司的資深員工，工作態度認真，是晚輩的好榜樣。我見過本人，印象也很好。有些吊兒郎當的態度，只是為了掩飾害羞。真的是有其父必有其子。他和大學時候的你一模一樣。」

「他真的坦承他刺了人嗎？」

「他在當時承辦的川崎署刑警面前坦承了一切。昨天開始進行正式偵訊。」

關根的手搶先他的話伸向顯真的肩膀：

「你為什麼要多事！」

「要訴諸暴力嗎？刑務官會聽到吵鬧聲趕來。」

「只要能停止你荒謬的言論，要我怎麼鬧都行。」

「你有想過，為什麼黑島龍司會說出一切嗎？」

「一定是川崎署的刑警對他恫喝審問吧？」

「不對。」

因為我告訴他你的死刑就快執行了——來到喉邊的話，好不容易才嚥了回去。即使答不上話，也不能把這件事告訴本人。

「別看我這樣，我好歹也是個僧侶。我只是訴諸他的正義感和罪惡感。」

關根冷哼一聲，放開了手。看來他果然不是真心要動手打人。

「即使自己會吃上刑責，還是要為了他父親而投案。我覺得他這種地方也很像他父親。」

「別說了，什麼像他父親。我沒有資格當他的父親。」

「所以你才想在最後關頭保護兒子嗎？還是想要把自己置於和母親相同的境遇，為她殉身？」

關根鬧彆扭似地背過臉去。就連這種動作，看起來也跟黑島一模一樣。

「如果不是你拋棄她，黑島美和子也不會死在監獄了。你不這麼想嗎？」

「你以為只要指責我，我就會說出來嗎？」

「我並不想強問出來，但只要把梗在心胸的苦悶傾吐出來，就可以輕鬆了。教誨師的工作有一半是教化，但剩下的一半，是清除對方內心的淤泥。」

「即使是讓人唾棄的事也一樣嗎？」

「就因為是讓人唾棄的事，才會變成淤泥。」

顯真平常不會說這種粗俗的言詞。但既然都到了這步田地，就應該脫掉袈裟，以朋友的身分面對關根才對。

「我想盡可能卸下你的重擔啊。拜託。」

顯真再次做出早已習慣的鞠躬動作。至今為止，他對形形色色的對象低頭懇求，但他注意到對於關根，這卻是第一次。

一段沉默之後，關根咬牙說「可惡」。

「居然以為只要在最後低頭就可以擺平。我說過多少次了，我最討厭你那種輕率的態度。」

「死性不改，咱們是半斤八兩吧？」

「我說我沒有資格當父親，就是字面上的意思。拋棄美和子這件事也是真的。」

「一定有什麼特別的隱情吧？」

「只是司空見慣的理由罷了。」

關根開始道出他的過去。

在「筑波」上班的關根成為中堅社員的時候，他開始帶客戶到市內的小酒家應酬。那裡的小姐很熱情，收費透明，上司對那裡評價很好。

黑島美和子就是那裡的小姐。用不了多久，年輕、笑容天真無邪的美和子便與關根發展成男女關係。

「某天，美和子告訴我她懷孕了。我不該在那時候離開她的。」

這應該是上次關根責備顯真的話。但那或許是關根自己的懊悔。

「當時我和上司的女兒正論及婚嫁。」

「難道……」

「就說是讓人唾棄的事了。美和子向我坦白的瞬間，我把平步青雲和美和子放在天平上，選擇了平步青雲。我說出口的話，是『誰知道那是誰的孩子』。她聽了一臉蒼白，衝出店裡。從此以後，不僅沒有回去店裡，也沒有再出現在我的面前。」

「然後你就這麼擱著了？」

「當天晚上我就後悔了。完全就是鬼迷心竅才會說出那種話。打電話她也不接。她動作實在太快了。公寓已經退租了，問店裡的人，也堅稱小姐的隱私不能透露。我到處找遍了所能想到的每一個地方，但全都撲空了。後來我從濱松的總公司被調走，更是無從找起了。」

「上司的女兒呢？」

「我沒辦法恬不知恥地就這樣娶妻成家，恭敬地婉拒了那樁婚事。因為我相信總有一天可以再見到美和子。」

「聽你的口氣，是就此天人永隔了吧？」

「即將調離總公司前，我只收到過一次她的信。信封裡只有一張照片。是美和子和一個約五歲的男孩手牽手的照片。我一眼就認出那是我的孩子。」

「那不是在叫你去見兒子的訊息嗎？」

「信上沒有寄件人的住址。郵戳是栃木。除此之外，沒有任何線索。如果是叫我去見面，至少也會留個住址。我想她應該是想讓我最起碼看一眼自己的孩子吧。她就是這樣的女人。我是在報上的一則小新聞上，看見病死在栃木女子監獄的受刑人姓名時，才得知她的消息的。好不容易找到的線索，居然是死訊。怎麼會有這麼不幸的事？」

「但你得知了黑島龍司的下落。」

「不是馬上就知道。我向獄方詢問，但對方說不能把家屬的連絡方式告訴第三者。我找了徵信社，龍司的地址卻變來變去，簡直就像打地鼠。我是在命案發生一星期前，才總算查出他在多摩的住址的，所以一樣不幸到了極點。」

「所以你跟蹤他嗎？不必做那種事，堂堂正正和他相認不就行了？」

「我拋棄了他的母親，多年來都對他們母子不理不睬，事到如今，我要拿什麼臉去見他？而且我發現他在跟蹤女人，更是難以出面了。接下來就如同你的想像。」

「你發現的時候，那對情侶還活著嗎？」

關根噤口了。這個沉默並非肯定。

「已經死了，是吧？」

「我不知道。」

顯真感到眼前豁然開朗。

關根確實刺了兩人，但那只不過是毀損屍體。只是毀損屍體，不會被判死刑。

「司法解剖和現場勘驗的資料都還留著。這值得重啟偵查。你聲請再審吧！」

「我拒絕。」

「還在說這種話。」

「你說的話，有時候一針見血。只要我沒有拋棄美和子，不管是美和子還是龍司，還有那對可憐的情侶，人生都不會遭到剝奪。責任全在我身上。為時已晚，已無從挽回了。除了在死刑台上伏法，我無從贖罪。」

「這太荒謬了。」

「我想要做出聰明的選擇，卻抽到最糟糕的牌子。至少在最後，讓我做出愚蠢的選擇吧。」

關根只說了這些，輕嘆了一口氣說：

「你的好意我心領了。再見了，顯真師父。」

「等一下！」

關根任意打開了教誨室的門。

「二四一二號，教誨結束了。」

關根被等在房門前的田所帶離了。

那頑拗的背影，讓顯真找不到可以說的話。

既然如此，只能再見面一次了。而且是在江神陪同的情況下。

顯真在刑務官辦公大樓等待，不久後田所現身了。他看到顯真，那眼神顯得異樣地軟弱。

「田所先生，或許您會覺得我太厚臉皮，可是我想拜託您一件事。」

「我知道顯真師父想拜託什麼，可是那是白費力氣。」

語氣聽起來也很累。

「什麼意思？」
「關根在教誨的時候有通知下來了。今天上午九點，法務大臣簽署了關根要一等六名死囚的死刑執行命令書。關根會在二十三日前行刑。」
顯真感到視野陡然縮小了。

3

瞬間，一陣天旋地轉，但顯真總算是沒有倒下。
「顯真師父，你還好嗎？」
田所跑了過來，顯真伸出一手制止，重新站好。儘管事前已有預告，但真的聽到時限，衝擊還是教人不堪承受。這讓顯真徹底認清自己的精神有多脆弱。
「這消息確實嗎？」
「這類通知，看守所內也只有少數幾個人才會被知會。當然，教誨師也一樣。不過因為行刑完畢後要整理房間什麼的，刑務官的工作會有異動，所以大概都可以看出來。」

田所把聲音壓得更低說。

「可是，為什麼田所先生願意告訴我？」

「是為了請師父放下關根。」

「您怎麼會說這種話？」

「如果只是死刑犯和教誨師的關係也就罷了，但兩位是朋友。老實說，顯真師父對關根過度偏袒了。」

若說顯真對關根沒有偏袒，那是騙人的。但如果顯真不支持關根，還有誰會支持關根？

「我知道顯真師父相信關根的清白，東奔西走。連假日也不休息，挖掘已經審理結束的案子。可是顯真師父，關根的執行命令已經下來了。已經無力回天了。」

田所雙手放在顯真肩上。觸感有些拘謹，是因為放不下對顯真的客氣嗎？

「再繼續拚命，當關根伏法時，懊喪只會更深。我不想看到師父痛苦的樣子。所以才刻意告訴你。」

原來是出於這種理由？

一想到田所也是以自己的方式在關心他，顯真對自己的無用慚愧極了。他很想向田所道歉。

但現在他滿腦子被行刑命令給占滿了。

「您的好意我很感謝。」

「顯真師父應該知道，這件事不能外傳。尤其是對關根本人。」

「當然。啊，我借用一下洗手間。」

顯真留下似乎還想說什麼的田所，離開原地。其實他並不是想上洗手間，而是為了找個無人之處連絡文屋。

顯真躲到刑務官看不到的角落，打手機給文屋。

鈴聲響不到兩下就被接聽了。接電話的文屋一聽到關根的死刑執行命令，聲音都啞了：

『二十三日前嗎？我自以為已經有了心理準備，但事到臨頭，還是忍不住心慌呢。』

「怎麼辦才好？」

顯真發出連自己都覺得窩囊萬分的聲音。拜入佛門之後，他一直以為依靠的就只有佛祖，然而到了這個地步，他卻緊抓著許許多多的人。身負必須引導他人的職責，卻反過來受人引導。

「難道就只能眼睜睜坐視了嗎？我、我……」

『請冷靜下來，顯真師父。如果你在這時候亂了方寸，真的就什麼都沒法做了。』

文屋的鞭策勉強撐起了顯真的自制心。恐懼漸漸平息，顯真調整好呼吸。

『冷靜下來了嗎？』

「勉強。」

『那麼請聽我說。我有事想拜託顯真師父。你能和關根說上話嗎？』

「剛剛才結束教誨而已。下次能見到他，就只有行刑之際了。」

『你現在立刻折回去。有件事無論如何必須現在向關根確認不可。』

「可是關根已經回去獨房了。」

『非得現在問清楚不可。』

文屋完全不理會顯真的狀況，說出問題的內容。儘管覺得文屋未免太強勢，但顯真還是將問題內容烙印在腦中。

『一定要問出來。』

「可是，為什麼要問這種事？」

『顯真師父考慮聲請再審時，我也打算從頭審視這起案子。真的很不可思議，當時理所當然地就這樣放過的細節，現在才開始覺得蹊蹺。』

掛斷電話後，顯真折回刑務官室。幸好在路上就遇到了田所。

「怎麼了？那樣氣喘吁吁的。」

也許是教誨師驚慌失措的模樣很罕見，田所似乎卸下了防心。

「不好意思，請讓我再見關根一次。」

「咦？不行的。這次的教誨剛才就結束了。」

「我借了一部經典給關根，可是今天一定要帶回寺院才行。」

這是徹頭徹尾的謊言，卻是顯真所能想到的最像樣的理由了。

「可是……」

「田所先生應該知道，經典是寺院的財產。」

顯真盤算，只要說是寺院的財產，刑務官也無法拒絕。結果田所真的老大不情願地點了點頭。

「好吧，可是請拿了東西就走。還有，絕對不能提行刑的事。真是，再也找不到像師父這樣成天破壞規矩的和尚了。」

後面的嘮叨算是田所最起碼的挖苦了，但只是嘮叨個幾句就放過他，很像田所的為人。只是情況緊急，顯真也只能利用他的好心腸了。

顯真在田所陪伴下，前往關根的獨房。顯真很久沒有拜訪獨房了，但一想像在三張榻榻米大小的空間裡跪坐的關根，腳步便自然加快了。

「二四一二號，顯真師父有東西忘了拿。要開門了。」

門一打開，不出所料，關根一臉詫異。

「請把門關上。」

聽到顯真這話，田所立刻面露難色：

「不是只是要拿回經典嗎？」

「請您諒解。」

肯定是顯真的表情太迫切了，看見顯真懇求的模樣，田所同樣百般不願地默認了。看他的態度，只要顯真不說出行刑的事，其他都可以睜隻眼閉隻眼。

「請盡快結束。」

房門關上後，關根訝異地看向顯真：

「你忘了什麼東西？」

「有件事我忘了問你。」

「教義的解釋，已經說得夠多了吧？」

「不是教誨的事，是關於案子。你到底刺了塚原美園和兔丸雅司幾刀？」

「沒頭沒腦的，問這什麼問題……」

關根似乎極為困惑。現在的話，或許可以突破他的心防。

「黑島龍司刺傷兩人後，你又增加了他們身上的傷，黑島的供述揭露了這件事。那，正確地說，你又補了幾刀？告訴我你刺的數目和位置。」

「這跟你有關係嗎？」

關根依舊困惑不已。

「既然身為教誨師，我當然要瞭解教誨對象的罪有多深。本人內心的罪業不用說，也包括實際上犯的罪，這樣才能進行懺悔。」

「同樣的事到底要說幾遍……」

「這是最後一次了。」

可能是感受到顯真的焦急了，顯真不變的態度，讓關根極為不知所措。占據上風的現在，正是直攻關根內心的好時機。

顯真拋開禮節，一把抓住關根的雙肩，就像不讓他逃避。顯真異於平時的粗暴動作，似乎把關根嚇了一大跳。

「如果是你刺的傷，你應該能正確回答出來才對。快點告訴我！」

關根彷彿被顯真不容分說的語氣震懾了，反射性地開口：

「……男的兩刀。」

「位置呢？」

關根的手指猶疑地在胸口一帶移動。不太有自信地停住的位置，是心臟中間一帶。

「不巧的是，那個位置沒有傷口。」

被指出這一點，關根的嘴唇扭曲了。

「是不是那個時候，兔丸早就斷氣了？」

「他沒有呼吸了。但我必須給他致命的一刀。」

「塚原美園呢？快點回答。你刺了她哪裡？」

連珠炮似的問題，讓關根當下反應不了。他的手指在半空中飄移，不知道該指向哪裡才好。

「你果然也沒有刺她。你發現他們的時候，人都已經沒有呼吸了。」

關根沉默，顯真更進一步追擊：

「不許撒謊。」

顯真狠瞪上去，終於聽見咬牙切齒的聲音：

「他們兩個都很年輕，沒有做任何壞事。就算再繼續傷害他們，也太可憐了。」

就在這一刻，關根等於是默認了他沒有傷害兩人。

這下一切都大白了。

關根發現兩人時，兩人都已經死了。關根根本沒必要再補上最後一刀。

「刀子上面只有你的指紋，是因為你在現場撿起刀子以後，擦拭了刀柄，對吧？」

「除了我的指紋以外，不可能有別人的指紋。」

「失禮了。」

顯真放開對方的肩膀。

「一時太激動了。這不是一名僧人應有的舉動。」

「這不像僧人的舉動，有什麼意義嗎？」

顯真沒有回答這個問題，正面注視著關根。

「或許一直以來，我過度尊重你的意志了。我一直認為你身為死囚的命運已定，因此對你總有些客氣。但我再也不講客氣了。」

「這實在不像教誨師會說的話。」

「連一個無辜的人都教不了，哪有資格自稱教誨師？」

「我並不無辜。我確實將兩人推入了不幸的深淵。」

「那不是應該在牢獄彌補的罪。」

正當關根要開口時，門外傳來田所的聲音：

「顯真師父，時間差不多了。」

那語氣在說他無法容許顯真再多待一分一秒。顯真輕輕向關根行了個禮，離開獨房。

「咦，師父沒有拿經典啊？」

「真是非常抱歉。以為把經典交給他，是我搞錯了。」

「這樣啊。」田所裝傻地說。他早已看透顯真進入獨房另有目的了。

「往後我會小心。」

「往後」兩個字聽起來空虛極了。因為關根的「往後」，再長也僅剩五天了。

顯真道別田所後，再次找了個四下無人之處，打到文屋的手機，好轉達關根的回答。

『辛苦了。』

聽到報告內容，文屋的聲音雀躍起來。

『這個答案，讓我看見光明了。』

這陣子一直和文屋共同行動的顯真，隱約明白他所說的光明意何所指。顯真也不是傻子，他早就發現對關根的問題用意何在。

『顯真師父明白刺傷的次數有多重要吧？』

「隱約明白。」

『黑島龍司供稱，他對塚原美園和兔丸雅司都只刺了一刀。然後從關根對問題的回答來看，發現兩人的關根，並沒有再增加刺傷的數目，只把凶器帶回了住處。然而實際上塚原美園被刺了兩刀、兔丸雅司被刺了三刀。換個說法，這顯示除了黑島龍司和關根以外，還有第三者參與了犯行。』

文屋提出的假設，足以讓顯真興奮不已。

黑島龍司去看守所會面時，關根明明沒有動手，卻說他給了兩人致命的一刀。關根並不知道黑島只刺了兩人各一刀，為了拭去黑島的罪惡感而撒了謊。然後黑島信了關根的話，認定自己沒有贖罪的必要。也就是說，一切都是關根的誤會造成的錯誤。只要能證明這一點，就表示命案裡還有另一名真凶，而關根不僅沒有殺人，連損毀屍體都沒有。

但興奮過後，焦躁緊接著復甦。即使關根現在才推翻過去的證詞，也只會被認為他是為了逃避伏法而撒謊，聲請再審實在不可能通過。顯真也知道，要讓聲請再審通過，最起碼也得查出真凶，或是讓真凶自供。而他們剩餘的期限，甚至不到五天。要在這麼短的期限內找出真凶，根本是不可能的任務。

『剩餘的時間確實不多，但顯真師父打算因為時間不夠就放棄嗎？』

「不可能。」顯真當下回答。「還有什麼我能夠做的？」

『調查由我來。請顯真師父繼續進行聲請再審的準備。可以請你把關根的回答也轉告江神律師嗎？因為辯護的方針應該會因此一百八十度轉變。』

我也想要參與調查——顯真嚥下來到口邊的話。先前文屋讓他奉陪，是因為時間上還算寬裕。但現在他們面臨所剩不多的時限，完全沒有自己這種門外漢插手的餘地。

「我知道了。我這就去江神律師的事務所。」

瞬間，導願寺的日常業務掠過腦際，但立刻被關根的臉蓋過去了。

顯真開車從看守所飛馳至虎之門二丁目的江神法律事務所。幸好江神人在事務所，不必預約就見到他了。

「什麼？居然有這樣一段？」

聽到顯真與關根的問答，江神似乎也靜靜地興奮起來了。

「如果死刑犯關根說的是真的，那麼他完全是無辜的。他在看守所度過的五年，到底有什麼意義？」

江神難受地搖了搖頭。

「不過，時間實在太緊迫了。簽署行刑命令之後的五天內——必須在這段期間蒐集死刑犯關根無罪的證據，並準備聲請再審。這完全就像在走鋼索。」

「麻煩律師了，但……」

顯真說到一半，被江神伸出一手制止了。

「我還沒有正式接到委託，不要說什麼麻煩。」

江神說著，從背後的檔案櫃取出一張紙。

「從顯真師父的話聽來，已經沒有機會見到關根了呢。」

「很遺憾，是的。」

「但應該還是可以信件往來。」

江神遞出來的紙張，標題分別是「委任契約書」及「律師委任書」。

「總之只要有這兩份文件，我就能上場奮鬥。用寄的來不及。我會附上意向書，請送去給關根簽名。」

「好的。」

顯真覺得彷彿被責備為什麼不更早讓關根聲請再審。雖然關根與黑島各自的誤解，以及關根過強的贖罪意識，都阻礙了聲請再審，但顯真還是後悔不已。總之不管要做什麼，時間都太少了。事態急迫，連呼吸都覺得浪費時間。

「那位文屋刑警，有辦法在這一兩天之內找到證據嗎？」

「他可以信賴。」

「您也明白已經過了討論能不能信賴的階段了吧？現在最好不要當成還有五天期限。可能明天就會行刑。一切都分秒必爭。」

原本平和的江神的眼神忽然變得險峻：

「有人為了贖罪，想要主動走上死刑台。我不知道顯真師父這樣的宗教家如何看待這件事，但我身為司法界的一員，絕對不能坐視不見。什麼犧牲精神，去吃屎吧！容忍冤案、蔑視社會正義，是愚蠢的行為。」

「愚蠢……？」

「以為這種行為很崇高的，就只有本人而已。無謂地美化自我犧牲、讚美死亡，簡直愚蠢到家。沒錯，我完全無法欣賞這種行為。比起以死贖罪，活著能夠做到的彌補，應該要來得更大、更多。」

這段話重重地撞入心胸。

「我並不是支持廢死，但每當看到這樣的例子，就會刷新我對死刑制度存續的觀點。雖然這並不是可以輕易做出結論的問題。」

「僧侶也是一樣的。」

顯真離開事務所，折返看守所，將委任契約書和律師委任書親手交給田所。

「這樣說雖然對顯真師父過意不去，但總覺得為時已晚了。」

田所接下裝著文件的信封，垂下目光說道。酸言酸語的時候，至少應該看著本人，但田所連這一點都做不到，真的很像他。

「我無話可說。其實應該要更早採取行動才對的。」

「這不是教誨師的工作啊。而且即使我沒有報告，顯真師父為了讓關根聲請再審奔走的事，上頭也都知道了。」

「給田所先生添麻煩了。」

「我的事不重要啦。」

田所板起臉說。

「我是擔心師父的立場。萬一看守所提出抗議，顯真師父一定也會受到某些懲處的。」

「破戒和尚受到懲處是活該。」

從和文屋當起偵探、進行調查行動那時候開始，顯真就自覺到自己破了戒。事到如今，他何憂何懼？

暮色將近的時候回到寺院，立刻就有懲戒在等著他。迎接他的夕實說，住持交代他一回來，就立刻叫他去住持辦公室報到。

顯真前往本堂，站在辦公室前。從狀況來看，一場痛斥在所難免，因此他立下覺悟，抓住門把。

「顯真回來了。」

「請進。」

打開紙門，如同之前，良然龐大的背影對著這裡。

中斷誦經轉過來的臉，穩靜之中有著訓誡的神色。

「今天的工作怎麼了？你好像也蹺掉九條家的法事了？」

「非常抱歉。」

「我臨時要常信師父代班，所以是沒事了，但有什麼事會比法事更重要？」

「那是、呃……」

「我知道你為了那名姓關根的死刑犯四處奔走。但前些日子我應該說過，熱血是很好，但宗教家需要冷徹。」

「顯真沒有忘記。全是我太馬虎大意。」

「今天東京看守所透過教誨師會提出抗議了。說你嚴重偏離教誨師原本的職務，打亂所內的秩序。」

顯真並不感到意外，反而更覺得「總算來了」。即使如此，仍無法減輕半點對良然的罪惡感。顯真一直對良然平伏跪拜著。

「顯真真心感到抱歉。」

「你搞錯低頭的對象了。你必須道歉的對象不是我，而是教誨師這個職務。」

良然點出的事實在在刺痛顯真的心。不是為了寺院和良然的面子責備他，更讓他難受不已。

「這是極為罕見的事，所以教誨師會似乎也不知道該如何應對。我想他們很快就會要求你做出說明。」

良然很少用命令式說話。意思就是，叫他洗好脖子等著嗎？

「顯真會銘記在心。」

「我說完了。」

顯真低著頭離開辦公室。不知不覺間，腋下淌滿了冷汗。他覺得如果良然放聲怒吼，自己心裡還比較輕鬆。

還有晚課在等著他。最起碼今天最後的誦經要確實做好。顯真如此心想，穿過本堂時，夕實從走廊另一頭跑了過來：

「顯真師父，有您的電話。東京看守所的田所先生打來的。」

是來報告把委任契約書交給關根的事嗎？但只是這樣的話，應該會打顯真的手機才對，沒理由特地打寺院的電話。顯真懷著不祥的預感，趕往寺務所。

『我是田所，抱歉晚間致電打擾。』

語氣一如往常，讓顯真暫時放下心來。

「不會，距離就寢還有時間。是為了委任契約書的事嗎？」

『我交給本人了，但他似乎還沒有簽名。』

顯真有一半已經預料到這種情形了，因此沒有太失望。

『倒是顯真師父，你明天上午有時間嗎？』

「有的，沒有特別的預定。」

應答之後他才心想糟糕。他原本打算明天要盡量幫忙常信的工作的。

『關根要一的行刑決定了。明天上午九點行刑。』

瞬間，腦袋一片空白。
不是法務大臣簽署執行命令書的五天以內行刑嗎？雖然即使在簽署的隔天就行刑也不奇怪，但這也未免太急了。
『希望師父像平常一樣，提早一點過來。』
「啊……」
『我想關根一定也很感謝顯真師父的努力。再見。』
田所的語氣就像不願長談。
顯真緊握著發出嘟嘟聲響的話筒，慢慢地回過神來。
關根，明天，就要被處決了。
關根的身體被吸入深淵，繩索發出可怕的聲響，拉扯成一直線——這幕情景浮現腦海。
放回話筒時，手微微發顫。顯真想要自我克制，至少不要慌亂失態，卻被沸騰的感情所阻撓，什麼事都無法思考。情急之下他能想到的，就只有通知文屋。但即使打他的手機，也只有嘟聲空虛地作響，遲遲沒有接電話。
心亂如麻，身體卻奇妙地彷彿不屬於自己，機械性地行動。顯真回到自己的房間，坐下來打開經本。巧合的是，翻開來的正是《重誓謁》的一節。

誦經對和尚來說，只是日常。他心知肚明，自己是在藉由逃入日常，來保護即將崩壞的自我。

但《重誓偈》是在魂斷絞刑台的堀田被吊死時，自己誦讀的經文。雖然覺得不吉利，但面臨對方將死之際，內心祈禱的內容自然也會不同。接下來讀的《重誓偈》，應該能發揮祈禱關根平安度過難關的功效。

他輕敲兩下鐘。經文自動從口中流瀉而出：

「我建超世願，必至無上道，斯願不滿足，誓不成正覺，我於無量劫，不為大施主，普濟諸貧苦，誓不成正覺，我至成佛道，名聲超十方，究竟靡所聞，誓不成正覺，離欲深正念，淨慧修梵行，志求無上道，為諸天人師，神力演大光，普照無際土，消除三垢冥，廣濟眾厄難……」

顯真專心一意地誦經。如果不這麼做，他就要對著虛空胡亂放聲嘶吼了。

「開彼智慧眼，滅此昏盲闇，閉塞諸惡道，通達善趣門，功祚成滿足，威耀朗十方，日月戢重暉，天光隱不現，為眾開法藏，廣施功德寶，常於大眾中，說法獅子吼，供養一切佛，具足眾德本，願慧悉成滿，得為三界雄，如佛無碍智，通達靡不照，願我功慧力，等此最勝尊，斯願若剋果，大千應感動，虛空諸天人，當雨珍妙華……」

4

結果顯真昨晚一夜未眠，迎接了十月十九日的早晨。儘管睡眠不足，神經卻依舊亢奮。

顯真走出導願寺一步，仰望上空，想要詛咒老天爺。這陣子天空總是烏雲密布，今天卻偏偏是個秋高氣爽、萬里無雲的好日子，就彷彿連上天都肅穆地接受了關根的行刑，教人氣憤。

終究未能連絡上文屋，這也讓人牽掛不下。文屋也不是閒在那裡，應該是忙著處理其他案子，然而這樣的關鍵時刻卻偏偏缺席，讓顯真有種在緊要關頭遭到背叛的感覺。

他決定搭公車和電車前往看守所。雖然也想過開導願寺的車子去，但他現在這樣的精神狀態，實在沒把握能安全駕駛。要是在前往看守所的路上發生車禍，那簡直教人看不下去。

顯真在行刑時間一小時半前抵達了。考慮到程序，關根現在應該已經接到今天要行刑的通知，正在用最後一餐，或是抽上一根菸。行刑時間是上午九點。最晚也會在一個小時前，被刑務官帶到教誨室來才對。

依據程序，顯真要一個人前往教誨室，做好迎接他們的準備。

推開內開門。約五乘三・八公尺的狹窄室內，擺著長桌和兩把長椅，加上鎮坐的佛壇，令人感到壓迫。點燃佛壇的線香後，香味便瀰漫房內。

冷靜下來，顯真告誡自己。要是在這時候心慌意亂，就毫無意義了。

為了鎮定心緒，以及迎接關根和刑務官，顯真開始誦起《讚佛偈》：

「光顏巍巍，威神無極，如是焰明，無與等者，日月摩尼，珠光焰耀，皆悉隱蔽，猶若聚墨，如來容顏，超世無倫，正覺大音，響流十方，戒聞精進，三昧智慧，威德無侶，殊勝希有，深諦善念，諸佛法海……」

現實的是，唸誦經文，雜念就像雲霧般逐漸消散。感覺經文已經成了自己的血肉，顯真感到有些驕傲。

「窮深盡奧，究其涯底，無明欲怒，世尊永無，人雄獅子，神德無量，功勳廣大，智慧深妙，光明威相，震動大千，願我作佛，齊聖法王，過度生死，靡不解脫，布施調意，戒忍精進，如是三昧，智慧為上，吾誓得佛，普行此願……」

總算恢復平常心時，房門打開，關根現身了。

「嗨，顯真師父。」

昨天才剛見面，關根卻無比懷念地看著顯真。雖然神態輕鬆，宛如甩去一切雜念，但眉毛一帶卻微微顫抖，顯示了他其實很緊張。

從兩側架著關根的，是田所和另一名刑務官。田所會出現在這時候，也算是某種緣份嗎？

「沒想到最後能讓顯真師父送我上路。這段苦牢生活中，只有這件事稱得上是件美事呢。」

「你吃了什麼特別的餐點嗎？」

關根沉靜地微笑，緩緩地搖了搖頭：

「是和平常一樣的菜色。最後要吃的東西，和平常一樣比較好。」

顯真覺得這很像關根的思考。

「最後一餐了，可以吃得豪華一點啊。」

「一直以來都粗茶淡飯，突然吃太豪華的東西，腸胃會吃不消的。」

「顯真師父，我們要上路了。」

在田所引導下，關根等人經過走廊，前往行刑室前室。也許是認定關根不會反抗，田所和另一名刑務官都沒有硬拉的動作。經過走廊的途中，田所偷偷附耳對顯真細語：

「因為一口氣簽了六個人的執行命令，所以每個人的行刑都提前了。」

抵達前室時，高階所長已經等在那裡了。

「你是關根要一，對嗎？」

高階所長依據形式，將一頁文件拿到關根面前。

「昨天本看守所收到了死刑執行命令書。行刑時間為上午九點。在那之前，你有什麼願望，我們可以盡量成全。你可以寫遺書，也可以吃所內吃不到的水果或點心。」

關根不假思索地轉向顯真：

「我想要請顯真師父為我進行最後的教誨。」

「好。」

得到高階所長的許可後，四人再次回到教誨室。

「因為要換衣服，請在行刑十分鐘前結束。」

田所的語氣聽得出歉疚。一定是在擔心一直以來為了洗刷關根的冤案而奔走的顯真。

「好的，我們會在十分鐘前結束。」

田所和另一名刑務官離開教誨室了。接下來的幾十分鐘，就交給顯真了。

顯真一待房門關上，立刻鎖上喇叭鎖。鎖孔在外側，因此只要拿鑰匙來，根本不堪一擊，但至少可以拖延一點時間。

接著顯真抓起長桌邊緣，試著抬起來。長桌比看上去更沉重許多。

「不要呆在那裡，快幫忙。」

顯真斥責傻住的關根，要他抓住另一邊。

「把桌子緊靠在門上。」
「到底要做什麼？」
「別管那麼多，幫忙就是了。」
兩人將合力才好不容易抬起來的長桌靠到門上。幸好門剛好是內開的。如果是外開門，布置這些也沒有意義了。
顯真更進一步也挪動長椅。長椅也相當沉重，堆在桌子上，就成了不折不扣的路障。
「看起來像路障。」
「就是路障。」
顯真坐到臨時路障前，自己也成為其中一部分。
「你也坐到旁邊。」
「做這種事又能怎麼樣？這是徒勞的抵抗。」
「不是徒勞，至少可以爭取說服你的時間。」
「這是不見棺材不掉淚。」
「總比坐以待斃要來得好。」
「你會觸法的。」

「反正不會被判死刑。」

一陣你來我往後，關根似乎放棄掙扎，在顯真旁邊坐了下來。

「就算穿上袈裟，你還是跟大學那時候一樣，衝動魯莽。」

「隨便你怎麼說。你徹底誤會了。如果不解開你的誤會，就讓你這樣走上絞刑台，我會後悔一輩子。」

顯真不理會有些困惑的關根，詳細說出黑島作證的內容。起初意興闌珊的關根，聽到黑島只刺了兩名被害者各一刀的事實，也不禁變了臉色。

「也就是說，在你發現兩人的屍體之前，就有人給了他們致命的一刀。」

顯真強調說，關根聞言仰頭望天，長長地嘆了一口氣：

「那，他沒有殺害那兩個人。不是殺人，而是傷害罪。」

「沒錯。然後你是徹底清白的。」

「這話不對。我毀了他和他母親的人生，我依然是個罪人。」

「就算是好了，你打算就這樣走上絞刑台嗎？簡直蠢斃了。」

「什麼叫蠢斃了？」

關根憤然作色。

「我害我所愛的女人死在獄中，還有什麼方法可以為這件事贖罪？」

關根咳了一聲，就像為激動的自己感到丟臉，接著撇過頭去。

「得知美和子是怎麼死的……你能想像我是什麼心情嗎？真的爛到谷底，覺得自己是全世界最罪該萬死的人。如果眼前有氰酸鉀，我一定會毫不猶豫地服毒自盡。」

「你沒有考慮收養黑島龍司嗎？」

「我當然想過。但是想到自己的罪過之深，我連說出口都不敢。他看起來也不是過著正派的生活。所以我想在時間許可內，守望他的行動。」

顯真可以理解關根的心情。如果對母親和孩子都心懷歉疚的話，也無法出面承認自己是父親，只能躲起來守護了吧。

「那天也是，我一直跟著他。他好像在跟蹤一對情侶，所以我打算萬一擦槍走火，就出面制止。可是我在半路追丟了，只看到他衝出公園。我懷著不好的預感，提心吊膽地進入公園一看，發現那對情侶的屍體，馬上就想到是他幹的。」

追丟黑島和情侶的這段時間。第二場凶行應該就是在這時候發生的。

「他長成了一個會殺人的人。」

「所以你輕率地想要替他頂罪嗎？」

「……說輕率太過分了。」

「如果說輕率過分，剛才你給我的魯莽兩個字，我原話奉還。確實，美和子女士死在獄中，黑島龍司後來悲慘的人生，令人心痛。但就算是這樣，你扛起全部的罪，被判死刑，又有誰能得救？對誰又有好處？確實，黑島龍司逃過了傷害罪，但他的心靈就此得到安寧了嗎？」

關根沉默著，沒有回答。但顯真也明白他答不出來的理由。因為他害怕承認說出來的會是正確答案。

「即使過著坎坷的人生，他的內心仍有著健全的罪惡感和倫理觀。所以他才會投案。這樣的人，不可能長久安於虛假的安寧。如果你被判死刑，他將會一輩子為了無法挽回的過錯而後悔。你不認為那樣對他更殘酷太多了嗎？還有一點，如果你認為扛起罪責，步上絞刑台是贖罪，這也是大錯特錯。放棄處理遺留下來的問題，一心求死，這絕對不叫贖罪。求死只是一種逃避。活著贖罪比一死了之更要艱難太多了。」

「這話還真是嚴厲。可是顯真師父，除了認命伏誅之外，我還有什麼選擇？還有比死刑更適合我的贖罪嗎？」

「一起思考就行了。」

顯真靜靜地說。沒必要高聲疾呼。只要撥動對方的心弦就夠了。

「老起面皮丟人現眼，把害他人不幸的罪惡感當成朋友，一起走下去。這是一條坎坷的道路。所以我們一起思考吧。這就是教誨師的工作。」

關根轉過頭來，表情就像迷途的孩子般不知如何是好。

「顯真師父的心意我很感激，但幾十分鐘後，我就要被處決了。來不及了，已經沒有活著贖罪的選項了。」

「把數十分鐘當成數小時、把數小時當成數日就行了。」

「你打算一直關在教誨室裡嗎？明明沒有任何希望。」

「我承認我太莽撞。可是即使沒有希望，我也不能把你送上絞刑台。只要爭取時間，可能性就不是零。」

「但這樣會危及你的地位。」

「我本來就沒什麼大不了的地位。比起那些，我更不願意束手旁觀，後悔莫及。」

「……你真是沒救了。」

「所以才會拜入佛門啊。好了，你已經明白了吧？之前交給你的委任契約書和律師委任書呢？」

「我放在獨房裡。」

快點簽名——正當顯真要這麼說的時候。

『顯真師父。』

門外傳來田所的聲音。

『時間到了。門好像從裡面鎖上了，請你打開。』

「很抱歉，我不能開門。」

『什麼？』

「關根是清白的。把清白的人送上絞刑台，不管是身為僧侶還是身為人，我都做不到。」

『都到了行刑時間，怎麼才說這種話？』

「會拖到這種時候，全是我的無能所致。但就算為時已晚，我還是非抵抗不可。」

門外傳來咚咚敲門聲。這點程度的示威，顯真不可能開門，他覺得是徒勞之舉。

『你這是妨礙公務。我們雖然是刑務官，但還是可以逮捕你的。』

「要抓就抓吧。這是你們的職責。」

『請不要這樣無理取鬧！』

「真的很對不起。」

瞬間，聲響停止了。但不可能是放棄破門了。只是其中一人去拿鑰匙了吧。

『顯真師父，你做出這種事，不僅沒辦法再當教誨師，還會被刑事起訴的！』

「刑事起訴嗎？很適合破戒和尚。」

『……你是認真的嗎？』

「我從來沒有說笑過。」

門外的人聲停了，但依舊有人的氣息。

「接下來他們會拿鑰匙開門衝進來吧。只有桌椅實在不可靠，你也從裡面一起把門按住。」

「我就算罪加一等，也不可能比死刑更嚴重，所以無所謂，但你真的行嗎？被刑事起訴的僧侶，應該會被逐出佛門吧？」

「就算被責罵這不是僧侶應有的行為，我也不害怕。」

顯真刻意沒有說出接下來的話。

他不害怕被責罵僧侶沒有僧侶的樣子。被責罵身為一個人，卻知恩不報，這才更讓他難以承受。

關根輕嘆了一口氣，雙手撐住了門。

「我完全沒想到到了這步田地，居然還要被迫奉陪你的魯莽。」

「你在冬季的劒岳救了我和亞佐美時，就應該要有心理準備了。」

下一秒鐘，門外傳來另一道聲音：

『顯真師父，我是高階所長。』

最高負責人出面了嗎？

『現在還來得及，我可以不予追究，把門打開。』

「礙難從命。」

『我不想對教誨師動粗。』

「讓你們遇到這樣的教誨師，我很抱歉。可是高階所長，我在身為教誨師之前，更是高輪顯良這個人，是被關根要一救回一命的人。」

門外的聲音忽然消失了。

「喀嚓」一聲，門鎖打開了。

緊接間「砰！」的一聲，沉重的力道撞擊上來。按住門板的手感覺到麻酥酥的震動。看來似乎是幾個人合力撞門。

接著是第二波、第三波的撞擊。儘管有家具和兩名男子的重量抵禦，但每一次撞門，都讓門縫開得更大。

「撐住！」

「我在撐了！」

與死囚共謀妨礙死刑執行。教誨師會的震驚，以及「逐出佛門」四字同時浮上腦海。掃興的絕望感與火熱的爽快感交織在一起，在腦中奔騰。

『給我開門！』

『教誨師亂搞什麼！』

『叛徒！』

怒吼與敲門聲交錯。

暴力從掌中傳到手臂，從手臂傳至上半身。僧侶與死囚。攻擊不具權力的人的力量毫不留情。

就那麼想執行死刑嗎？

就那麼不願意顛覆已經決定的事嗎？

家具一點一滴地被推開，門縫逐漸擴大。刑務官們的喘氣聲一下子灌進耳朵裡。

「一、二、三！」

「再一次！」

「一、二、三！」

單憑兩個人，還是填補不了力量的差距。長椅和椅子倒塌，路障輕易被擊破了。

約十人同時倒進房間裡來。

「把人抓住！」

田所的吼聲一響，關根從四面八方被拘束，顯真也從背後被架住了。

「顯真師父，你居然給我惹出這種麻煩。」

繞到背後的田所怨恨地低聲說道。

「二四一二號帶去前室！」

在顯真眼前，關根被拖走了。

「關根！」

「到此為止了，顯真師父。」

關根疲累地露出笑容。

「這一路以來，謝謝你了。」

關根被四名刑務官帶走，經過通往前室的走廊。一旦走到前室，布簾的另一頭就是行刑室了。

「關根……！」

顯真不顧一切地大喊，卻無法阻止通往死亡的行進。他只能眼睜睜看著闞根的背影愈來愈小。他覺得血液都要和淚水一起噴出身體了。

即使伸手也搆不著。很快地，就連聲音都傳不到了。

這時，發生了意想不到的事。

行進停止了。領在前頭的高階在和某人說話。

顯真訝異出了什麼事，思考一片混亂，不久後，那個人朝這裡走了過來。

「顯真師父，全多虧了你撐到現在。」

文屋露出親暱的笑容，委婉地解開對顯真的束縛。

「因為你的奮不顧身，高階所長決定暫時中止行刑了。」

顯真懷疑自己在做夢。

「您是怎麼……」

「因為總算抓到真凶了。萬一死刑剛執行完畢就抓到真凶，絕對會遭到輿論猛烈的砲轟，法務大臣也免不了被追究責任。雖然是史無前例，但行刑非中止不可。」

怎麼會？顯真接到文屋的指示後，還不到一天的時間。

「凶手到底是誰？」

「我的上司，富山直彥警部補。案子的承辦人，也是關根的偵訊主任，他就是殺害兔丸雅司和塚原美園兩個人的真凶。」

緊繃的肉體和精神一口氣鬆弛下來，顯真就像失去操偶師的人偶一樣，頹倒在地上。

「一開始偵訊的時候，身為紀錄人員的我就應該注意到的。」

行刑前的風波告一段落後，顯真被送到其他房間。因為要先把關根送回獨房，向高階所長做出詳細說明，因此過了一個小時以後，顯真才聽到了事情原委。

「提到犯行的時候，關根只說他刺傷了兩名被害人。問到刺傷的次數，關根說各一下，結果富山便誘導他將供述內容改為刺了兔丸三下、塚原美園兩下。當嫌犯本身的記憶模糊時，為了讓筆錄更為確實，富山有時會使用這種手法。在導入偵訊透明化以前，警方就會這麼做，但我記得那時候還是覺得有點太露骨了。」

「他修正供述內容，好隱瞞自己的犯行嗎？」

「黑島龍司對兩人造成的傷勢，不可能構成致命傷。從他的供述，並對照解剖報告，這一點也一清二楚。黑島丟下凶器的刀子，逃離公園後，一樣正跟蹤兩人的富山拿起同一把刀子，給了他們致命傷。然後關根發現了兩人的屍體。」

「富山警部補為何非殺害他們兩人不可？」

「富山有殺害動機的對象不是塚原美園，而是兔丸雅司。我之前提過吧？平成二十二年十月，綠川綾乃吸食大麻後，開車衝進小學生上下學的隊伍，自己也因為頭部遭到重創而死亡。以前我提過，富山交往的女友因為染上毒癮，死於車禍，那個女友就是綠川綾乃。富山在成為警察官以前，就對兔丸懷有殺意了。」

這下就能理解了。兔丸極有可能販毒給綠川綾乃。對富山來說，兔丸就形同殺害女友的罪魁禍首。

但也有無法信服的部分。

「可是兔丸不是因為證據不足，沒有被起訴嗎？」

「沒錯。綠川綾乃的案子是千住署負責的，而富山是在川崎署任職，所以對於他進入警界前的其他轄區的案子，他無法搜尋涉案人士的身分。但這時好運從天而降。因為黑島的跟蹤騷擾行為，塚原美園向川崎署提出了報案。也許是一個人會害怕，她要兔丸陪她一起去警署。在受理報案時，當然也會詢問陪同者的身分。這就是富山得知兔丸的消息的經緯。」

「那，塚原美園是蒙受池魚之殃嘍？」

「富山跟蹤兩人，結果兩人遭到黑島攻擊，奄奄一息。對富山來說，這是千載難逢的好機會。即使他對塚原美園沒有恨意，但她是目擊者，非滅口不可。隔天看到關根跑來投案，最驚訝的一定是富山吧。因為關根竟然一肩扛起富山犯下的罪責。」

「您是怎麼讓他自白的？短短一天之內，實在不可能找到物證。」

「綠川綾乃的家屬保存著她和富山的合照。這讓我想起了富山在偵訊時的誘導。我查了一下出缺勤紀錄，案發當晚富山也沒有不在場證明。而且鑑識報告中，現場也採集到富山的毛髮和鞋印。現場被調查員的毛髮和鞋印污染的情形經常發生，因此當時被忽略了。不過仔細想想，抵達現場的調查員包括我在內，共有十二人，卻只採到富山一個人的毛髮和鞋印，這實在很奇妙。」

「可是光是這樣，並不算關鍵證據吧？」

「沒錯，所以我用了別招。」

原本應該洋洋得意地述說，文屋的語氣卻顯得哀傷。

「我問富山警部補，綠川綾乃會希望這樣的結局嗎？讓無辜的人蒙上殺人犯的污名，把他逼上絞刑台，下手的自己聽著行刑完畢的新聞，內心竊笑。你心愛的綠川綾乃，會對這樣的復仇開心嗎？我這麼問他。雖然花了點時間，但總算讓富山自白了。」

不是依靠物證，而是訴諸對方的良心。顯真覺得完全就是文屋作風，徹底信服。

「可是，文屋先生是不是也很難受？」

問出口後顯真後悔了。這個問題不問也罷，只會折磨文屋而已。

文屋難過地搖搖頭：

「富山那樣痛恨罪、痛恨罪人。一直隱瞞自己的犯罪，他不可能不感受到良心的呵責。若是不這麼想，我實在是撐不下去。全面自白的時候，富山露出了我從未看過的表情。就好像糾纏著他的魔物終於離去了一樣。看到他那模樣，我覺得稍微安慰了一些。」

尾聲

「聽說你在委任契約書上簽名了。」

顯真在獨房說道，關根苦笑：

「江神律師威脅我，說既然真凶自供了，開始辦手續就是我的義務。你認識的人裡面，怎麼這麼多霸道的人？這就叫做物以類聚嗎？」

感覺因為富山自供，原本停滯的狀況一口氣動了起來。儘管史無前例，但法務大臣暫時凍結了對死刑犯關根的死刑執行命令，據說大臣將密切關注重啟調查的狀況和聲請再審的發展，遲早會轉換方向，收回成命。不過這些都是看守所內滿天飛的小道消息，因此真假不明，但不管怎麼樣，可以確定關根的死刑威脅已經遠離了。

「江神律師說，聲請再審和龍司的審判差不多會同時進行。」

這是顯真第一次從關根口中聽到龍司的名字。

「我拜託律師，律師也爽快地答應替龍司辯護了。」

「太好了。」

「這可難說。」

關根應該逃過死刑了，神情卻很黯然。

「問題是往後要如何面對龍司嗎？」

「顯真師父丟給我的這個難題，實在太棘手了。」

「沒必要馬上解決。一步一步、但確實地去面對就行了。」

「反過來說，在解決這個問題之前，我都不能死呢。」

顯真刻意不回答。不斷地迷惘、自問，直到死前最後一刻。他認為這樣的人生絕對不是沒有意義的。

「可以請師父再來為我進行教誨嗎？」

「只要狀況允許。」

關根放心地點了點頭。

離開獨房後，田所板著臉，抱著雙臂正在等他。但惡狠狠地瞪著這裡的眼睛裡，卻也看得出幾許靦腆。顯真猜想，那也許是直到最後關頭都不肯相信他人清白的羞恥吧。

「顯真師父。」

聲音有些陰沉。

「以結果來說，師父做了正確的事。可是也請你記住，看守所人員當中，也有人對你相當不滿。正確的行為，對某些人是一種威脅。」

「我不認為那是正確的行為。」

田所露出「咦」的表情。

「我不是依據教義或倫理觀，而是根據自身的命令在行動。不管身為宗教家或是一般公民，那終究不是值得嘉許的行為。」

田所的嘴唇苦澀地扭曲了。

返回導願寺的路上，顯真反芻著想要對關根說，卻沒有說出口的話。自己怎麼會做出那般有勇無謀的行動？他到現在依然無法好好地做出解釋。若說是直情徑行是很好聽，但那實在不是一個應該已經累積修行的僧侶該有的行動。

他想到一個可能性。自己是不是想要用拯救恩人的名目，來為自己開脫？他放棄的亞佐美，還有他害死的兒子正人。失去的一段情緣與一條性命。他是不是想要藉由拯救關根，來為此贖罪？

想了一陣之後，顯真做出都無所謂的結論。不管是為了誰、為了什麼目的，他都成功洗刷關根的冤情了。這樣就夠了，不是嗎？

但這樣的成果，也必須付出相應的代價。接下來顯真身為教誨師的資格將會遭到質疑吧。與死囚共謀據守在房間，以及妨礙公務，完全足夠剝奪他教誨師的資格。關根要求他繼續教誨的時候，他會模糊地回答「情況允許的話」，理由也在這裡。

把自己搞到如此臭名遠播，即使被良然轟出寺門，也怨不得人。被寺院放逐的破戒和尚要如何找到事業第二春，他實在毫無頭緒。

抵達導願寺時，正門口站著一名彪形大漢。顯真下了車，立刻小跑步到對方身邊。

「辛苦了。」

「門主，您怎麼特地……」

「剛才我接到教誨師會的詢問。是關於你的行止。」

果然躲不過嗎？——顯真有了心理準備。

「教誨師會詢問，這次的事，是否應該剝奪你的資格？應該是因為沒有前例，所以才來問我的意見吧。」

「顯真已經做好心理準備，即使被逐出山門，亦無怨無悔。」

說出口之後，不可思議地有種爽快感。

「我清楚自己給寺院添了麻煩。比起教誨師的職務，我更以私情為優先，這一點毫無辯解的餘地。顯真任由門主發落。」

「你好像誤會了。」

「咦？」

「我做了不適任教誨師的行為，所以讓我辭職吧、我給寺院添了麻煩，所以把我放逐吧——這些說詞都太自私自利了，教人說不出話。什麼剝奪資格、逐出山門，我什麼時候說過這種話了？」

良然以嚴厲的眼神責備顯真。

「一失敗就想逃避，你以為我會容許如此安逸的做法？你也未免太小看真宗的佛道了。我怎麼可能把這麼不成熟的僧侶逐出佛門？當然，也不允許你逃避教誨師的工作。所以對於教誨師會的詢問，我也請他們維持現狀。」

顯真啞然無語，良然繼續追擊：

「時時刻刻都要精進自我。你要懲罰自己，等徹底精進之後再說吧！」

良然留下這話，往本堂走去了。被拋下的顯真不知如何是好地怔在原地。

一步一步、但確實地去面對就行了。

他覺得自己對關根說過的話，就像迴力鏢一樣回到了自己身上。

PL00083

赴死之人的祈禱

作者—中山七里
譯者—王華懋
編輯—黃煜智
校對—魏秋綢
企劃—吳儒芳
封面設計—兒日
內頁排版—綠貝殼資訊有限公司

總編輯—胡金倫
董事長—趙政岷
出版者—時報文化出版企業股份有限公司
108019台北市和平西路三段二四〇號七樓
發行專線—（〇二）二三〇六六八四二
讀者服務專線—〇八〇〇二三一七〇五
（〇二）二三〇四七一〇三
讀者服務傳真—（〇二）二三〇四六八五八
郵撥—一九三四四七二四時報文化出版公司
信箱—10899台北華江橋郵局第九九信箱
時報悅讀網—http://www.readingtimes.com.tw
思潮線臉書—https://www.facebook.com/trendage
法律顧問—理律法律事務所　陳長文律師、李念祖律師
印刷—紘億印刷有限公司
初版一刷—二〇二一年七月九日
定價—新台幣四八〇元
（缺頁或破損的書，請寄回更換）

時報文化出版公司成立於一九七五年，
並於一九九九年股票上櫃公開發行，於二〇〇八年脫離中時集團非屬旺中，
以「尊重智慧與創意的文化事業」為信念。

赴死之人的祈禱／中山七里著；王華懋譯. -- 初版.
-- 臺北市：時報文化，2021.07
368面；14.8×21公分
譯自：死にゆく者の祈り

ISBN 978-957-13-9015-4（平裝）

861.57　　　110

ISBN 978-957-13-9015-4
Printed in Taiwan